INFERNO Band 2

Schwester der Toten

Der Autor

Marcel Feige, geboren 1971, lebt als Schriftsteller in Berlin. Bücher von ihm sind unter anderem *Tattoo-Theo, Der Tätowierte vom Kiez* (2001), *Extrem* (2003), *Wa(h)re Lust* (2004) und *Lude!* (2005).

Für das Buch *Nina Hagen. That's why the lady is a punk* erhielt er den renommierten Corine International Buchpreis 2003.

www.Marcel-Feige.de

Besuchen Sie das Haus der Fantastik im Internet:

www.Festa-Verlag.de

Marcel Feige

INFERNO

Schwester der Toten

Roman

FESTA

1. Auflage August 2006
Eine Festa Originalausgabe

Titelbild: F. Fiedler
Druck und Bindung: PBtisk s.r.o., Pribram

ISBN 978-3-86552-035-7

»Durch einen finstren Wald bewusster Bosheit irrt
das verlorene Menschengeschlecht
und fürchtet, seinen Vater zu finden.«

W. H. Auden, Hier und jetzt

Prolog

Ich schlug die Augen auf und blickte in fassungslose Gesichter. Es war, als würden sie einen Tanz um mich herum aufführen, mal nach links, dann nach rechts. Sie murmelten dabei Worte, die meine Ohren zwar aufnahmen, mein Verstand aber nicht begriff. Jede Sekunde rechnete ich damit, dass ihre sorgenvollen Mienen sich in bleiche, hässlich grinsende Totenschädel verwandelten.

Doch irgendwann ließ der Schwindel in meinem Kopf nach. Der Tanz der Gesichter wurde langsamer.

»Ist dir was passiert?«

»Geht es dir gut?«

»Kannst du uns verstehen?«

Natürlich konnte ich sie verstehen. Ich befand mich im wahren Leben und war den gierigen Klauen des Todes gerade noch entronnen.

Alles war sehr schnell gegangen. Jemand verpasste mir einen Stoß in den Rücken. Mit rudernden Armen stolperte ich auf die Straße, griff nach einem Halt, der nicht da war. Ich sah den Wagen nahen. Die nächsten Sekunden vergingen wie in Zeitlupe. Der Wagen war ein Ford mit dem Nummernschild K-NX 439. *Das Kennzeichen ist mein Schicksal.* Der Fahrer des Ford versuchte auszuweichen, doch während die Reifen unter der plötzlichen Steuerbewegung auf dem Straßenbelag jaulten, rückte die Stoßstange unaufhaltsam meiner Hüfte entgegen. Auge in Auge mit dem Kühler erwartete ich den heißen Schmerz.

Doch wie durch ein Wunder blieb er aus. Das ist glatt gelogen. Es waren zwei starke Hände, die mich packten, unsanft zwar, aber im Vergleich zu dem, was die Kollision mit der Autofront mir angetan hätte, beinahe zärtlich. Jemand sprang auf die Straße, stieß mich beiseite. Ich stolperte, blickte überrascht zurück, meine Augen weiteten sich, als ich ... Mit der Schläfe knallte ich gegen die Eisenstange eines Straßenschildes auf dem Bürgersteig gegenüber. Ein Stoppschild. *Wie passend.*

Benommen sank ich zu Boden. Während meine Sinne nach und nach ihre Dienste quittierten, spulte sich vor meinem inneren Auge das Gesehene noch einmal ab. Der Wagen rollte mit quietschenden Bremsen über die Stelle hinweg, auf der ich noch vor ein paar Millisekunden gestanden hatte. Jetzt aber fuhr er an mir vorbei. Die Stoßstange erwischte einen Körper, nicht meinen, den meines Retters. Er flog im hohen Bogen durch die Luft und prallte mit dem Kopf voran auf den Asphalt. Ich bekam noch mit, wie der Fahrer die Kontrolle über den Ford verlor; der Wagen brach über den Straßenrand, krachte den Graben hinab, überschlug sich und blieb mit einem schrillen, blechernen Kreischen auf dem Dach liegen.

Nicht weit davon entfernt erblickte ich eine Gestalt, die sich in den Schatten eines Baumes drückte. Der Mann zeigte kein Interesse am Chaos der Unfallstelle. Die anderen Augenzeugen versammelten sich schaulustig um den Verunglückten. Oder sie gafften den Ford und den darin eingeklemmten Fahrer an. Sie warteten, ob das Benzin, das aus einem geplatzten Schlauch ins Gras sickerte, sich zu einem Feuerball entzündete. Der Mann aber stand davon unberührt im Zwielicht der Äste und Blätter. Sein Blick galt ausschließlich mir.

Ich wusste nicht, was er zu sehen erwartete. Ich reagierte nicht. Der siedende Schmerz hinter meinen Schläfen. Ich verlor das Bewusstsein.

Jetzt lag ich hier am Bordstein, umringt von Menschen, die sich um mich sorgten. Ich hob meinen Kopf, doch sofort zwang der Schmerz mich zurück in die Waagerechte.

»Nicht bewegen«, sagte eine Frau zu mir, die ganz in Weiß gekleidet war. Das blonde Haar fiel ihr in einer schwungvollen Welle auf die Schulter. Wäre da nicht das kleine rote Kreuz auf ihrer Jacke, wirkte sie wie ein Engel. Man kann mit keinem schöneren Anblick erwachen.

Dann traf mich die Erkenntnis mit der Wucht eines Vorschlaghammers: Man hatte versucht, mich vor ein Auto zu stoßen. Irgendjemand wollte mich umbringen. Ich wurde gerettet, weil ein anderer sein Leben riskiert hatte. Ich hustete. Mir wurde schlecht.

»Ist er tot?«, würgte ich zwischen trockenen Lippen hervor.

»Pst«, sagte die Ärztin nur.

Trotz ihrer Weisung legte ich den Kopf zur Seite. Etwas spannte in meinem Nacken, drohte zu zerreißen, doch ich beachtete den Schmerz nicht. Mein Blick bahnte sich einen Weg zwischen den Füßen und Waden der Umstehenden hindurch. Ich sah gerade noch, wie zwei Sanitäter eine Trage emporhievten – dann war auch mein Retter verschwunden. Wenig später heulte ein Martinshorn auf. Also lebte er. Ich freute mich.

»Na siehst du«, sagte mein Engel. »Jetzt kannst du sogar schon wieder lächeln.«

Donnerstag

Berlin

»Sie finden das wohl lustig?«, fragte der Mann, der sich als Berger, Kommissar Sebastian Berger, vorgestellt hatte. »Wenn Sie lachen müssen, tun Sie sich keinen Zwang an, raus damit.«

Philip widerstand dem Impuls, seiner Erheiterung freien Lauf zu lassen. Der Zeitpunkt war eher ungeeignet, wie die grimmige Miene, die der Polizist zur Schau stellte, unschwer erkennen ließ.

Philip presste die Lippen aufeinander und vermied es, den Beamten anzuschauen, der mit seinem zerknautschten Sakko wie die deutsche Ausgabe des TV-Inspektors Columbo wirkte. Er inspizierte stattdessen den kleinen blauen Fleck, der sich auf seinem Unterarm gebildet hatte. Dann wanderte sein Blick durch den Raum, in dem es außer einem Holztisch und einer grellen Neonlampe nichts zu entdecken gab.

Berger bemerkte seinen Blick. »Nur zu. Schauen Sie sich in Ruhe um.«

Weil Philip nach wie vor den Mund hielt, erklärte Berger: »Wissen Sie, wie die Beamten des Kriminalkommissariats hier in Berlin-Mitte diesen Raum nennen?«

Philip zuckte die Achseln. Die Kammer, in der er die letzten drei oder vier Stunden verbracht hatte, seit man ihn am Potsdamer Platz aufgegriffen hatte, war grau und von klaustrophobischer Enge. Wie konnte man so ein Loch schon nennen?

»Kombüse!«

Stillschweigend gab er dem Kommissar Recht. Der Vernehmungsraum erinnerte tatsächlich an die Kombüse einer abgewrackten Fregatte, die zu viele Jahre in keinen Hafen mehr eingelaufen war. Wahrscheinlich hatte schon so mancher Verbrecher nur beim Anblick dieser Tristesse ein Geständnis abgelegt.

Philip starrte auf die Kerben, die jemand in den Tisch gekratzt hatte. Vielleicht ein Mörder, der sich während der

Vernehmung gelangweilt hatte. Oder Kommissar Berger, verzweifelt über das Verbrechen in der Stadt, dessen er nicht mehr Herr wurde.

Berger unterbrach seine Grübeleien: »Wie geht es Ihrer Freundin?«

Zögernd schaute Philip auf. »Meiner Freundin?«

»Ich habe Sie kennen gelernt.«

»Ich ...« Philip brach ab. *Ich war dabei,* lag ihm auf der Zunge, aber er verschluckte die Worte. Denn Berger wusste nicht, dass Philip gestern Morgen, als der Kommissar auf der Suche nach ihm in Chris' Wohnung aufgetaucht war, im Schlafzimmerschrank gehockt hatte.

»Bitte?« Der Kommissar hob die Augenbraue. Eine Seite seines geschwungenen Bartes schwebte empor.

»Ich wollte sagen, sie hat mir von Ihnen erzählt.«

»Hat sie?« Der Kommissar lächelte. »Hoffentlich nur Gutes.«

Der Disput mit Chris, der auf Bergers Besuch erfolgt war, war Philip noch sehr gut in Erinnerung. Es war erst 24 Stunden her. Allerdings kam es ihm wie eine halbe Ewigkeit vor. Als sei er seitdem quer durch Raum und Zeit gereist. *Was gar nicht mal so falsch ist.*

»Ihre Freundin ist eine intelligente junge Frau«, setzte Berger die Unterhaltung fort. »Sie wird es noch weit bringen.« Er hielt einen Moment inne und zwirbelte sich gedankenverloren die Bartenden. »Sie studiert ... was war's? Kunst, richtig?« Er ließ von seinem Schnurrbart ab und klopfte sich gegen die Schläfe. Er lächelte verlegen. »In meinem Alter geht dem da oben schon mal das eine oder andere durch die Lappen.«

Philip sah den Beamten an. Was sollte dieser Plausch über Chris, ihr Studium und Bergers Geisteszustand? Worauf zum Teufel wollte er hinaus?

»Manchmal ist es besser, wenn man sich die Dinge aufschreibt«, sagte der Polizist, und es klang, als habe er soeben ein sorgsam gehütetes Geheimnis offenbart. Er kramte in der linken Jackentasche. Als er dort nicht fündig wurde, warf er die Stirn in Falten und begann, die restlichen Taschen seines Sakkos zu durchwühlen.

»Ah ja«, gab er erleichtert von sich und brachte einen Notizblock zum Vorschein, den die Spiralen nur noch mit Mühe zusammenhielten. Er blätterte scheinbar ziellos darin herum, als würde er sich einfach nur der alten Aufzeichnungen erfreuen. Bis er auf einer Seite stoppte. »Christine Czaja. Kunststudentin.« Er blickte Philip an und strahlte. »*Das* nenne ich doch mal was Anständiges. Oder was meinen Sie?« Eine Antwort erwartete er nicht, er fuhr ohne Pause fort: »Da weiß man wenigstens, worum es geht. Aber bei meiner Tochter ...« Er hob resigniert die Hände. »Nein, wirklich, das ist nichts für einen alten Herren wie mich. Geophysik! Sooft sie schon versucht hat, es mir zu erklären, ich kann mir nichts darunter vorstellen. Sie etwa?«

Philip fiel auf, wie ihn der Kommissar aus aufmerksamen Augen betrachtete. Nein, er war weder zerstreut noch dumm. Ganz im Gegenteil. Er erzeugte absichtlich diese scheinbar unverfängliche Kaffeeklatsch-Atmosphäre. Bewusst vermied er jede Anspielung auf den Mord in der Redaktion, wiegte Philip in Sicherheit und war dabei in Wahrheit auf der Pirsch nach jeder unbedachten Äußerung. Philip hatte keinen Zweifel daran, dass Berger ihn mit dem ersten falschen Wort, das ihm entschlüpfte, an die fleckige Wand der Kombüse nageln würde.

Deshalb zog er es vor zu schweigen. Er befühlte das Wundmal auf seinem Arm. Es schmerzte leicht. Berger setzte unterdessen seinen Monolog fort: »Die Wohnung Ihrer Freundin hat mir gefallen. Geräumig und groß. So ganz anders als die Studentenbude meiner Tochter. Oder Ihre Wohnung.« Er rümpfte despektierlich die Nase. »Ihre Wohnung haben Sie ganz schön zugerichtet. Waren wohl mächtig in Panik, was?« Er musterte Philip. »Ich frage mich, weshalb?«

Was sollte er darauf erwidern? Alles, was passiert war, nun, es war ... *absurd.* Was nicht unbedingt das Wort war, nach dem er gesucht hatte, aber ihm fiel vorläufig nichts Besseres ein. Es war gar nicht so lange her, dass man ihn schon einmal auf den Rücksitz eines Einsatzfahrzeuges gestoßen und zur Polizeidienststelle am Alexanderplatz verfrachtet hatte. Das lag gerade einmal drei, vier Stunden zurück. Vier Stunden und *80 Jahre,* um genau zu sein.

Mühsam unterdrückte er ein Kichern und blieb auch diesmal eine Antwort schuldig. Berger schien mit nichts anderem gerechnet zu haben. Unbekümmert fragte er weiter: »Weiß Ihre Freundin davon? Also von dem, was sie da verbockt haben?« Er räusperte sich. »Junge, Sie wissen gar nicht, was Sie an Ihrer Freundin haben.«

Allmählich ging ihm dieser Kommissar auf die Nerven. Konnte er nicht endlich auf den Punkt kommen? Philip war sich nicht sicher, ob er noch weitere gute Ratschläge ohne Wutanfall verkraften würde. *Ruhig bleiben.*

Es klopfte an der Tür, ein Schloss wurde entriegelt und ein Mann in Jeans und Lederjacke steckte den Kopf in den Raum. »Sebastian?«

»Mein Kollege Kalkbrenner«, stellte Berger höflich vor und erhob sich.

Kalkbrenner reichte ihm einen schmalen Aktenordner und musterte Philip kurz, bevor er sich umdrehte und den Raum ohne ein weiteres Wort verließ. Berger nahm Platz und blätterte in den Unterlagen. Genau genommen waren es nur zwei Zettel, die in dem Hefter lagen, wie Philip erkannte. Berger studierte sie lächelnd. Als er aufschaute, hatte sich der kauzige TV-Polizist in einen strengen deutschen Beamten verwandelt.

»Soll ich Ihnen sagen, wie ich die Situation sehe?« Der Tonfall war unterkühlt. »Ein Typ wie Sie ist als Freund bestenfalls ein Hindernis. Ein Ärgernis. Ein Klotz am Bein. Ich würde meiner Tochter den Umgang mit Ihnen verbieten.«

Piss die Wand an. Philip drückte den blauen Fleck in seiner Armbeuge und konzentrierte seine Wut auf den Schmerz.

»Ich weiß, was Sie denken«, meinte der Kommissar.

»Ach ja?«, versetzte Philip. Es war das erste Mal, dass er wieder sprach, und er bereute es in der Sekunde, in der die beiden Worte über seine Lippen schlüpften.

»Ich glaube, dass Sie das alles einen Scheißdreck interessiert.«

Womit Sie gar nicht mal so Unrecht haben. Es fiel ihm tatsächlich schwer, Bergers Show angemessene Aufmerksamkeit entgegenzubringen, schließlich war er vor wenigen Stunden schon einmal verhört worden, auf genau diesem Revier, von Polizisten, die inzwischen zu Staub zerfallen waren. Wieder war da der Impuls, lauthals lachen zu müssen. Wenn erst einmal die Wahrheit ans Tageslicht kam, dann ... *Was dann?*

»Ich möchte einen Anwalt«, sagte Philip, hauptsächlich, um überhaupt etwas zum Gespräch beizutragen.

»Sie möchten einen Anwalt?«

»Ja, der steht mir zu.«

»Sind Sie sich sicher, dass Sie sich einen Anwalt überhaupt leisten können?«

Philip schwieg. Zugegeben, sein finanzielles Polster war durch die vielen Partys in letzter Zeit geschrumpft. Sein Kontostand tendierte gegen null; eine Situation, die sich nach seiner Kündigung beim *Kurier* nicht eben bessern würde. Eigentlich bestand sein Vermögen nur noch aus den Euroscheinen und Cents in seinem Portemonnaie. Aber das hatte er mitsamt dem Rucksack und seiner Jacke an der Garderobe im *Tresor* abgegeben. Mit viel Glück hatte Ken die Sachen abgeholt und bewahrte sie bis zu seiner Rückkehr auf. Bis dahin aber besaß Philip nichts als das, was er am Leib trug: seine Sneakers, die Unterwäsche, die Jeans und das der Jahreszeit alles andere als angemessene Levis-Shirt. Klamotten, in denen er, wie er beiläufig feststellte, schon seit Dienstag herumirrte. Da fiel der fleckige, nach Bier und Schweiß stinkende Pullover, den ein betrunkener Obdachloser irgendwann einmal in der Ausnüchterungszelle vergessen hatte und den man jetzt Philip gegeben hatte, fast nicht mehr ins Gewicht. Da war noch die italienische Euromünze, die er in seiner Hosentasche getragen hatte, aber die hatten die Beamten bei der Ankunft auf dem Polizeirevier einbehalten, als man ihn einer Leibesvisitation unterzogen hatte.

Für einen Anwalt würde die Münze wohl nicht reichen. *Was kann man mit einem Euro schon anfangen?*

»Aber ich darf telefonieren?«

»Nein«, beschied ihm Berger knapp.

Philip wusste, dass der Beamte damit seine Kompetenzen überschritt, hielt es aber für klüger, den Mund zu halten. Wen hätte er auch anrufen sollen?

»Damit, denke ich, hat sich Ihre Forderung fürs Erste erledigt. Sie bekommen einen Pflichtverteidiger, rechtzeitig. Zuvor aber reden wir. Nur Sie und ich.«

»Worüber wollen Sie ...?«

»Herr Hader«, fiel ihm Berger ins Wort, »wir müssen hier nicht noch den Rest des Tages verbringen. Wir können das Prozedere gerne beschleunigen. Warum erzählen Sie mir nicht einfach, was am Dienstag passiert ist?«

»Es ist nichts passiert.« Philip seufzte. *Und das, was passiert ist, übersteigt Ihren Horizont.*

»Ist es nicht?« Berger griff einen der beiden Zettel in dem Ordner und hielt ihn hoch. »Wissen Sie, was das ist?«

Philip beugte sich vor, doch so sehr er sich bemühte, das fahle Neonlicht in der Kombüse verwandelte den Tintenausdruck in ein unlesbares graues Einerlei. »Nein, das weiß ich nicht.«

»Das sind die Ergebnisse des Bluttests, den wir nach Ihrer Festnahme heute Morgen vorgenommen haben.«

»Aha«, meinte Philip und suchte erneut den blauen Fleck auf seinem Arm.

Berger gab einen anerkennenden Pfiff von sich, doch wie sein maliziöses Grinsen verriet, meinte er das genaue Gegenteil. »Ganz schöne Menge Drogen, die Sie die letzten Wochen konsumiert haben. Und das in Ihrem Alter. Wissen Ihre Eltern davon?«

»Ich hab keine Eltern mehr.«

»Na, das stimmt nicht ganz. Unseren Akten zufolge lebt Ihr Vater noch.«

»Für mich ist er schon lange gestorben.«

»Streit gehabt?«

Philip zuckte die Achseln. »Was wollen Sie von mir? Drogenkonsum ist nicht strafbar, nur der Besitz, Handel und die Herstellung.«

»Sie haben Recht«, stimmte Berger zu. »Und ich bin überrascht, wie gut Sie sich mit den deutschen Gesetzen auskennen. Gegen den Konsum von Drogen besteht tatsächlich keinerlei rechtliche Handhabe.«

»Worauf wollen Sie also hinaus?«

Der Kommissar schichtete die beiden Zettel ordentlich übereinander, klappte den Ordner zu, schob ihn an den Tischrand, sah auf und holte tief Luft: »Philip, Sie werden wissen, Menschen neigen dazu, ihr Bewusstsein zu erweitern. Manche lesen dazu Bücher, andere betreiben Feng-Shui, und wieder andere nehmen Rauschmittel. Marihuana, Kokain, Speed, Ecstasy; Sie würden staunen, was die Kollegen von der Drogenfahndung so alles auf den Tisch bekommen. Die Leute dort draußen ...« – mit dem Daumen wies er durch ein imaginäres Fenster auf den hereinbrechenden Winter von Berlin – »... sind sehr erfindungsreich, wenn es darum geht, ihren Problemen und Sorgen zu entfliehen. Ich möchte gar nicht bestreiten, dass die Einnahme von Drogen den erwünschten Effekt erzielt.« Er legte die Arme über Kreuz und beugte sich zu Philip herüber. Seine Stimme nahm einen verschwörerischen Ton an. »Und ich möchte Ihnen ein Geheimnis verraten: In Maßen konsumiert, soll dies alles auch gar kein Problem sein. Jeder wie er mag.« Sein Oberkörper ruckte wieder empor. Er fand zu alter Lautstärke zurück. »Aber das ist meine ganz persönliche Meinung. Und die Betonung liegt auf *in Maßen.*«

Er machte eine Pause, verschob den Hefter mit den beiden Zetteln vom linken an den rechten Tischrand. Für Sekunden war er damit beschäftigt, ihn dem 90-Grad-Winkel der Ecke anzugleichen. Dann sprach er weiter: »Von maßvollem Genuss kann bei Ihnen allerdings keine Rede sein. Ich werde gar nicht aufzählen, welche Stoffe wir in Ihrem Blut festgestellt haben; das werden Sie wahrscheinlich am allerbesten wissen. Und damit wären wir bei dem eigentlichen Problem.«

Er zupfte seinen Bart zurecht. »Oder vielleicht ist es gar kein Problem, sondern eine Erklärung …«

»Wofür?«, fragte Philip, der abermals keinen blassen Schimmer hatte, worauf der Kommissar hinauswollte.

»Warten Sie!« Berger hob abwehrend die Hand. »Warten Sie. Lassen Sie es mich ausführen.«

Philip zog die Augenbrauen hoch.

»Drogen im Übermaß sind schädlich. Sie trüben die Wahrnehmung, verwirren den Verstand, sie enthemmen den Menschen. Wussten Sie, dass Drogen wie Ecstasy, Speed und Kokain in diesem Ausmaß bei dauerhaftem Konsum aggressiv machen?« Er schnaufte, als habe das viele Reden ihn angestrengt. »Sehr aggressiv.« Er atmete durch. »So aggressiv, dass man sogar einen Mord begehen könnte.«

Philip richtete sich auf. »Was wollen Sie damit sagen?«

Berger nahm die Enden seines Schnurrbarts zwischen die Finger, rollte sie zu zwei feinen Spitzen zusammen, mit denen er Philip aufzuspießen drohte. Mit grollender Stimme sagte er: »Ich will damit sagen: Falls Sie es noch nicht gemerkt haben, Sie sitzen mächtig in der Scheiße.«

Philip verzog die Mundwinkel. Das war nun wahrlich nichts Neues. Die letzten Tage waren derart mies für ihn gelaufen, dass selbst die Aussicht, im Gefängnis zu landen, ihn nicht mehr schockieren konnte. *Nein,* korrigierte er sich. Es hatte auch positive Überraschungen gegeben. Er dachte an die alte verwahrloste Frau, die ihn empfangen hatte, als er von seiner Reise zurückgekehrt war; sein Verstand sträubte sich, es als etwas anderes als eine Reise zu betrachten.

Ich bin deine Großmutter, hatte sie gesagt. Es gab keinen Grund, ihre Behauptung anzuzweifeln, nicht nach allem, was er erlebt hatte. Außerdem war ihr Gesicht ihm seltsam vertraut erschienen, als hätte er es vor wenigen Tagen erst auf einem Foto betrachtet. Die Tatsache, dass er offenbar noch eine Großmutter hatte, nach so vielen Jahren, in denen ihn sein Vater in dem Glauben gelassen hatte, es gäbe keine weiteren Familienangehörigen mehr, barg auch ein Stück Glück, vielleicht sogar Hoffnung.

Berger legte die Hände auf den Tisch und faltete sie wie zum Gebet. Zeit für die Beichte. »Sie haben mir immer noch nichts zu sagen?«

»Was wollen Sie hören?«

»Zum Beispiel ein Geständnis.«

Philip knurrte. »Was soll ich gestehen?«

Berger stöhnte auf. »Herr Hader, bitte, drehen wir uns doch nicht im Kreis. Sie wissen, was Ihnen vorgeworfen wird. Sie stehen im dringenden Verdacht, den Fotografen Rüdiger Dehnen umgebracht zu haben.«

»Oh Mann, warum sollte ich Rüdiger töten?«

»Vielleicht weil man Sie beim *Kurier* gefeuert hat? Vielleicht weil Sie ihn nicht ausstehen konnten und es ihm angedroht haben? Vielleicht weil Sie bis in die Haarspitzen mit Drogen voll gepumpt waren? Sagen Sie es mir!«

»Das ist doch lachhaft«, presste Philip hervor.

»Warum sind Sie dann geflohen?«

»Ich war in Panik.« *Wer wäre das nicht, wenn er gerade einen mordenden Geist gesehen hat.* »Ich hatte keinen klaren Kopf mehr ...« Noch während er es sagte, wurde ihm bewusst, wie dumm die Bemerkung war.

Berger ging nicht darauf ein. »Wir haben die Mordwaffe.«

»Und?«

»Sie wissen, was es ist?«

Philip schnaubte wütend. »Sagen Sie es mir!«

»Wir haben die Kamera.«

»Dann müssten Sie wissen, dass ich es nicht war.«

»Ihre Fingerabdrücke sind drauf!«

»Natürlich, es ist schließlich meine Kamera! Aber es müssen noch andere Abdrücke drauf sein!«

Berger lehnte sich zurück. »Das ist richtig, und ich gebe zu, das macht uns stutzig. Andererseits haben uns Ihre ehemaligen Kollegen bestätigt, in der Redaktion seien die Apparate häufig von unterschiedlichen Fotografen genutzt worden.«

»Das war *meine* Kamera! Außer mir hat die niemand benutzt!«, schrie er fast.

Berger nickte. »Umso schlimmer für Sie.«

Philip hätte sich am liebsten die Haare gerauft, als ihm bewusst wurde, dass es Berger gelang, ihn zu immer mehr Aussagen zu drängen, die ihn selbst belasteten. Aber da war nur noch eine Glatze, seit er sich den Kopf in einem Akt der Verzweiflung rasiert hatte. Er funkelte den Polizisten böse an. »Aber es gibt keine Zeugen!«

»Oh. Hatte ich das noch nicht erwähnt? Wir haben einen Zeugen.«

Klar, mich! Nur glaubt mir das keiner. »Wen?«

»Ihren Chef.«

»Fankow? Der hat nichts gesehen!«

»Wieso?«, fragte der Kommissar und nahm eine lauernde Stellung ein. »Hätte er denn etwas sehen können?«

»Nein, verdammt.« Philip verdrehte die Augen. »So war das nicht gemeint.«

»Dann erklären Sie es mir.«

»Er hat nicht gesehen, was tatsächlich passiert ist.«

»Er hat aber beobachtet, wie Sie mit der blutigen Kamera in den Händen über den Fotografen gebeugt standen. Und er ist sicher, dass niemand sonst im Raum war.«

Philip stöhnte. Es war sinnlos. Berger glaubte ihm nicht. Wieso sollte er auch? Der Fall war so eindeutig, dass Philip Mühe hatte, sich selbst zu glauben. Was konnte er zu seiner Verteidigung vorbringen? Visionen. Geschichten über Tote, die lebten. Über Reisen durch die Zeit. Wenn er richtig viel Glück hatte, würden seine Erklärungen ihm das Gefängnis ersparen und ihn dafür direkt in die Gummizelle führen. »Piss die Wand an!«, entwischte es ihm.

»Fluchen hilft Ihnen auch nicht mehr.«

»Was haben Sie jetzt mit mir vor?«

»Wir behalten Sie fürs Erste hier.«

»Das können Sie nicht machen«, protestierte Philip. Er dachte an seine Großmutter. Ihr überraschendes Auftauchen passte nur zu gut zu den unerklärlichen Ereignissen der letzten Tage. Der Tod von Rüdiger Dehnen. Die unheimlichen Visionen. Die *Reise*. Die Frau, der er 80 Jahre in der Vergangenheit das Leben gerettet hatte. Er war sich sicher, all dies wirklich erlebt zu haben; was ihm fehlte, war eine fassbare Verbindung zwischen den Geschehnissen. Gab es überhaupt einen Zusammenhang? Hatte alles einen verborgenen Sinn? *Das hat es, mein Junge, das hat es.* Auch wenn sich ihm dieser noch nicht zeigte, er war fest entschlossen, die Wahrheit hinter allem zu finden. Aber das gelang ihm nicht, wenn er hier im Knast saß.

»Sie haben Recht«, sagte Berger und lenkte Philips Aufmerksamkeit zurück in die Kombüse. Der Kommissar zog das zweite Blatt Papier aus dem Ordner hervor, bevor er sich erhob und mit dem Zeigefinger gegen die Tür pochte. Zwei uniformierte Beamte betraten den Raum. Die beiden konnten unterschiedlicher nicht sein, der eine untersetzt, hellhäutig, mit roten Haaren wie ein Ire, der andere groß gewachsen, solariumgebräunt und grau meliert. Doch Rotschopf und grauer Star, wie Philip sie insgeheim taufte, hatten auch eine Gemeinsamkeit: Ihre rechte Hand schwebte jeweils wachsam über dem Knauf der Dienstwaffe.

»Führen Sie den Jungen in die Zelle«, wies Berger an. »Und sorgen Sie dafür, dass ein Pflichtverteidiger benachrichtigt wird.«

Dann sah er noch einmal zu Philip herüber und sagte, während er siegesgewiss mit dem Zettel in der Hand wedelte: »Sie haben Recht. Wir können Sie nicht hier behalten. Das werden wir auch nicht. Wir werden Sie schon morgen in die Vollzugsanstalt überstellen. Der Haftrichter hat Untersuchungshaft angeordnet. Es besteht dringende Fluchtgefahr.«

Lindisfarne

»Festhalten!«

Bremsen quietschten, Reifen drohten, auf dem nassen Asphalt die Haftung zu verlieren, der Fahrer steuerte gegen und brachte das Gefährt wenige Meter vor einer Schafherde zum Stehen. Die Tiere waren gerettet. Doch die wenigsten Passagiere hatten rechtzeitig auf die Warnung reagieren können und waren durch die abrupte Bremsung gegen die Sitze ihrer jeweiligen Vordermänner geworfen worden. Sie rieben sich die Beine und Arme, einige die Stirn. Die nächsten Tage würden sie an blauen Flecken und Prellungen keinen Mangel leiden.

»Na so was!«, kicherte die alte Dame auf dem Sitz neben Beatrice. Als sie den Bus in Bexhall bestiegen hatte, hatte sie die Frau schlafend vorgefunden. Was der Hauptgrund gewesen war, warum Beatrice sich neben sie gesetzt hatte. Jetzt aber war die Rentnerin wach und klatschte begeistert in die Hände. »Das nenne ich doch mal eine gelungene Abwechslung.«

Beatrice warf ihr einen irritierten Blick von der Seite zu. Was an einem Beinahe-Zusammenstoß mit einer Herde Schafe gelungen sein sollte, wollte ihr nicht einleuchten.

»Oder etwa nicht?« Die alte Dame hob die Augenbrauen und in ihre Wangen gruben sich schelmische Falten. Ihr langes graues Haar hatte sie zu einem Dutt geflochten.

»Geht so«, fand Beatrice. Sie hatte den Zusammenstoß mit dem Vordersitz zwar abfangen können, sich dabei aber die Hand umgeknickt. Der Schmerz im Handgelenk war nicht weiter schlimm und würde in zehn Minuten nicht mehr zu spüren sein, trotzdem fiel es ihr schwer, dem Vorfall etwas Positives abzugewinnen.

Die Schafe verschwanden so schnell von der Straße, wie sie aufgetaucht waren. Gemächlich trotteten sie jetzt einen kleinen Hügel hinauf und schenkten dem Gefährt, dem sie beinahe zum Opfer gefallen waren, keinerlei Beachtung. Langsam setzte der Bus sich wieder in Bewegung.

»Also ich«, machte sich die alte Dame bemerkbar, und ihre Augen kullerten in den Höhlen, »ich finde die Busfahrt enervierend, wenn Sie verstehen was ich meine?«

Beatrice verstand nicht, was sie meinte, und schwieg. Offenbar reichte dies als Antwort. »Langweilig!«, erklärte die Dame ungefragt und schüttelte sich, als ekelte sie sich vor dem Wort. Ihr Dutt drohte seinen Halt zu verlieren. »Ich fahre jetzt seit dreißig Jahren regelmäßig an die Küste. Ich komme aus Glasgow, müssen Sie wissen. Zweimal im Jahr mache ich mich auf den Weg ans Meer, nach Bamburgh Castle. Das ist fast so etwas wie eine Tradition. Früher hat mein Mann mich begleitet, damals sind wir auch mit dem Auto gefahren. Seit er verstorben ist ...«, sie imitierte ein Schluchzen, »... nehme ich den Bus. Aber Sie müssen wissen, dieses Nichtstun im Bus, die Landschaft zieht fortwährend an einem vorbei, niemand spricht mit einem, das ist so ...«, sie schnaufte noch einmal, lauter diesmal, »... langweilig!«

Beatrice antwortete mit einem Achselrzucken und schaute an ihr vorbei aus dem Busfenster. Die Fahrt durch Northumberland war keineswegs *enervierend.*

Die Küstenlandschaft an der englisch-schottischen Grenze war offen und weit und trotz der Wintertrübe – vielleicht aber auch gerade deshalb – von betörender Schönheit. Immer wieder tauchten am Straßenrand halb verfallene Farmen und Cottages auf, ab und an erhoben sich sogar die Überreste einer Burg aus dem Graugrün von ausgedehnten Moorlandschaften und kargen Feldern: Zeugnisse einer fast vergessenen Vergangenheit.

Sie hörte ihre Sitznachbarin unzufrieden in den Damenbart brummeln, dann schien sie wieder eingeschlafen zu sein. Ein gutturales Schnarchen entrang sich ihrer Kehle, das an das Blöcken von Schafen erinnerte. Beatrice musste schmunzeln.

Lindisfarne Castle rückte in ihr Blickfeld, majestätisch auf einem steil ansteigenden Hügel thronend. Als der Bus über einen holprigen Heideweg eine Anhöhe nahm, tauchten die wogenden Wellen der Nordsee am Horizont auf. Das Dorf Lindisfarne lag auf einer Insel.

Der Blick auf die Küste war überwältigend. Beatrice war gefangen von der glitzernden Macht des Meeres, wie es sich an die Insel schmiegte und sie gleichzeitig von der übrigen Welt abschirmte. Das Schloss ragte vor dem Horizont empor und blickte erhaben auf den Rest der Welt hinab. *Wenn ich hier aufgewachsen bin,* sagte sie sich, *dann war ich ein glücklicher Mensch.*

Mit diesem Gedanken wurde ihr abrupt der Anlass ihrer Reise bewusst. Ein Schatten legte sich über ihr Gesicht. Verstohlen sah sie zu der schnarchenden alten Dame auf dem Nebensitz, die so unbefangen von ihrer Vergangenheit erzählt hatte. *Was hätte ich ihr antworten sollen? Dass mir meine Vergangenheit gestohlen wurde?*

Gut möglich, dass sie die Strecke nach Lindisfarne viele Male zurückgelegt hatte. Heute reiste sie durch ein neues Land voller Geheimnisse. Unweigerlich dachte sie an das verstörende Erlebnis in Bexhall. Auch die Prozession der Kinder, die sie in London erlebt hatte, fiel ihr ein. Als sie jetzt durch die Glasscheibe aufs Meer hinausblickte, kam sie sich beim Anblick der jahrehundertealten Burg furchtbar klein und verletztlich vor.

Als sie an der Haltestelle in Beal aus dem Bus stieg, war sie noch immer anderthalb Meilen von der Insel entfernt – und sollte es noch weitere drei Stunden bleiben. Zweimal täglich verschluckt die Nordseeflut die unbefestigte Straße, die auf die heilige Insel führt.

Als der Pfad durch das Watt endlich sichtbar wurde, verlor Beatrice sich in den Menschengruppen, die die Dünen hinabstiegen und den Schlick betraten. Ihre Schuhe versanken in angespültem Tang. Kinder alberten herum, wo vor kurzer Zeit noch Wellen und Meer getobt hatten. Jetzt war das Land zurückgekehrt, der nackte Grund, auf dem alles ruhte, das Fundament der Insel. Beatrice' Vergangenheit. Sie lag bloß und offen vor ihr, eine Vergangenheit aus Gras und Dünen, Klippen und Hügeln. Sie mochte diese Gegend, aber ein Gefühl von Vertrautheit wollte sich nicht einstellen.

Sie schulterte ihren Rucksack und setzte sich mit zügigen Schritten in Bewegung, trotzte dem Wind, der mit kalter Stimme zur Umkehr drängte. Sie überholte eine Pilgergruppe, die murmelnd in ein Gebet versunken war. Auf halbem Weg setzte Nieselregen ein. Schnee war an der Küste selten. Sie atmete tief durch, sog die salzige Meeresluft in ihre Lungen und glaubte zu spüren, wie die Anspannung in ihrem Kopf sich löste, ein angenehmes Gefühl.

Auf der Insel angekommen, fragte sie einige Fischer, die gelangweilt den Strom der Pilger beobachteten, nach dem Weg. Von ihnen erfuhr sie, dass das Haus ihrer Tante ein Stück außerhalb des eigentlichen Dorfes lag. Sie musste noch einmal eine Viertelstunde laufen, bis sie es endlich erreichte. Neben den mächtigen Tannen, die es umgaben, wirkte es winzig, wie die meisten der steinbewehrten Cottages in der Umgebung. Mit einem Wort: gemütlich.

Als sie den Vorgarten durch eine niedrige Holztür betrat, sprang ihr ein Bobtail mit hängender Zunge entgegen. Sein dichtes grauweißes Fell war durchnässt vom vielen Herumtollen im Regen. Er schüttelte sich, und an seinem Halsband klingelte ein neckisches Glöckchen. Sie zog sich die Handschuhe aus, er schleckte ihre Finger ab, und sie lachte, weil es auf der Haut kitzelte. Er bellte, weil er glaubte, sie wolle mit ihm spielen. Als sie seiner Aufforderung nicht nachkam, machte er einen Satz und rannte quer durch den Garten. Ihr fiel auf, wie liebevoll und gepflegt die Sträucher und Beete waren, selbst zu der kalten Jahreszeit blühten Zaubernussstrauch, Winterjasmin und Winterheide.

Kurz darauf kehrte der Hund mit einem zernagten Ast zurück und legte ihn vor ihren Füßen ab. *Nun wirf schon,* bettelte sein Blick.

»Du solltest werfen«, hörte Beatrice eine Stimme.

In der Haustür stand die Frau, deren Foto ihr Paul in London gezeigt hatte. *Meine Tante Angela-Marie.* Seit der Aufnahme mussten viele Jahre vergangen sein, aber die Zeit hatte ihr nichts anhaben können. Vielleicht war das Seeklima dafür verantwortlich.

Zwar fehlten Angela-Marie die tiefen Falten im Gesicht und die dunklen Ringe unter den Augen, aber die Ähnlichkeit mit der Frau, der Beatrice auf den Straßen Londons gegenübergestanden hatte, war verblüffend. Vielleicht waren sie Schwestern. Ganz bestimmt sogar. Sie würde diese ...

Der Hund kläffte, richtete sich auf seinen Hinterbeinen auf und legte ihr die Vorderpfoten auf die Schulter. Seine raue Zunge fuhr ihr über die Wangen.

»Ich sagte doch, du solltest den Stock werfen«, tadelte ihre Tante. Es war nicht böse gemeint. Ihre Stimme war warm, ganz anders als das Wetter. »Buck kann ansonsten sehr ungemütlich werden.« Sie lächelte vertraut, was irgendwie seltsam war, da Beatrice sie nicht kannte. *Falsch,* besann sie sich schnell. *Du kennst sie. Du* erkennst *sie nur nicht.* Sie erwiderte das Lächeln und sagte: »Ich werde es überleben.«

Mit dem Handrücken wischte sie sich das Gesicht. Sie stieß den Rüden mit einem beherzten Schubser von sich, bückte sich nach dem Ast und warf ihn in das Feld auf der anderen Straßenseite. Buck schoss mit wehendem Schweif durch den Nieselregen. Er war eine Ausbund an Energie, und Beatrice schloss ihn auf Anhieb ins Herz.

»Beatrice«, flüsterte ihre Tante. Sie war in den Vorgarten getreten, der Regen glättete ihre braunen Locken, durch die erste graue Strähnen zogen, und klebte ihr das Kleid an den Körper.

Für einen Moment existierten nur sie beide auf dieser Welt. *Das ist also die Frau, bei der ich aufgewachsen bin.* Unsicher sagte Beatrice: »Tante ...«

»Bitte nicht«, wehrte diese ab. »Du hast mich ›Angela‹ genannt. Einfach nur: Angela.«

»Angela«, wiederholte Beatrice. Es war das erste Mal seit ihrer Abreise in London, dass sie den Namen laut aussprach. Sie hatte gestern mit ihrer Tante telefoniert, in wenigen Worten von der Amnesie erzählt.

»Komm ruhig vorbei. Ich freue mich«, hatte Angela erwidert. »Ein Besuch in Lindisfarne wird dir helfen.« Doch nun, da sie hier war und ihrer Tante gegenüberstand, passierte nichts. Alles blieb verwirrend. Nur um sich zu vergewissern, sagte sie noch einmal: »Angela.«

Nichts. Nicht einmal der Hauch einer Erinnerung. Sie fühlte die Enttäuschung in sich aufsteigen. Angela legte ihr die Hand auf die Schulter. Sanft sagte sie: »Es tut mir Leid, was passiert ist.«

»Du kannst nichts dafür«, antwortete Beatrice.

»Und dein schönes Haar ...«, bedauerte Angela.

Beatrice zuckte die Achseln. »Mein kleinstes Problem.« Sie bemühte sich, sich nicht von den Erinnerungen an das, was geschehen war, fortreißen zu lassen, versuchte sich an einem Scherz. »Sieh«, meinte sie und rieb sich mit der Hand über die Glatze, »schon ist der Kopf trocken.«

Angela lachte, bevor ihr Blick einen leicht vorwurfsvollen Ausdruck annahm. »Du solltest deinen Freund anrufen.«

»Paul?«, fragte Beatrice mit düsterem Blick.

»Er hat bereits zweimal angerufen und wollte wissen, ob du angekommen bist und ob es dir gut geht.«

»Paul«, wiederholte Beatrice nachdenklich, als würde in dem Namen etwas Unheilvolles mitschwingen. Buck hockte schwanzwedelnd vor ihren Füßen, den Stock stolz im Maul. Sie beugte sich zu ihm hinab und nahm den struppigen Kopf in ihre Hände. Das Glöckchen klingelte. »Du bist mir ein süßer Kerl!« *Im Gegensatz zu Paul,* fügte sie in Gedanken hinzu.

»Du hast Buck schon damals gemocht, als er noch ein Welpe war«, meinte Angela.

Beatrice löste sich von dem Hund.

Sie sah ihre Tante an. *Damals.* Nur ein Wort, das so schnell über die Lippen kam. Und doch verbarg sich dahinter ein ganzes Leben. Ihre Welt. Nun drohte die Verzweiflung sie doch fortzuspülen.

»Ich kann mich nicht daran erinnern«, sagte sie mit zitternder Stimme. »Ich kann mich nicht an diesen Ort erinnern. Ich kann mich nicht an ...«, eine Träne löste sich aus ihrem Augenwinkel, »... an dich erinnern.« Eine zweite Träne. Und noch eine.

Ihre Tante nahm sie in den Arm. »Meine Beatrice«, sagte sie. »Ist schon gut.«

Natürlich war es das nicht. Aber das spielte jetzt keine Rolle. Endlich spülten die Tränen Verzweiflung und Furcht aus ihr heraus.

»Nur zu«, sagte Angela, und in ihrer Stimme lagen Wärme und Zuneigung, bedingungslose Liebe, Achtung und Respekt, mehr, als Beatrice in dieser Sekunde verkraften konnte. Während sie mit dem Himmel um die Wette weinte, den Kopf an die Schulter ihrer Tante gelehnt, und Buck seine Schnauze an ihrem Bein rieb, fühlte sie sich mit einem Mal geborgen und zu Hause. Das Gefühl war so übermächtig, dass sie glaubte, ihre Beine würden unter ihr nachgeben. Doch diese Schwäche verging und wich überraschend einer neuen Kraft. Denn egal, woher das Empfinden gekommen war, es machte ihr Hoffnung. *Nein, die Reise wird nicht vergeblich sein.*

Sie wischte sich die Tränen aus den Augen, und ihre Miene hellte sich auf. Auch ihre Tante strahlte. »So gefällst du mir schon besser«, sagte sie und schritt voran ins Haus. »Du bist doch völlig durchnässt, komm endlich rein. Ich habe dir einen Kirschkuchen gebacken. Den mochtest du schon immer.«

Die beiden Polizisten legten Philip Handschellen an. Sie führten ihn unter dem kühlen Blick des Kommissars aus dem Vernehmungszimmer und durch einen schlauchartigen Gang, von dem alle paar Meter Türen abzweigten. Ihm kam es vor, als wäre er vor gar nicht so langer Zeit schon einmal über das Linoleum geschritten. Stein und Beton mochten fallen, aber etwas überdauerte die Zeit. Für gewöhnlich sah man es nicht, man konnte es nur spüren. Philip hätte es nicht verwundert, wenn ein preußischer Gardeoffizier mit militärischem Drill aus einer der Türen getreten wäre, stocksteif in seiner blauen Uniform und mit einem gezwirbelten Schnauzbart unter der Pickelhaube.

Trotz des Pullovers legte sich ein Schaudern über seine Haut und wurde noch einmal verstärkt, als sie am Flurende ein Treppenhaus betraten, in das sich durch Spalten und Ritzen in den Fensterrahmen der Dezemberfrost geschlichen hatte. Die Häuserdächer jenseits der mit Eisengittern gesicherten schmalen Fenster waren mit einer weißen Eisschicht überzogen.

Die Kälte ließ erst nach, als ihn Rotschopf und grauer Star im Erdgeschoss in eine kleine Zelle stießen. Sie lösten die Handschellen und verließen den Raum. Die Stahltür fiel krachend hinter Philip zu, ein Schlüssel wurde mehrfach umgedreht.

In einem Anflug von Sarkasmus fragte er sich, ob er hier ein- oder ob die Welt ausgesperrt wurde.

Das winzige Fenster in zwei Metern Höhe fing nur unzureichend Licht ein. Die Zelle blieb dunkel und armselig. Neben der Tür war eine Kloschüssel ohne Deckel in den Boden eingelassen. In den hinteren beiden Ecken standen zwei Pritschen mit verlausten Matratzen; auf einer war die Filzdecke zu einem Haufen aufgeworfen.

Der Raum maß vielleicht drei mal drei Meter, und das war noch großzügig geschätzt. Einem Hund in Berlin standen gemäß der Hundeverordnung sechs Quadratmeter Lebensraum zu, wie er aus seiner Zeit als Zivi in einem Tierheim wusste.

»Was mache ich hier?«, fragte er in die Stille der Zelle. Er fühlte sich einsam und verlassen, und er spürte, wie der Zorn Besitz von ihm ergriff. Wut auf die Ereignisse der letzten Tage, die sein Begreifen überstiegen. Auch auf Chris, die sauer auf ihn war. Auf seinen Vater, der ihn angelogen hatte. Auf Berger, der ihn im Knast schmoren ließ. Auf die ganze gottverdammte Welt, die jeden Tag ein bisschen mehr einstürzte.

Er setzte sich in Bewegung, suchte Ablenkung, indem er eine Runde lief, doch nach zehn Sekunden war er wieder am Ausgangspunkt angelangt. »Was zum Teufel geschieht mit mir?«

Auch wenn die Zelle noch kleiner war, sie erinnerte ihn an seine Wohnung. Manchmal hatte er die Winzigkeit des Kreuzberger Wohnklos gehasst. Jetzt sehnte er sich danach. Gerne hätte er die Uhr zurückgedreht. Die Welt hätte wieder ihre Ordnung gehabt: Philip seinen Job, seine Freundin und an den Wochenenden viel Spaß in den Clubs der Stadt. Doch damit war es vorbei. Es sah nicht danach aus, als würde er je in sein altes Leben zurückkehren können.

Nur eine Frage der Zeit, bis man ihn als Mörder unter Anklage stellte, daran würde auch ein Pflichtverteidiger nichts ändern. Und seine Fähigkeiten erst recht nicht. *Du bist im Besitz einer wunderbaren Gabe,* hatte Hanussen gesagt. Oder war es ein Fluch?

»Scheiße!«, brüllte er und versetzte der Pritsche mit der säuberlich geschichteten Decke einen Tritt. Die Ordnung störte ihn, machte ihn rasend vor Wut. »Scheiße, Scheiße, Scheiße!« Auch wenn sein Fuß unter dem Schmerz protestierte, er trat noch einmal nach. Es schepperte und rasselte laut. Die Dissonanz der Geräusche klang in seinen Ohren wie Musik, die seinen Gemütszustand treffend untermalte.

»Bist du bescheuert, oder was?«, knirschte eine Stimme in Philips Nacken. Eine Hand legte sich auf seine Schulter und ließ ihn unwillkürlich zusammenschrecken. War es nur die

Überraschung, oder war es mehr? Genauer konnte er das Gefühl nicht bestimmen, zu sehr lähmte ihn die Präsenz des anderen. Und als ging es nur darum, seinen inneren Zwiespalt noch einmal zu verschlimmern, wurde ihm in dieser Sekunde bewusst, mit einer Klarheit, die ihn selbst überrumpelte, dass er tatsächlich über *Fähigkeiten* verfügte; Fähigkeiten, deren bloße Möglichkeit er bis vor kurzem mit aller Entschiedenheit abgestritten hätte. Fortan würden sie Bestandteil seines Lebens sein, ob er wollte oder nicht.

Angewidert wand er sich unter der unheimlichen Berührung hinweg. Er machte einen Satz nach vorne, kam nicht weit, denn da versperrte die Zellenwand ihm den Weg. Zögerlich drehte er sich um, wappnete sich einmal mehr für das Allerschlimmste.

Berlin

Wie an jedem Tag war die Morgenandacht das Schlimmste. Es gelang ihm kaum, sich aus dem Bett zu erheben. Nicht weil er zu dieser Zeit noch müde gewesen wäre. Frühes Aufstehen machte ihm nichts aus, nicht seit seiner Kindheit auf dem Brandenburger Land, als er seinen Eltern bei der Bestellung der Felder hatte helfen müssen.

Früh aufgestanden war er Zeit seines Lebens, doch neuerdings waren die ersten Minuten nach dem Erwachen seine Arme und Beine taub. Nutzlos hingen die Glieder an seinem Rumpf, und es blieb ihm keine andere Wahl, als darauf zu warten, dass das Leben in sie zurückfloss. Jeden Morgen schien es ein wenig länger zu dauern, und die Angst wuchs, der Tag, an dem er vergeblich warten würde, könnte gekommen sein.

Das Ankleiden war ebenso eine Tortur. Denn mit dem Leben kehrten auch die Schmerzen in seine Extremitäten zurück. Mit einem Wort: Arthrose. Er konnte sich nicht einmal mehr daran erinnern, wie sein Leben die vielen Jahre zuvor ohne gewesen war, so lange beherrschte die Krankheit bereits seine Gelenke. Sie protestierten gegen jede Bewegung. Die Finger verweigerten sich der Befehle, ließen immer wieder Kleidungsstücke zu Boden fallen, obwohl er krampfhaft darum bemüht war, sie festzuhalten.

Endlich in der Küche, war ihm vor lauter Schmerzen, Verzweiflung und auch Wut längst der Appetit vergangen, und er eilte ohne ein Frühstück hinüber in die Kirche. Der kalte Wind fegte den Schnee unter seine Soutane. Die Schmerzwellen zwangen ihn auch während der Frühmesse immer wieder zu einer kurzen Pause. Warum unterwarf ihn Gott einer solchen Prüfung?

Während er aus der Bibel las – er kannte den Text fast auswendig –, ließ er seinen Blick durch das Kirchenschiff schweifen. Das Geld der Pfarrgemeinde war knapp, und der Putz blätterte an manchen Stellen von der Wand.

Nur wenige Leute waren zur Morgenandacht gekommen.

Er hatte nichts anderes erwartet. Der Stadtbezirk Neu-Kölln war längst in der Hand der Muslime, seine katholische Kirchengemeinde St. Clara das letzte Bollwerk gegen den neuen Glauben. Es sah ganz danach aus, dass es schon bald zusammenbrechen würde.

In den hinteren Bänken saß eine alte Frau. Ihr schlohweißes Haar war wie ein leuchtendes Signal in dem Zwielicht, das die wenigen flackernden Kerzen dort hinten verbreiteten. Sie kam beinahe jeden Tag zur Messe. *Wenigstens* ihr *Glaube ist unerschütterlich,* dachte er gallig. Er bemerkte, dass sein Blick noch immer auf ihr verweilte. Sie schaute auf und nickte ihm zu.

Nach dem Gottesdienst verließen die wenigen Gläubigen die Kirche. Der Priester ging in die Sakristei. Ein Zittern ging durch seinen Körper, und sein Haar, weiß wie Schnee, fiel ihm ins Gesicht. Der Spiegel, der an der Wand hing, sollte ihm und den Messdienern Zeugnis über den korrekten Sitz ihrer Gewänder ablegen. Jetzt zeigte er ihm ein verzerrtes Gesicht, in dem unzählige Äderchen auf den Wangen geplatzt waren.

Er kämpfte sich aus dem Rock und unterdrückte einen Schrei. *Wie lange werde ich das noch machen können?* Er wusste keine Antwort. Nur eine neue Frage: *Wie lange* will *ich das noch machen?* Er schüttete den Rest Wein aus dem Kelch seine Kehle hinab, und die Wärme des Alkohols linderte ein wenig die Gelenkschmerzen.

Er verschloss die Sakristei und trat in den diesigen Berliner Morgen. Es war, als habe das Wetter sich mit den Schmerzen gegen ihn verschworen, als sollte er endgültig in die Knie gezwungen werden, noch heute. Es würde den ganzen Tag über schneien, aber auch das hielt die Menschen nicht davon ab, ihren täglichen Geschäften nachzugehen. Rastlos eilten sie an ihm vorbei; das war der neue Glaube: Erfolg und Geld. Nur wenige grüßten ihn, aber selbst die erkannte er nicht.

Auf dem Gehweg zur Pfarrei wartete die alte Frau.

»Eleonore«, sagte er und reichte ihr die Hand. Auf halber Strecke zuckte er zusammen.

»Jakob, fehlt Ihnen etwas?«, fragte sie besorgt.

Er lächelte. »Eher habe ich etwas zu viel. In den Gelenken.« Er holte einmal tief Luft, und der Frost fuhr in seine Kehle, wo er auf den brennenden Alkohol traf. Er hustete. »Und wie geht es Ihnen?«

»Ich bin einsam«, sagte sie und verblüffte ihn mit ihrer Offenheit.

Er sah sie an. Sie war wirklich alt. Sehr alt. Er erwiderte: »Gott ist für sie da!«

»Gott ...« Sie schnaubte, und aus ihrer Nase löste sich der Atem in kleinen Wölkchen. »Meinen Sie, Gott hat Zeit für eine alte Schachtel wie mich?«

Entrüstet sah er sie an. »Aber wieso ...?«

»Wieso ich dann in Ihre Kirche komme?«

Er nickte.

»Weil ich spüre, dass meine Zeit gekommen ist.«

»So etwas dürfen Sie nicht sagen.«

»Warum nicht? Was ist so schlimm am Tod?«

»Nichts«, sagte er. Sie tat ihm Leid, so alt und einsam, wie sie war. Er fühlte sich ihr verbunden.

»Ist das die Wahrheit?«

Wieder antwortete er nur mit einem Nicken. Selbst diese Bewegung kostete ihn Kraft. Sie bogen in die Zufahrt zum Pfarramt ein, ein mickriger, flacher Klinkerbau, der sich neben den gründerzeitlichen Altbauten furchtsam duckte. Eleonore blieb stehen. »Woran glauben Sie?«

Er runzelte seine raue Stirn. »Woran ich glaube?«

»Ja.«

»Eleonore, ich bin Priester. Ich glaube an Gott.«

Sie schüttelte ihr graues zersaustes Haar, als sei sie mit seiner Antwort unzufrieden. »Sind Sie sich sicher?«

Er hatte das Gefühl, dass sie auf etwas Bestimmtes hinauswollte. Aber er wusste nicht, worauf. Und auch nicht, ob er Lust darauf verspürte, es herauszufinden. »Was wollen Sie von mir hören?«

»Die Wahrheit!« Sie musterte ihn eindringlich.

»Die Wahrheit?«, wiederholte er und kam nicht gegen die Verlegenheit an, die ihn überkam.

»Sagen Sie mir: Was erwartet uns am Ende unserer Tage?«

»Es gibt nur eine Antwort: Gott.«

»Und wo?«

»An einem besseren Ort.«

»Daran glauben Sie?«

Er hob die Hand. Was sollte er ihr sagen? Es kam nicht in Frage, dass er vor ihr sein Gelübde in Frage stellte. *Mach dich nicht lächerlich. Du tust es jeden Tag!*

»Eleonore«, meinte er. Sie standen vor der Tür zum Pfarramt. »Ich weiß nicht, worauf Sie hinauswollen. Vielleicht sollten wir unser Gespräch ein anderes Mal fortsetzen. Ich habe heute noch eine Menge zu erledigen.« Das war glatt gelogen, aber er sah keine andere Möglichkeit, diesem Thema zu entfliehen. Er hoffte, bis zum nächsten Mal würde sie die Gedanken daran vergessen haben.

»Ein besserer Ort«, sagte sie gedankenverloren und presste ihre Tasche an sich. »Ich hoffe, Sie haben Recht. Ich wünsche Ihnen alles Gute.«

In seinen Ohren klang es wie ein Abschied für immer. Er beobachtete, wie sie sich zurück zur Hauptstraße schleppte. Sie bog auf den Bürgersteig, der sie zur U-Bahn-Station bringen würde. Er wandte sich der Tür zu, holte den Schlüssel aus der Tasche. Da hörte er einen Schrei. Er wusste sofort, dass sie es war, die ihn ausgestoßen hatte.

Er achtete nicht auf die Schmerzen in seinen Gelenken und rannte den Weg zur Hauptstraße. Auf halbem Weg zur U-Bahn-Station sah er sie ausgestreckt auf dem Boden liegen. Passanten umringten sie besorgt und neugierig. Er drängte sie beiseite, forderte eine junge Frau mit Handy auf, den Notarzt zu rufen.

»Eleonore«, sagte er, während er neben ihr in die Knie ging. Seine Glieder rebellierten dagegen, aber er beachtete den Schmerz nicht.

»Jakob.« Ihre Stimme war brüchig. Er musste den Kopf

hinabbeugen, um sie trotz des Straßenlärms zu verstehen. »Mein Herz.«

»Machen Sie sich keine Sorgen. Der Krankenwagen muss jeden Augenblick hier sein.«

Sie atmete schwer. »Ich spüre, dass es zu Ende geht.«

»Das ist das Wetter, das uns zu schaffen macht.«

»Das ausgerechnet Sie das sagen.« Es fiel ihr schwer zu reden. Ein neuerlicher Schwächeanfall ließ sie erbeben. »Sie waren wie ein Freund für mich.«

Er verzog das Gesicht. »Ich tat, was meine Aufgabe ist.«

»Manchmal auch ein bisschen mehr.«

»Wenn Sie es so empfunden haben, dann freue ich mich.«

Ihre Augenlider flackerten. Ihr kleiner, magerer Körper wirkte auf dem eisigen Asphalt so zerbrechlich. Er wusste, er durfte sich nicht von ihrer Erscheinung täuschen lassen. Hinter der Fassade des Alters war eine intelligente Frau verborgen – die an einer schweren Last zu tragen hatte. Sie hatte nie darüber gesprochen, aber es war ihr anzumerken. Etwas war in ihrer Vergangenheit vorgefallen, das sie zu dem gemacht hatte, was sie heute war: gramgebeugt, grauhaarig, faltig.

»Wussten Sie, dass ich eine Tochter hatte?« Ihre Worte kamen stoßweise.

Überrascht sah er sie an.

»Sie ist gestorben.«

»Das tut mir Leid.«

»Das braucht es nicht. Sie können nichts dafür.« Sie schnaufte und sammelte Atem zum Weiterreden. »Ich möchte Sie um etwas bitten.«

»Gerne.«

»Bringen Sie meinem Enkel eine Nachricht.«

»Sie haben einen Enkel?« Abermals war er erstaunt. Wie viele Geheimnisse bewahrte sie noch?

»Er ist etwas Besonderes.« Ihre Stimme wurde schwächer, verlor sich im Straßenlärm. Menschen blieben um sie herum stehen. In der Ferne war ein Martinshorn zu vernehmen. »Versprechen Sie, dass Sie nach ihm sehen.«

»Ich …«

»Bitte«, unterbrach sie ihn mit einem Ächzen.

»Soll ich ihn ins Krankenhaus holen?«

Sie deutete ein schwaches Kopfschütteln an. »Er wird nicht kommen können.« Sie zwang sich zu einem Lächeln. »Er ist gerade verhindert.«

»Wo ist er?«

Mit letzter Kraft presste sie Worte über ihre Lippen. Er verstand sie nicht. Der Krankenwagen war jetzt ganz nahe. Ihre Stimme war kraftlos, nur noch ein Flüstern. Er beugte den Kopf noch tiefer herab. Aufmerksam lauschte er dem, was sie sagte. Dann sackte ihr Haupt abrupt zur Seite. Der Notarzt zwängte sich durch die Menschentraube und schubste den Priester beiseite.

Vor Philip stand ein kleiner Mann, der ihm gerade mal bis zum Kinn reichte, bleich wie eine Leiche, aber durchaus quicklebendig. Er grunzte zornig: »Bist du eigentlich bescheuert?«

»Woher ...?«, stammelte Philip.

»Woher, woher?«, äffte ihn das quirlige Kerlchen nach. »Woher ich komme? Was meinst du denn? Etwa aus dem Scheißhaus?« Er hüpfte einmal quer durch den Raum, riss sich die Hose herab, präsentierte seinen blanken Arsch und hockte sich ohne Hemmungen auf die Kloschüssel. Geräuschvoll pinkelte er in das Becken. Philip ließ er dabei nicht aus den Augen; er grinste und entblößte zwei Reihen nikotingelber Zähne.

Philip wendete den Blick ab und nahm die Decke auf der anderen Pritsche zur Kenntnis, die jetzt flach auf der Matratze lag. Er entdeckte auch das Paar Dockers unter dem Bett. Auch wenn seine Angst ihm etwas anderes vorgegaukelt hatte, dies hier war keine Fortsetzung des Horrortrips der letzten Tage, sondern der ganz normale Wahnsinn des Großstadtlebens. Erleichtert atmete er auf. *Pass bloß auf, dass du nicht den Verstand verlierst.* Er ließ sich auf das Bett fallen, dessen Gestell er gerade noch mit wütenden Tritten malträtiert hatte.

Als der Mann sein Geschäft verrichtet hatte, sprang er auf. Ohne sich die Hose über den baumelnden Schwanz zu ziehen, kehrte er zurück zur Liege und ließ sich der Länge nach auf die Matratze fallen. Staub wirbelte empor. Weil er die Spülung nicht betätigt hatte, zog der strenge Geruch von Urin durch die Zelle.

Er zeigte erneut die Nikotinbeißerchen: »Fickst du gerne?«

Philip starrte seinen Zellengenossen an. Er war unrasiert und kahlköpfig, aber was hatte das schon zu sagen, Philip war es auch. Trotzdem war das Milieu, in dem sich sein Zellengenosse heimisch fühlte, zweifelsfrei zu erkennen. Beide Arme waren mit Tattoos übersät. Keine filigranen Muster, von echten Künstlern entworfen und mit Maschinen gestochen, wie sie von den Kids in Kreuzberg und Friedrichshain getragen wurden. Die Tätowierungen dieses Mannes waren schmierig und verwaschen. Kreuze. Flammende Herzen. Ein Anker. Sogar ein Hakenkreuz machte Philip in dem Sammelsurium aus. *Knasttattoos.* Was auch seine ungenierte Notdurft erklärte. *Knastgewohnheit.* Wenn es daran einen Zweifel gab, widerlegte ihn das Gesicht. Auf der fahlen Haut stachen die drei kleinen schwarzen Punkte auf dem linken Tränensack ganz besonders hervor. Neben dem rechten Augenlid rankte sich mehre Millimeter zur Braue hinauf ein stilisierter Stacheldraht.

Fickst du gerne?

Philip verspürte wenig Lust, sich über sein Sexleben zu unterhalten. Und mehr noch: Er hatte keinerlei Interesse daran, überhaupt Konversation zu betreiben, nicht mit diesem windigen Ganoven, aber auch mit niemandem sonst. Er wollte nachdenken. Eine Lösung finden.

Sein Zellengenosse sagte: »Okay, wenn du nicht gerne fickst, dann halt einfach die Schnauze.«

»Klar, natürlich, entschul...«

»Ja, schon gut«, unterbrach er gereizt. »Aber ich würde jetzt gerne noch ein Mütze Schlaf nehmen, ist das okay?«

Philip schluckte die Antwort hinunter und beschränkte sich auf ein Nicken. Der Mann zog sich die Decke über den Kopf. Philip blieb regungslos sitzen. Auch wenn er seit mehr als 24 Stunden auf den Beinen war, an Schlaf mochte er nicht denken. Nicht mit dem Gestank von Urin in der Nase, nicht in einem Raum mit diesem verrückten Kriminellen. Außerdem wirbelten tausend Gedanken durch seinen Kopf. Dazu die Worte seiner Großmutter in einer Endlosschleife. *Ich passe auf dich auf.* Wer weiß, möglicherweise hatte sie das getan. Aber er hatte seine Zweifel, dass sie es immer noch tat.

»Ach, scheiße, jetzt kann ich nicht mehr schlafen«, schimpfte es unter der Decke hervor. Das Gestell der Pritsche quietschte, als er sich auf der Matratze herumwälzte. Er warf die Decke von sich und richtete sich auf. Erleichtert stellte

Philip fest, dass er sich die Hose wieder hochgezogen hatte.

»Sorry«, meinte er. »Ich wollte dich nicht wecken. Ich hab dich nicht gesehen.«

»Du willst mich verarschen, oder? Ich geb ja zu, ich bin kein Riese, aber so klein bin ich auch nicht, dass man mich übersehen kann.«

»Nein, wirklich, ich war in Gedanken.«

Der Mann zog die Augenbrauen skeptisch zusammen, der Stacheldraht wuchs bis zur Mitte seiner Stirn. Er musterte Philip von oben bis unten und kam dann offenbar zu dem Ergebnis, dass dieser die Wahrheit sprach.

»Ich bin Carlos«, sagte er versöhnlich.

Philip besah sich das grauschwarze Patchwork auf Carlos Unterarmen. Es verschlang Haut und Haare, machte Falten unsichtbar. Über den Bund seiner Hose wölbte sich der Bauch. Schwierig zu schätzen, wie alt Carlos sein mochte. Er sah nicht aus wie ein Spanier oder Mexikaner, eher wie ein bleicher Grufti aus Marzahn. Aber wer wusste schon, welche Gründe Eltern ins Feld führten. Philip nannte ihm seinen Namen.

»Philip«, wiederholte Carlos. »Okay, merk dir das fürs nächste Mal, wenn sie dich wieder einlochen ...«

»Es gibt kein nächstes Mal«, fuhr Philip grantig dazwischen.

Carlos lachte auf. In den meisten seiner gelben Zähne saßen dunkle Füllungen. »Das sagen sie alle. Und dann sitzen sie schon bald wieder im Bau.«

»Ich aber nicht.«

»Meinst wohl, du bist einer von den Burschen, die solide werden? Wärste wohl gerne, wa?« Er hob die Augenbrauen und der Stacheldraht zog sich in die Länge. »Merks dir einfach: Mach hier kein Palaver. Denn beim nächsten Mal hast du Pech, und nicht ich lieg unter der Decke, sondern so ein Riese, dem schon lange einer abgeht, und der deinen edlen Arsch für sich beansprucht.«

Jetzt fiel der Groschen. *Fickst du gerne?*

Eine Weile schwiegen sie. Draußen auf dem Flur waren

Schritte zu hören, irgendwo drohte jemand, dem diensthabenden Beamten den Schädel einzuschlagen, sollte er nicht schleunigst die Zellentür öffnen.

Philip ging zur Toilette und drückte die Spülung. Sofort ließ der scharfe Gestank nach. Jetzt musste er nur noch das stinkende Kleidungsstück loswerden. Er streifte sich den Pullover über den Kopf und warf ihn vors Bett. Als er sich zurück auf die Matratze setzte, fragte Carlos: »Und, weswegen sitzt du?«

»Keine Ahnung.«

»Keine Ahnung?«

»Ich bin unschuldig.«

Carlos wackelte amüsiert mit dem Kopf. »Ja, ja, das sagen sie alle.«

»Aber ich bin's wirklich.«

»Ist klar!« Er trat in die Mitte der Zelle, zog sich Hosen und Hemd aus, hockte sich nur mit Strümpfen bekleidet auf den Boden und begann Liegestützen zu machen. »Eins, zwei, drei, vier«, zählte er mit. »Fünf, sechs, sieben, acht.« Er drückte sich ab, klatschte in die Hände und begann von vorne. »Eins, zwei, drei, vier.« Während seine Arme das Gewicht des nackten Körpers stemmten, wandte er Philip das Gesicht zu. Auf seiner Stirn sammelte sich der Schweiß. »Ist fast wie ficken.« Eine Schweißperle blieb an dem Stachel seiner Tätowierung hängen. Erneut klatschte er in die Hände. Und wieder von vorne. »Eins, zwei, drei, vier. Hast du 'ne Freundin?«

Ganz sicher hatte man ihm die Tinte mit der Nadel zu tief in seinen Schädel und das Hirn gebohrt. Nur so ließ sich sein Verhalten erklären. Philip brummelte.

»Was denn nun? Ja oder nein?«

»Schon.«

»Schon? Klingt nicht sehr überzeugt.«

»Na ja.« Wahrscheinlich gab Carlos anderenfalls nie Ruhe. »Doch.«

»Aber seit ... drei, vier ... die Bullen dich ... fünf, sechs ... gepackt haben ... sieben, acht ... findet sie ... neun, zehn ... dich gar nicht ... elf, zwölf ... mehr so toll.«

»Nein«, erwiderte Philip ohne Zögern. »Ich habe Scheiße gebaut.«

Carlos hielt in der Bewegung inne. Sein Atem ging stoßweise. »Also doch schuldig.«

Philip seufzte. »Nein, nicht so.«

»Aber du hast Scheiße gebaut?«

»Ja.«

Carlos richtete sich auf. Er blieb vor Philip stehen und präsentierte seinen Schwanz. Die Vorhaut war ebenfalls tätowiert. Wenig überraschend, dass es zwei große Brüste waren, soweit bei dem dünnen Glied von »groß« die Rede sein konnte. »Haben wir das nicht alle?«

Verwirrt löste Philip seinen Blick von dem Geschlecht. »Was?«

»Scheiße gebaut!« Carlos griente. »Bist du abgelenkt?«

Philip fragte sich, ob es Zufall war, dass er zu diesem Spinner in die Zelle gesteckt worden war, oder ob Berger das angeordnet hatte, um ihn zu zermürben.

»Aber weißt du, das ist noch lange kein Grund, uns von den Mädels mit Missachtung strafen zu lassen.« Carlos schnalzte mit der Zunge. »Ich hab zwei Mädels. Freu mich schon drauf, wenn ich wieder draußen bin. Zwei süße Fotzen. Denen macht es nichts aus, wenn ich mal ein krummes Ding drehe.«

»Na dann«, sagte Philip.

»Du bist ein komischer Kauz«, befand Carlos.

Na danke, das sagt der Richtige.

»Aber sympathisch«, fuhr er fort. Er hob die Hand zum Surfergruß. »Bruder!«

Philip überlegte, ob er ihm sagten sollte, dass er nicht viel Wert darauf legte, zu seiner Familie zu gehören. Erleichtert vernahm er den Schließmechanismus der Tür. Rotschopf lächelte schief, als er Carlos nackt in der Zelle stehen sah. Carlos fragte: »Und? Komm ich endlich raus?«

»Papperlapapp«, meinte der Beamte und wandte sich Philip zu. »Philip Hader?« Zwischen seinen Fingern rasselte das Eisen: »Kommen Sie, Sie haben Besuch!«

Philip sprang vom Bett. Es war ein gutes Gefühl zu wissen, dass jemand an ihn dachte.

Nicht viel später, in warme, trockene Kleidung gehüllt, war Beatrice davon überzeugt, dass sie den selbst gebackenen Kirschkuchen ihrer Tante schon immer gerne gegessen hatte: Er zerging ihr förmlich auf der Zunge. Da sie seit ihrer Abreise in London nicht viel zu sich genommen hatte, waren bereits drei große Stücke in ihrem Magen verschwunden. Angela gefiel dieser ungezügelte Appetit, und sie ließ sich dazu hinreißen, sogar Buck, dem Bobtail, eine kleine Portion von dem Obstgebäck zuzustecken. Er dankte es mit einem zufriedenen Schmatzen.

»Aber nicht, dass das zur Gewohnheit wird«, tadelte sie sich selbst.

Unbeeindruckt leckte der Rüde seine Lefzen. *Erzähl du nur,* schien er sagen zu wollen. Er war sich seiner Sache für das nächste Mal ziemlich sicher. Und tatsächlich brach Angela kurz darauf eine weitere Kuchenecke ab und warf sie Buck entgegen. Zielsicher schnappte er danach.

Erheitert verfolgte Beatrice die Szene. Aus dem Umgang der beiden sprach ein jahrelanges vertrautes Miteinander. Fast war sie ein wenig neidisch darauf, aber das war Unsinn. Sie hatte keinen Grund dazu, eifersüchtig zu sein. Ganz sicher hatte auch sie ein inniges Verhältnis zu Buck gehabt. Sie würde es herausfinden.

Nun, da sie den Weg auf die Insel gefunden hatte, zurück in das Haus ihrer Kindheit, gesättigt durch einen wunderbaren Kuchen, gestärkt und beinahe trunken vor Hoffnung, war sie voller Tatendrang. Sie wollte so vieles unternehmen, alles erkunden, sich erinnern, möglichst heute noch.

Angela spürte ihren Eifer, schließlich war Beatrice in ihrer Obhut aufgewachsen. Wenn einer sie kannte, dann wohl ihre Tante.

»Nicht alles auf einmal«, sagte sie mit Sorgenfalten auf der Stirn. »Du solltest dich schonen.«

»Du klingst wie Paul«, gab Beatrice zurück. Die Erwähnung des Namens löste kein Gefühl in ihr aus. Noch nicht einmal

Ärger. Und für einen Moment erschrak sie über diese Gleichgültigkeit.

»Zeig mir die Insel«, bat Beatrice.

Angela überlegte kurz. »Es regnet draußen.«

»Das macht mir nichts.«

»Es stürmt.«

»Ist mir egal.«

»Du lässt dich nicht davon abbringen, oder?«

»Nein«, strahlte Beatrice.

Sie streiften sich Regemäntel und Gummistiefel über, während Buck zwischen ihnen umhertobte, erfreut darüber, dass es erneut nach draußen ging. Der Regen hatte inzwischen zugelegt, aber das war egal, die Kleidung bot ausreichend Schutz.

Sie besuchten die Lindisfarne Priory, das ehemalige keltische Mönchskloster, auf dessen Überresten 1540 Lindisfarne Castle errichtet worden war. Sie stiegen die Stufen zur Burg hinauf, doch der Ausblick reichte gerade einmal bis nach Lindisfarne, dem Dorf, das der Insel ihren Namen gab.

Angela zeigte ihr die Gärten des Schlosses, gestaltet von Gertrude Jekyll, der einflussreichsten Landschaftsarchitektin des frühen 20. Jahrhunderts. Trotz der Wintermonate standen die breiten Rabatten in farbenfroher Blüte, fast ein Wunderwerk, fand Beatrice. Und noch was fiel ihr auf: »Sie ist dein Vorbild, oder?«, fragte sie ihre Tante.

»Ja«, sagte sie. »Ich mag die Art, wie Jekyll ihre Gärten angelegt hat.«

»Was nicht zu übersehen ist, wenn man deinen Garten betritt.«

»Ist das jetzt ein Lob?« Angela war skeptisch.

Beatrice lachte. »Natürlich. Dein Garten ist genauso prächtig.« Die Blumenbeete im Garten ihrer Tante strahlten Wärme aus. Und Zuversicht darauf, dass die dunkle Jahreszeit weichen und der Frühling kommen würde. Irgendwann würde die Sonne wieder scheinen.

Auf den Wiesen rings ums Schloss graste eine Herde Schafe. Beatrice musste an das Ereignis im Bus denken. Sie erzählte ihrer Tante davon, und gemeinsam amüsierten sie sich. Als die Dämmerung einsetzte, kehrten sie zurück zum Cottage. Als das Gebäude zwischen den Bäumen am Wegesrand auftauchte, überkam Beatrice trotz des Regens, der auf ihre Mütze prasselte, ein behagliches Gefühl. *Ja,* dachte sie, *hier bin ich zu Hause.*

Als sie später am Abend zusammensaßen, sagte Angela: »Buck hat dich vermisst.«

»Ach?«, machte Beatrice und beobachtete das Energiebündel, das sich zu ihren Füßen über einen Ochsenziemer hermachte. Seit ihrer Ankunft wich der Rüde nicht mehr von ihrer Seite.

»Er war schon immer der Ansicht, du gehörst nicht nach London.«

»War er das?«

»Ja«, sagte Angela. »Oder nicht, Buck?«

Der Bobtail ließ von seinem Kauknochen ab und bellte, als habe er ganz genau verstanden, worum es ging.

Beatrice streichelte dem Hund das Fell. Er rollte sich auf den Rücken, streckte die Pfoten in die Höhe und genoss das Verwöhnprogramm.

»Du hattest schon immer einen besonderen Draht zu den Tieren«, erzählte Angela. »Während andere Kinder noch nicht sicher waren, ob sie sich dem Hund oder der Katze nähern durften, hattest du schon deine Hände in ihr Fell vergraben und warst ihr bester Freund.« Sie erhob sich aus ihrem Sessel. »Ich habe nie einen Menschen erlebt, der schneller das Vertrauen der Tiere gewann als du.«

Mit der schmiedeeisernen Zange legte sie ein neues Holzscheit in den Kamin. Flammen stoben knisternd empor und tauchten den Raum in ein goldgelbes Licht. Draußen trieb der Wind den Regen gegen die Fensterscheiben, doch hier drinnen war es warm und gemütlich, ganz wie der Anblick des Cottage von außen versprochen hatte.

Sie genoss es, auf der Couch zu sitzen, eingemümmelt in eine Wolldecke, und den Worten ihrer Tante zu lauschen.

Ihr gefiel der Gedanke, dass sie dies schon früher oft getan hatte, mit Buck zu ihren Füßen. Der Hund hatte den Kopf auf seine Vorderpfoten gelegt und schlief langsam ein. Alles war entspannt, *wie immer,* war sie fast geneigt zu sagen. *Perfekt.* Sie fühlte sich pudel-, nein, *bobtailwohl,* und sie befand, dass der zurückliegende Tag ein guter Anfang war auf dem Weg zurück in ihre Vergangenheit.

»Was geht dir durch den Kopf?«, wollte Angela wissen.

»Durch meinen haarlosen Kopf?«, ulkte Beatrice.

Ihre Tante schmunzelte.

Beatrice überlegte. Bevor sie sich im Wohnzimmer vor dem Kamin niedergelassen hatten, hatten sie ihr ehemaliges Zimmer angeguckt. Es war klein, maß vielleicht vier Meter im Quadrat und bot Platz für ein Bett und einen Kleiderschrank. Zusätzlich war die Bewegungsfreiheit durch die Dachschräge eingeschränkt. Trotzdem war sich Beatrice nicht beengt vorgekommen. *Ich muss über einen guten Geschmack verfügt haben,* hatte sie gedacht. Die Tapete war in einem sanften Rot-Ton gestrichen. Auf dem Fensterbrett warteten Puppen auf die Rückkehr in ihre Stube. Die Bilder an der Wand zeigten Beatrice als Kind: mit ihrer Tante auf dem Weg durch das Gezeitenwasser. Im Badeanzug am Strand. Im Garten mit einem tapsigen Hundewelpen. *Buck.* Der Raum wirkte nicht wie arrangiert; das Mädchen, das hier lebte, hatte das Zimmer erst vor wenigen Minuten verlassen. Vielleicht, um mit dem Hund am Strand zu tollen. *Ein Ort zum Wohlfühlen.*

»Warum habe ich dieses wunderbare Zuhause verlassen? Was wollte ich in London?«

»Es war dein Studium«, antwortete ihre Tante.

»Mein Studium?« In Beatrice Ohren klang es wie ein Wort aus einer fremden Sprache. *Was habe ich studiert?* Sie ließ den Kopf sinken und entdeckte einige Krümel des Kirschkuchens auf ihrem Pullover, doch sie wischte sie nicht fort. Zum Abendbrot hatten sie erneut vom Kuchen genascht. Der Kuchen hatte wunderbar geschmeckt, und die Krümel würden sie noch eine Weile an den süßen Geschmack erinnern.

Ein schönes Gefühl, Erinnerungen zu haben. »Komisch«, meinte sie, »aber London ist mir fremd. Und das, was ich dort erlebt habe, seit ich ... seit ich erwacht bin, macht die Stadt nicht gerade sympathischer für mich.«

»Manchmal macht man Dinge, weil man glaubt, sie machen zu müssen«, sagte ihre Tante. Das Kaminfeuer prasselte und warf zuckende Schatten in den Raum. Das Zimmer war wie jedes in dem Haus nicht eben geräumig, und die Bücherregale, die an einer Wand bis zur Decke reichten, ließen es noch kleiner wirken. Aber auch behaglicher. »Und dann geschehen Dinge, die einem die Augen öffnen. Manchmal ist das Leben so.«

Beatrice sah sie verunsichert an. »Willst du damit sagen, nichts geschieht ohne Grund?«

Ihre Tante nickte nachdenklich. »Vermutlich«, antwortete sie. Sie stand erneut auf, schlüpfte mit ihren Füßen in gewaltige, aber kuschelig weiche Puschen und schlurfte in die Küche. »Möchtest du noch etwas Kirschkuchen?«, rief sie. Buck spitzte die Ohren.

Beatrice hielt sich prüfend den Bauch. »Danke dir, nein. Ich platze gleich.« Sie war mehr als satt. Außerdem hatte sie den Eindruck, dass ihrer Tante der Gesprächsverlauf unangenehm war.

Wahrscheinlich täuschte sie sich. Auf der Suche nach sich selbst klopfte sie jedes Wort, das sie hörte, nach tieferen Bedeutungen ab. Sie würde sich wieder daran gewöhnen müssen, dass Menschen oft nur so daherredeten, um überhaupt etwas zu sagen. So wie sie Dinge manchmal einfach machten, weil sie glaubten, sie machen zu müssen.

»Einen Tee?«, hörte sie Angela.

»Gerne.«

Kurz darauf kehrte ihre Tante mit zwei dampfend heißen Tassen zurück. Eine stellte sie auf das Beistelltischchen neben Beatrice. »Pfefferminztee, den hast du immer am liebsten gemocht.«

Beatrice führte die Tasse an ihre Lippen, stellte sie aber zurück, als sie merkte, dass der Tee noch zu heiß war.

Angela beobachtete sie.

»Wir müssen miteinander reden«, sagte sie nach einer Weile. Sie sagte es mit einer tonlosen Stimme, die alles Wohlgefühl weichen ließ.

Eine kleine Hand berührte Cato zaghaft an der Schulter, und er erwachte. Blinzelnd hob er die Augenlider und entdeckte das blasse Gesicht eines kleinen Jungen, der mit seiner Mutter seit dem Zwischenstopp in London-Heathrow neben ihm saß.

»Na, junger Mann«, sagte Cato. Seine Zunge suchte das Kaugummi, aber offensichtlich hatte er es im Schlaf verschluckt. »Was kann ich für dich tun?«

»Frierst du nicht in deinem Kleid?«, fragte der Junge.

Seine Mutter, eine dürre dunkelhaarige Frau in senffarbener Bluse aus dem Schlussverkauf, schnappte nach Luft und zog ihren Sohn an sich. »Bertie«, tadelte sie mit hochroten Wangen. »So was darfst du den Herrn Pfarrer doch nicht fragen.«

»Pater«, meinte Cato lächelnd.

Die Frau sah ihn verwirrt an.

»Pater«, wiederholte er. »Ich bin Pater, kein Pfarrer.«

»Entschuldigen Sie«, stotterte sie. »Das ist ...«

»... schon in Ordnung«, beruhigte er sie, während er nach der kleinen Reisetasche zwischen seinen Beinen griff. »Und schimpfen Sie nicht mit Ihrem Sohn.« Er zwinkerte dem Jungen zu. »Wie soll Bertie die Rätsel dieser Welt lösen, wenn er nicht fragt?«

Die Frau beäugte ihn verlegen. Ihre Verunsicherung wuchs, als sie mitbekam, wie er zwei Kaugummis aus der Tasche nahm. Einen reichte er dem Jungen. »Magst du?«

Bertie schnappte danach, doch seine Mutter hielt ihn zurück. »Eigentlich darf er nach dem Zähneputzen keine Süßigkeiten mehr essen.«

»Aber Mama«, protestierte der Junge, »das Zähneputzen war doch heute Morgen nach dem Frühstück.«

Ein Luftwirbel ließ das Flugzeug sacken. Die Frau schrie auf, ihre Haut nahm die Farbe ihrer bleichen Bluse an. Der Junge quietschte vor Vergnügen. Cato drückte ihm das Kaugummi in die Hand. »Aber pst!«, machte er verschwörerisch. »Nicht der Mama verraten.«

Bertie kicherte leise. Seine Mutter gewann langsam wieder an Farbe. Cato schälte das Kaugummi aus dem Papier und schob es sich zwischen die Lippen.

Das Signal zum Anlegen der Sicherheitsgurte blinkte auf. Cato zog den Gürtel um seine Hüfte, ließ ihn einrasten und warf einen Blick aus dem Fenster. Dichte Wolkenfelder lagen über der italienischen Hauptstadt und ließen erahnen, dass die Temperaturen draußen dem Vergleich mit jenen in der brasilianischen Einöde nicht standhalten würden. Die Ereignisse in Trujillo kamen ihm in den Sinn. Er verscheuchte den Gedanken daran. Das Problem war erledigt, in Rom warteten neue Aufgaben auf ihn.

Er beugte sich zu dem Jungen herab. Dieser blickte ihn mit großen Augen an. »Um deine Frage zu beantworten: Dort, wo ich herkomme, war es ziemlich warm, deshalb habe ich nicht gefroren. Leider hatte ich bei meiner Abreise keine Zeit, mich umzukleiden. Wenn ich daher an das Wetter denke, dass uns da unten erwartet«, er wies aus dem kleinen Fenster und täuschte ein Zittern vor, »dann wird mir wirklich angst und bange unter meinem *Kleid.*«

Berties Mutter wurde knallrot. Sie legte ihrem Sohn den Sicherheitsgurt an und lenkte seine Aufmerksamkeit auf die Stewardessen, die mit einem Rollcontainer den Gang entlangfuhren und die Pappbecher und Speisereste einsammelten.

Cato beobachtete die junge Mutter aus dem Augenwinkel. Ihr Verhalten war ihm nicht unbekannt. Diese Sorte Frau begegnete ihm auf den Straßen Roms allenthalben: vom falschen Mann geschwängert und schließlich verlassen, allein erziehend, arbeitslos und verzweifelt. So verzweifelt, dass nur noch die Pilgerreise nach Rom einen Ausweg aus ihrer Situation versprach. Er schloss die Augen und wartete darauf, dass das Flugzeug auf der Landebahn des Fiumicino International Airports in Rom aufsetzte.

Rom lag gefangen unter dichtem Nebel. Schon morgen würden die Zeitungen wieder voll sein mit Schlagzeilen über

Verkehrsunfälle mit dutzenden Toten. Seine Sorge war begründet gewesen. Als er das Flugzeug verließ und den Bus bestieg, der ihn und die anderen Passagiere zum Terminal bringen würde, kroch die bissige Kälte unter seine Soutane und heftete sich an seinen Leib, der von der einförmigen Sitzhaltung im Flugzeug noch ganz steif war.

Nicht zum ersten Mal dachte er daran, dass er langsam zu alt für solche Eskapaden wurde. Aber an Ruhestand war dennoch nicht zu denken; er war der beste Mann der Kongregation, und man würde ihn erst dann gehen lassen, wenn er buchstäblich nicht mehr würde laufen können. Und für das Offizium, den erlauchten Kreis der Freunde, wurde man sowieso niemals zu alt, selbst wenn man im Rollstuhl saß.

Als er die Abfertigungshalle verließ, erwartete ihn der Sekretär des Bischofs. Wortlos nahm dieser ihm die Taschen ab und führte ihn zum Ausgang, wo eine schwere schwarze Limousine mit dem Kennzeichen des Vatikans stand. Die Fondscheiben waren dunkel getönt und verwehrten den Blick ins Innere.

»Hallo«, rief eine bekannte Stimme, und Cato erblickte den kleinen Bertie, der seine Mutter kaugummikauend hinter sich herschleifte. Die Frau mühte sich mit einem schweren Koffer ab und vermied es, Cato anzuschauen. Er winkte dem Jungen und sandte den beiden stillschweigend seinen Segen, sie würden ihn gebrauchen können. Der Sekretär des Bischofs hüstelte ungeduldig und hielt die Hintertür der Limousine auf.

Cato war nicht überrascht, die groß gewachsene Gestalt Ricardo de Gussas auf der Rückbank des Wagens auszumachen. Der Bischof hatte seit ihrem letzten Aufeinandertreffen zugenommen, erkannte er, als er neben ihm Platz nahm. Das weinrote Zingulum spannte sich über de Gussas Bauch. Ansonsten war er unverändert: aufrechte Haltung, entschlossener Blick, selbst die Haare wie immer tadellos gefärbt und streng nach hinten gekämmt. Der Sekretär klappte die Tür zu und blieb wie ein Bodyguard neben Catos Taschen auf dem Bürgersteig stehen. Es fehlte nur noch die Sonnenbrille.

»Liebe Güte«, begrüßte de Gussa ihn und schüttelte sich, »ist Ihnen nicht kalt, mein Lieber?«

»Sie sind der Zweite, der mich das heute fragt.«

Der Bischof blickte ihn stirnrunzelnd an. Cato räumte ein: »Um ehrlich zu sein: Mir ist kalt, aber selbst die Zeit bis zum Anschlussflug in London war zu knapp, als dass ich mir was Wärmeres hätte anziehen können. Und mir scheint, ich werde auch jetzt nicht dazu kommen.«

De Gussa pflichtete bei: »Wir haben nicht viel Zeit.«

Cato nickte wissend. Dass der Bischof höchstpersönlich zum Flugplatz gekommen war, ließ darauf schließen, dass die Angelegenheit mehr als dringlich war. Sein Aufenthalt in Rom würde nicht von langer Dauer sein.

De Gussa drückte ihm eine Mappe in die Hand. Sie enthielt ein Flugticket, ein Bündel kurzer Berichte, die er erst einmal beiseite legte, darüber hinaus das Foto eines jungen Mannes, der selbst gerade fotografierte. Als Cato die Bilder der alten Frau entdeckte, sagte er nur »Oh!« und verschluckte erneut sein Kaugummi. Er hustete. Nachdem sich seine Kehle beruhigt hatte, sah er den Bischof an.

Dieser nickte grimmig. »Es ist so weit.«

Cato hatte geahnt, dass sein neuer Auftrag etwas Besonderes sein würde. Aber er hatte gehofft, sich wenigstens duschen, umkleiden und ein wenig Schlaf gönnen zu können. 15 Stunden Flug gingen nicht spurlos an ihm vorüber. Doch daraus wurde nichts, soviel war klar. »Sie haben ihn also?«, fragte er.

»Ja.« De Gussa spielte an dem violetten Amethyst in seinem Ring. »Sie hat uns zu ihm geführt.« Nach einer kurzen Pause fügte er hinzu: »Endlich.«

Cato nahm noch einmal das Bild in die Hand, das den jungen Mann zeigte. Es war ein wenig unscharf und ließ sein Gesicht nur erahnen, da es größtenteils durch das Gehäuse der Kamera verdeckt war.

Mit der anderen Hand blätterte er durch die Fotos, auf denen die alte Frau abgebildet war. Mal stand sie alleine auf dem Bürgersteig, dann inmitten einer Menschenmenge, die sich mit sichtlichem Ekel an ihr vorbeidrückte. Und dann stand sie neben einem jungen Mann, der offenbar, Sekunden bevor das Bild gemacht worden war, einen Wurstverkäufer angerempelt hatte. Erst jetzt erkannte Cato in ihm den halb verdeckten Fotografen.

De Gussa grunzte zufrieden: »Fliegen Sie umgehend nach Berlin. Bringen Sie ihn zu uns. Wenn er nicht freiwillig kommt ...« Er ließ den Satz unvollendet. »Sie wissen, was Sie tun müssen. Ich muss Ihnen nicht sagen, wie wichtig die Angelegenheit ist.« Er wurde lauter. »Wir *brauchen* den Jungen. Er ist eine Gefahr für uns. Wir *brauchen* auch das Achat. Ohne das Achat können wir die Bücher nicht vollständig entschlüsseln.« Er senkte seine Stimme. »Aber seien Sie vorsichtig. Erregen Sie kein Aufsehen. Bei allem, was Sie tun, denken Sie daran: Was wir nicht brauchen, ist die Aufmerksamkeit der Öffentlichkeit.«

Cato atmete durch. Der Auftrag würde schwierig werden, schwieriger als jeder andere zuvor. Diesmal ging es nicht um vermeintliche Wunder oder angebliche Heilungen. Diesmal hatte er es mit der Wahrheit zu tun. Und die war manchmal schlimmer als alle Lügen. Trotzdem antwortete er, und er legte alle Kraft, die seine matten Glieder noch hergaben, in seine Stimme, denn er meinte es ernst: »Ich werde Sie nicht enttäuschen.«

»Das weiß ich, mein Lieber, das weiß ich«, entgegnete der Bischof und klang in diesem Moment selbst entsetzlich müde. Cato öffnete die Tür und wollte aussteigen, als ihn de Gussa noch einmal zurückhielt. »Ach, und übrigens, Lacie erwartet Sie.«

»Lacie?« Cato spuckte den Namen aus. Plötzlich war er hellwach.

Der Bischof zuckte die Achseln. Im trüben Licht, das durch die geöffnete Tür ins Wageninnere drang, wirkte er nicht mehr so entschlossen wie noch vor wenigen Minuten, vielmehr angespannt und nervös. »Er wird Sie über alles Wichtige informieren. Er unterliegt Ihren Anweisungen.« Er schüttelte den Kopf mitleidig. »Es tut mir Leid. Es ging nicht anders. Ich kann Lacie nicht mehr von dem Fall abziehen. Er steckt zu tief drin. Aber ich mache mir seinetwegen Sorgen. Sie müssen ihn im Auge behalten. *Unbedingt.*«

Cato verließ den Wagen ohne ein weiteres Wort. Der Sekretär des Bischofs wandte sich von den Taschen ab, die im Straßenmatsch standen, umrundete den Wagen und klemmte sich hinters Steuer. Nachdenklich verfolgte Cato, wie die Limousine im dichten römischen Nebel verschwand. Dann stopfte er die Akten in seine Reisetasche, ergriff den Koffer und machte sich auf den Weg zurück ins Terminal.

Vielleicht war es Ken. Oder Chris. Möglicherweise seine Großmutter. Sie hatte Philip am Morgen, nach dem kurzen Wortwechsel am Potsdamer Platz, so schnell wieder verlassen, wie sie aufgetaucht war, noch bevor die Polizei ihn abgeführt hatte.

Als Rotschopf ihn jetzt in Handschellen in das Besucherzimmer schob, konnte Philip seine Verwunderung nicht verbergen. Er drehte sich zu dem Polizisten um, der die Tür verriegelte und sich mit ernster Miene davor postierte. Hier musste ein Irrtum vorliegen. Er wollte gerade nachfragen, als er den Mann in der schwarzen Soutanelle fragen hörte: »Philip Hader?«

Die Stimme des Priesters klang heiser und brüchig. Sein Gesicht war weinrot gesprenkelt, auf seinen Wangen waren Äderchen unter der Haut aufgeplatzt. Seinem Haar dagegen fehlte jede Farbe; schlohweiß fiel es in ungekämmten Büscheln über seine Ohren.

»Sie wollen mich sprechen?«, fragte Philip ungläubig.

Der Mann war sichtlich verlegen, schien nicht recht zu wissen, wie er das Gespräch eröffnen sollte. »Mein Name ist Jakob Kahlscheuer.«

Philip kramte in seinem Gedächtnis, doch der Name wollte keine Erinnerung wecken. Er konnte sich nicht daran entsinnen, für den *Kurier* Fotos von Geistlichen gemacht zu haben. Er selbst hatte nie viel für den Klerus übrig gehabt, nicht seit dem Sand, den Spinnen und all den anderen Streichen in dem Heim, in dem er aufgewachsen war. *Junge, das war doch nur ein Scherz*, hatten die Betreuer beschwichtigt. Und der Pastor, der jeden Sonntag zur Messe gekommen war, hatte gütig dazu gelächelt. *Sind sie nicht lieb, unsere Schäfchen?*

Zögernd ließ er sich auf dem Stuhl gegenüber dem Priester nieder. Die Kette zwischen den Handschellen klingelte leise wie ein Windspiel. »Wir kennen uns nicht, oder?«

»Ich bin ein …«, der Fremde zögerte, »… Freund Ihrer Großmutter.«

Philips Aufmerksamkeit erwachte augenblicklich. »Wo ist sie? Warum kommt sie nicht selbst?«

Kahlscheuer stockte. »Es geht ihr nicht gut.«

Etwas in seiner Stimme ließ Philip abermals aufhorchen. »Ist sie krank?«

»Sie ist im Hospital. Sie ...«

»Was ist passiert?«

»Sie hatte einen Herzinfarkt. Heute Morgen. Man hat sie auf die Intensivstation des Jüdischen Krankenhauses gebracht. Es geht ihr nicht gut.« Anscheinend wollte er, indem er die Aussage wiederholte, den Ernst der Lage hervorheben.

»Was heißt das?« Ein Kloß drückte in Philips Hals.

Kahlscheuer presste die Lippen aufeinander. Schließlich sagte er: »Ihre Großmutter schläft ...«

»Sie schläft?« Das konnte heißen: *Sie ist im Sessel für ein Stündlein eingeschlafen, nachdem sie ihren Tee getrunken hat.* Oder auch: *Sie ist tot.* Hieß es nicht immer, jemand sei ›entschlafen‹?

»Nein«, korrigierte Kahlscheuer. »Als ich Ihre Großmutter verlassen habe, war sie am Ende ihrer Kräfte. Sie ist nicht mehr bei Bewusstsein.«

»Das kann nicht sein!«, stieß Philip hervor.

Kahlscheuer strich sich mit einer fahrigen Bewegung über seinen Priesterrock, obwohl es da keine Falten zu glätten gab. »Wenn es der Wille des Herrn ...«

»Hören Sie auf!«, fauchte Philip. »Kommen Sie mir nicht mit Bibelformeln.« Leiser fügte er hinzu: »Es ist einfach nicht fair.«

Er sah über die Schulter des Priesters hinweg auf den Parkplatz, der das Polizeigebäude von der Otto-Braun-Straße trennte. Der Verkehr strebte trotz der winterlichen Verhältnisse seinem täglichen Höhepunkt entgegen. Eine Straßenbahn rumpelte vorbei. Die Freiheit war nicht weit entfernt. Es lagen nur das Fensterglas und ein schweres Eisengitter dazwischen. Wenn er ...

Philip zwang sich, seine Konzentration wieder auf den Besucher zu richten. »Was, wie bitte?«

»Ich sagte, ich kenne Ihre Großmutter schon sehr lange. Sie waren wohl gerade woanders?«

»Ich dachte an ... meine Großmutter.«

»Sie hat nie von Ihnen erzählt. Ich nahm an, sie wäre eine einsame alte Frau. Wieso hatten Sie nie Kontakt zu ihr?«

Philip schnaufte: »Bis heute Morgen dachte ich, sie wäre tot.«

Nicht mehr lange, dann ist sie tatsächlich tot. Gerade war sie in sein Leben getreten. Jetzt wurde sie ihm schon wieder entrissen. Und er hatte nicht einmal mit ihr reden können. Nein, das war wirklich nicht fair.

»Heute Morgen?« Verwundert schüttelte Kahlscheuer den Kopf. Graue Strähnen fielen ihm in die Stirn. »Das tut mir Leid.« Er schien über etwas nachzudenken. Er räusperte sich. Er beugte sich vor. »Ihre Großmutter hat mir erzählt, was heute Morgen geschehen ist.«

»Was hat sie erzählt?«

Der Priester strich sich das weiße Haar aus dem Gesicht und musterte Philip aufmerksam. »Nicht sehr viel. Nur dass man Sie, ihren Enkel, verhaftet hat. Mit diesem Wissen war es nicht schwer herauszufinden, auf welches Revier man Sie gebracht hat.«

»Mehr nicht?«

Kahlscheuer hustete. Es klang, als würde das Keuchen aus den Tiefen seiner Lunge kommen. »Bevor Ihre Großmutter einschlief, hat sie mich gebeten, Ihnen eine Nachricht zu überbringen.« Er beugte sich vor. »Ich soll Ihnen sagen, Sie müssten mit Ritz reden.«

»Mit wem?«

»Ritz.«

Philip war, als habe er den Namen schon einmal gehört, wusste ihn aber nicht einzuordnen. »Wer ist das?«

Der Geistliche hob bedauernd die Hände. »Sie hat nur diesen Namen gesagt, und dass es sehr wichtig ist. Sie wollte mir noch mehr mitteilen, aber sie war zu schwach. Und dann ...«, er hustete wieder, »... schlief sie ein.«

»Sie verlor das Bewusstsein?«

»Ja, natürlich, entschuldigen Sie.«

Es wollte Philip nicht einfallen, in welchem Zusammenhang er den Namen schon einmal gehört hatte. Wer war Ritz? Es war zum Verzweifeln. Fragen über Fragen. Nicht eine Antwort. Und jetzt lag seine Großmutter im Sterben. Erschöpft sank er auf den Stuhl zurück. In seinem dünnen T-Shirt begann er zu frieren. Er hätte den ranzigen Pullover anbehalten sollen.

Kahlscheuer faltete die Hände; die Situation erinnerte an die Vernehmung durch Berger. *Bereit zur Beichte.* »Herr Hader, ich habe das Gefühl, dass Sie etwas bedrückt. Wenn Sie reden wollen, dann ...«

»Danke. Aber nein danke«, erwiderte Philip. So verzweifelt war er nun auch wieder nicht, dass er ausgerechnet mit einem Pfaffen über die Ereignisse der letzten Tage reden wollte. Was sollte es bringen, das Weltbild des alten Mannes ins Wanken zu bringen? *Ist es dir etwa anders ergangen?*, fragte eine spöttische Stimme. Aber das war kein Vergleich. Schließlich glaubte Philip nicht an Gott, nicht an Jesus, nicht an das Paradies. Er hatte allerdings daran geglaubt, dass die Welt einer Ordnung folgte, einem System, das mit den Ansichten der Kirche nicht in Einklang zu bringen war. Irdisch. Rational. Wissenschaftlich. Ja, daran hatte er geglaubt. *Hatte.*

»Ich meine nur, wenn Sie etwas belastet. Reden Sie. Reden hilft.« Kahlscheuer warf einen Blick zu dem Polizisten an der Tür, dessen Pupillen einen Punkt an der Zimmerdecke fixierten. »Sie können mich jederzeit erreichen, im Pfarramt der Kirchengemeinde St. Clara«, flüsterte er. »Dieses Recht steht Ihnen zu.«

Philip erhob sich mit einem Ruck. An seinen Gelenken klimperte das Eisen. Der Priester zuckte zusammen. Der Rotschopf an der Tür versteifte sich wie auf ein unhörbares Kommando hin.

»Danke für Ihren Besuch«, sagte Philip, nicht höflich, aber auch nicht abweisend. Die Anstrengung der letzten Tage übermannte ihn. Er war erschöpft. Ausgelaugt. Auch resigniert. Er wollte nur noch zurück in seine Zelle, sich hinlegen und schlafen. In einem Buch, dass er vor einiger Zeit gelesen hatte, hatte es geheißen: »Und solltest du sterben, bevor du erwachst ...« Er vollendete den Satz mit eigenen Worten: ... *dann ist's auch egal.*

»Was empfindest du?«, erkundigte sich Angela.

Die Frage schwebte für Sekunden zwischen ihnen im Raum. Was bezweckte ihre Tante damit? *Wir müssen miteinander reden,* hatte sie vorhin gesagt. Sie wollte auf irgendetwas hinaus. Etwas Bestimmtes.

»Ich weiß nicht.« Beatrice hob die Schultern. »Stück für Stück, wie ein Mosaik, setzt du die Vergangenheit für mich zusammen. Die Insel, die Burg, der Strand, Buck, Kirschkuchen, mein Zimmer, die Bilder, meine Puppen. Pfefferminztee. Alles ergibt ein schlüssiges Bild, alles passt zueinander, auch wenn ich mich nicht daran erinnern kann. Noch immer nicht. Es ist, als betrachte ich ein fremdes Leben. Ich frage mich: Was ist geschehen, bevor dieser Albtraum seinen Anfang nahm? Es kommt mir wie ein Albtraum vor. Und als habe ich in meinem ganzen Leben nichts anderes als diesen Albtraum erlebt.«

Ihre Tante nickte, als wüsste sie ganz genau, wovon Beatrice sprach. Das verwirrte sie noch mehr. »Erzähl mir davon«, sagte Angela.

»Wovon?«

»Von deinem Albtraum.«

Eigentlich hatte Beatrice nicht darüber reden wollen. Viel lieber wollte sie in der gemütlichen Atmosphäre dieses Abends versinken, in der Hoffnung, dass früher oder später die Erinnerung an die Tür klopfte, hereintrat und sagte: *Hier bin ich, Beatrice, willkommen zu Hause.*

Buck spürte ihre Befangenheit. Er streckte sich, stand auf und legte seine Schnauze auf ihren Oberschenkel. Gedankenverloren streichelte sie ihn. Wenn sie doch nur die Erinnerung an die jüngsten Ereignisse gegen die ihrer Kindheit und Jugend eintauschen könnte – das wäre ein gutes Geschäft. Sie hätte sofort den Vertrag dazu unterschrieben. Doch wer setzte die Vereinbarung auf?

Sie holte Luft. Dann erzählte sie von ihrem Erwachen in der Gosse von London. Von der versuchten Vergewaltigung.

Von Elmi, ihrem Retter und treuen Gefährten mit dem Einkaufswagen. Von dem Zufall mit der Zeitung. Von Paul und dem seltsamen Gefühl, etwas sei falsch an seiner Liebe, seinen Plänen, dem Hotel, der Hochzeit, einfach allem ...

»Paul«, unterbrach Angela.

»Paul«, wiederholte Beatrice und wartete darauf, ob ihre Tante einhaken wollte. Doch sie schwieg, und so erzählte Beatrice weiter, von ihrem Wunsch, die Vergangenheit aufzuarbeiten, und von Pauls Reaktion, die sie nur noch mehr in ihrem Entschluss bekräftigt hatte. Sie berichtete von ihrer Reise mit dem Bus, den imposanten Burgen jenseits der Straße, von der alten Dame, die ihr nach dem Beinahezusammenstoß mit der Schafherde unbedingt ein Gespräch hatte aufzwingen wollen, von ihrer Ankunft in Lindisfarne, schließlich von ihren Eindrücken in den letzten Stunden, dem Wohlgefühl, das sich zunehmend einstellte.

»Und das war alles?«, fragte Angela.

»Ist das nicht genug?« Beatrice glaubte ihren Ohren nicht zu trauen. »Ich glaube doch wohl, dass ...« Etwas im Blick ihrer Tante ließ sie den Rest des Satzes vergessen. Doch bevor sie erkennen konnte, was es genau war, sanken die Flammen im Kamin zuammen, und Angela rückte in den Schatten.

»Doch«, drang ihre Stimme durch das plötzliche Halbdunkel. »Was ich wissen wollte, war ...« Sie hielt inne, schien nach den richtigen Worten zu suchen.

»Ob mir etwas Ungewöhnliches widerfahren ist?« Beatrice wusste nicht, warum sie dies sagte, aber ihre Lippen spuckten die Worte förmlich aus. Sie hoffte, ihre Tante würde auflachen und verneinen. *Ach mein Kind, so ein Quatsch.*

Dennoch war sie nicht überrascht, als sie Angelas Antwort hörte: »Ja!«

Beatrice fröstelte. Die Temperatur sackte herab. Und das lag gewiss nicht nur am Feuer im Kamin, das fast ausgegangen war.

»Das Feuer«, meinte sie, um Zeit zu gewinnen.

»Das fängt sich wieder.«

Kaum dass Angela die Worte ausgesprochen hatte, knisterte

das Holz, und die Flammen gewannen an Kraft. Beatrice erkannte ihre Tante wieder klar und deutlich. Doch so nahe sie ihr die letzten Stunden gewesen war, jetzt war sie weit weg.

Manchmal ist das Leben so. Angela hatte die Andeutung vorhin nicht einfach in den Raum geworfen. Es war keine dieser Bauernweisheiten, die man aus einer Laune heraus zum Besten gab, weil einem nichts Gescheiteres einfiel. *Nichts geschieht ohne Grund.*

Angela beugte ihren Oberkörper vor, als habe sie Angst, man könnte sie belauschen. Doch da waren nur der Regen, der gegen die Fensterscheiben schlug, und der Wind, der durch die Ritzen im Mauerwerk pfiff. »Erzähl mir davon«, bat sie.

Eine Gänsehaut legte sich über Beatrice. *Worauf läuft das hinaus?* Buck rückte näher an sie heran. *Die Geisterstunde am Kamin?* Es war ein sicheres Gefühl, den Bobtail bei sich zu wissen.

Sie warf alle Scheu über Bord. Sie berichtete von der wundersamen Begegnung mit der Prozession der Kinder in London und der alten Frau, die ihrer Tante so verblüffend ähnlich sah. Sie ließ auch das Erlebnis in Bexhall nicht aus: die Schule, in der Kinderstimmen einen Reim gesungen hatten, der etwas in ihrem Gedächtnis auslöste, eine Schule, die seit Jahrzehnten nicht mehr in Betrieb war.

Je mehr sie erzählte, umso unwahrscheinlicher klangen die Ereignisse in ihren eigenen Ohren. *Ich habe mir das alles nur eingebildet! Mein Verstand spielt verrückt.* Kein Wunder, nach allem!

Angela folgte den Schilderungen, ohne zu unterbrechen, ihre Miene drückte weder Zweifel noch Unverständnis aus, und als Beatrice schließlich schwieg, nickte sie. »Ich habe immer gewusst, dieser Tag würde kommen.«

Rom

Wer an diesem Nachmittag einen Blick in die kleine Gasse unweit der Piazza Nivona geworfen hätte, hätte durchaus etwas Merkwürdiges beobachten können: Von einem Augenblick zum anderen tauchten mehrere geistliche Würdenträger aus allen Himmelsrichtungen auf, strebten einem schmalen Hauseingang zu und verschwanden darin, nachdem auf ihr Klopfen die Tür geöffnet wurde. Zwar bedeutet der Anblick von Geistlichen in Rom nichts Ungewöhnliches, doch dass mehrere Würdenträger sich zur gleichen Zeit in einer winzigen Gasse versammelten, noch dazu bei dichtem Schneefall, der seit einigen Stunden niederging, hätte bei zufälligen Beobachtern mit Sicherheit für Befremden gesorgt.

Doch niemand beobachtete die Szene, die Gasse war nahezu unbewohnt, die Wasserleitungen gekappt, Strom funktionierte nur noch in wenigen der Häuser. Sie lag ein ganzes Stück abseits der Hauptverkehrsstraßen, der Zugang war über verschiedene verwinkelte Wege möglich. Jeder der Kardinäle, Bischöfe und Prälaten, auch der Dekan und der Abt, wählte einen anderen Weg, weshalb das Aufeinandertreffen der illustren Schar wie so viele Male zuvor unentdeckt blieb.

»Meine Herren ...« Bischof de Gussa pochte mit seinem schweren Ring auf den wackeligen Holztisch, und die Aufmerksamkeit der Männer richtete sich auf ihn. »Sie wissen von dem jungen Mann, den wir all die Jahre über gesucht haben.«

»Philip Hader«, murmelte ein Prälat von der anderen Seite des Tisches.

»Er ist gefunden worden. Schön. Das haben Sie aber schon bei unserem letzten Zusammentreffen verkündet«, warf Boris Garnier ungeduldig ein. Er rieb sich sein Kniegelenk, das noch einige Tage länger auf eine Operation warten musste.

»Richtig«, pflichtete ihm de Gussa bei. Innerlich ärgerte er sich über den Präfekten der Kongregation für die Glaubenslehre, der sich in den letzten Tagen zunehmend ungehaltener zeigte. »Und Sie wissen auch, dass wir schon lange die

Vermutung hatten, der Junge könnte möglicherweise nicht allein sein.«

»Ach, hören Sie doch auf«, schimpfte Garnier.

»*Sie* hatten die Vermutung«, stellte Giaccomo Lorenzini klar, Prälat aus Turin und Nachfahre des italienischen Schriftstellers Carlo Collodi, aus dessen Feder *Pinocchio* stammte. »Es hat nie einen wirklichen Hinweis gegeben, der diese Annahme gestützt hätte.«

»Oder reden Sie etwa von der alten Frau?«, fragte Monsignore Mundaste aus Südafrika, der dunkelhäutige Bischof mit dem niederländischen Akzent. »Das hatten wir doch schon. Ersparen Sie es uns also. Sie hat uns wie erhofft zu dem Jungen geführt, auf ihn sollten wir unser Augenmerk richten.«

De Gussa ließ sich nicht anmerken, wie wütend ihn die Bemerkungen der Anwesenden machten. Bedächtig hob er die Hand. »Nein, davon rede ich nicht. Ich rede davon, dass es neben dem Jungen noch eine weitere Person gibt, die für uns von Bedeutung sein könnte.« Er machte eine Pause, bevor er weitersprach: »Und jetzt ...« Er dehnte die Worte. Die Runde schwieg gespannt. »Jetzt bin ich mir sicher, dass er nicht alleine ist. Erst jetzt werden wir dem Achat tatsächlich näher kommen.«

Ein Raunen eilte durch den Raum. Es reichte von Erstaunen über Zweifel bis zu offener Empörung.

»Ach kommen Sie!«, rief Garnier.

»Die Bücher ...«, murmelte Antonio Capote, der Prälat aus Venedig, erfurchtsvoll.

Jürgen Launitzer, Erzbischof aus Köln, hüstelte missbilligend. Seit ihrem letzten Aufeinandertreffen waren tiefere Falten in sein Gesicht getreten. Seine Hüfte bereitete ihm sichtlich Schmerzen. Nicht mehr lange, und eine Operation würde unvermeidlich sein. »Wir wollten doch nicht mehr darüber ...«

Lorenzini fuhr ihm ins Wort. »Warum sollten wir nicht darüber reden? Machen wir uns doch nichts vor: Ohne das Achat werden wir die Bücher niemals vollständig entschlüsseln können.«

Zustimmendes Gemurmel erfüllte den Raum.

»Vielleicht brauchen wir das Achat aber auch gar nicht«, warf Monsignore Mundaste ein.

»Was wollen Sie damit sagen?«, fragte de Gussa.

»Ich will damit sagen ...«, der dunkelhäutige Geistliche vermied es, den Bischof anzuschauen, »... dass Sie einem Irrglauben erliegen. Wir haben den Jungen, und damit haben wir auch das Achat.«

Wieder erhob sich die Kakofonie der Stimmen. Eine übertönte alle anderen. »Und was, wenn nicht?« De Gussas brüllte noch lauter, ließ einen nach dem anderen verstummen. »Was, wenn ich Recht habe? Wenn der Junge eben nicht über das Achat verfügt? Was dann?«

Fabricio Lucarno, der Abt aus New York, räusperte sich. »Was mich viel mehr interessiert: Was macht Sie so sicher, dass es noch eine weitere Zielperson gibt?«

»Der Junge wusste bis vor wenigen Tagen nicht, dass er der Auserwählte ist«, führte der Bischof aus. »Und bis zu diesem Augenblick versteht er nicht, was mit ihm geschieht. Warum sollte ausgerechnet er im Besitz des Achats sein?«

»Weil es immer so war!«, antwortete Garnier.

»Richtig«, pflichtete Giaccomo Lorenzini ihm bei. »Und es gibt nicht den kleinsten Hinweis darauf, dass es diesmal anders sein wird.«

Boris Garnier nickte. »Um es deutlich zu sagen, werter Bischof: Nichts weist darauf hin, dass ihre Vermutung mehr sein könnte als ein Hirngespinst.«

De Gussa funkelte den Präfekten der Kongregation an. Garnier schien sich in der Rolle des Widerparts zunehmend zu gefallen. De Gussa durfte nicht zulassen, dass er sich als Wortführer einer Opposition aufschwang und ihn vor versammeltem Officium bloßstellte. Das konnte gefährlich werden. Er hielt einen Zeitungsartikel hoch.

Lucarno neigte zweifelnd den Kopf. »Was ist das?«

»Eine Zeitung.«

»Das sehen wir.« Erneut war es Garnier, der das Wort ergriff. »Und warum zeigen Sie uns die?«

»Weil sich ein Hinweis darin findet, dass es noch eine weitere Person unseres Interesses gibt.«

»Eine jämmerliche Zeitung aus ...« Lucarno versuchte die Buchstaben über den Tisch hinweg zu erspähen, aber das Licht der wenigen Lampen machte es seinen Augen schwer. »Und die soll uns umstimmen?«

De Gussa überlegte einen Moment, bevor er antwortete: »Was meinen Sie, wie wir auf die angeblichen Wunderheilungen in Trujillo aufmerksam geworden sind? Ganz bestimmt nicht, weil dieser widerwärtige Andrej Comistadore uns darüber verständigt hat.«

»Sie haben das in der Zeitung gelesen?« Lucarno sah ihn ungläubig an.

»Nun, nicht wirklich ich«, gab de Gussa zu und lächelte zum ersten Mal an diesem Abend. »Sie werden vielleicht schon davon gehört haben: Das Informantennetz des Vatikans ist das beste der Welt. Es wertet E-Mails, das Internet, Tageszeitungen und Magazine aus. Keine Nachricht von Bedeutung, die dem Heiligen Stuhl entgeht. Und wir vom Offizium partizipieren daran.«

»Ach«, schnaubte Lucarno abfällig. »Verstehe ich das jetzt richtig? Wir haben das beste *Spionagenetz* der Welt, das selbst einem kleinen Wunder in der brasilianischen Einöde auf die Spur kommt. Aber einen Jungen, der von so ungeheurer Wichtigkeit ist, haben Sie 20 Jahre lang nicht auftreiben können?« Deutliche Missbilligung sprach aus seinen Worten.

»Das ist etwas anderes«, sagte de Gussa unwirsch und einige der Anwesenden stimmten leise zu. Doch de Gussa beobachtete mit Sorge, wie viele von ihnen schwiegen oder sogar mit demonstrativem Kopfschütteln reagierten.

Lucarno ließ nicht locker. »Warum sollte das etwas anderes sein?«

De Gussa sah ihn an. Der Abt war mit seinen 49 Jahren der Jüngste unter ihnen und als Nachfolger von Laurent Bones, dem jüngst verstorbenen Bischof aus New York, noch nicht ganz mit der Brisanz der Fragen vertraut, die das Offizium beschäftigten. Vielleicht wollte er aber auch nur unter Beweis stellen, dass er seinen Platz in der Runde verdient hatte.

Boris Garnier hakte ein und nahm de Gussa damit die Möglichkeit, auf den Vorwurf einzugehen: »Ich kann die Zweifel Lucarnos verstehen. Und Monsignore ...«, er nickte in Richtung des schwarzafrikanischen Bischofs, »ich teile Ihre Ansicht: Das Problem wird am Ende gar nicht so dramatische Auswirkungen haben, wie wir fürchten. Wir haben jetzt den Jungen. Das ist es, worauf wir die vielen Jahre über gehofft haben. Und es gab nie einen Zweifel daran, dass wir dieses Ziel nicht erreichen würden. Auch jetzt bin ich überzeugt: Der Junge wird uns das Achat bringen. Und damit werden wir die Bücher entschlüsseln.« Er machte eine Pause, als habe ihn das Reden angestrengt. Die Umsitzenden nickten zustimmend. »Sie werden sehen, wir machen uns viel zu viele Sorgen. Und wer weiß, sobald wir die Bücher entschlüsselt haben, stellen wir vielleicht fest, das sie nichts anderes enthalten, als das, was wir ohnehin schon wissen.«

De Gussa starrte ihn fassungslos an. Jedes weitere Wort war vergebens. Den Freunden des Offiziums fehlte jegliches Bewusstsein für die Tragweite der Angelegenheit. Wie konnte das sein? Waren sie träge geworden in den Jahren, die sie auf diesen Tag gewartet hatten? Oder war ihre Ignoranz bereits eine erste Auswirkung der Ereignisse, die sie fürchteten und die zu verhindern sie sich geschworen hatten? Der Bischof wagte nicht daran zu denken.

Seine Entscheidung, Cato einzuschalten, war richtig gewesen. Doch darüber, so beschloss er in diesem Augenblick, würde er die versammelten Würdenträger nicht in Kenntnis setzen. Noch nicht. Sie würden nur wieder diskutieren – *Ausgerechnet Cato! Wie widerlich! Was würde der Heilige Vater denken? Muss das wirklich sein?* – und eine Entscheidung so lange hinauszögern, bis es zu spät war. Besser war es, ihnen Ergebnisse zu präsentieren.

Er erhob sich mit einem Ruck. »Meine Herren, entschuldigen Sie mich für einen Augenblick.«

»Wohin wollen Sie?«, fragte der Präfekt der Kongregation, Boris Garnier.

»Auch einen Bischof überkommt ab und an ein menschliches Bedürfnis«, antwortete de Gussa. Er verließ den Raum und spürte, wie sich ihre Augen in seinen Rücken bohrten. Draußen im Flur griff er zu seinem Handy.

Ein Flughafen war wie der andere. Als Cato sich vier Stunden und einen Umstieg am Mailänder Malpensa später zum Gepäckband am Flughafen Berlin-Tegel schleppte, war es nur die Sprache der Hinweisschilder, die darauf deutete, dass er sich in einer anderen Stadt in einem anderen Land befand.

Erschöpft wartete er auf die Koffer, die das Laufband herantrug. Die zurückliegenden Flugstunden zerrten an seinen Kräften. Ihm war kalt, und die Konzentration schwand, je länger er wach blieb. Da half selbst sein Kaugummi nicht mehr, das seine Zähne unablässig bearbeiteten. Bei dem Gedanken an Lacie verging ihm auch der letzte Rest gute Laune. Er wollte ihm nicht begegnen, nicht in seinem jetzigen Zustand, müde, verschwitzt, stinkend. So dringend die Angelegenheit war, unter diesen Umständen würde er keine gute Arbeit leisten können.

Trotz der Menschentraube, die in der Ankunftshalle auf Angehörige und Freunde wartete, war der narbengesichtige Popanz nicht zu übersehen. Der Anblick war sogar schlimmer, als Cato ihn in Erinnerung hatte; nur der teure schwarze Einreiher, den Lacie trug, milderte das schauerliche Bild.

Frostig reichten sie sich die Hand und überquerten schweigend das Parkplatzrondell zu einem schwarzen Mercedes. Der Wagen war bereits von einer dünnen weißen Decke überzogen, nur die Motorhaube war frei. Anders als das neblige Rom wirkte das verschneite Berlin friedlicher, beinahe sinnlich. Doch Cato ließ sich von dem Anblick nicht täuschen.

»Er hat Sitzheizungen«, bemerkte Lacie mit einem bedauernden Blick auf Catos Soutane, als er den Mercedes mit der Funkfernbedienung entriegelte.

Als sie auf den warmen Sitzen Platz genommen hatten, sagte Lacie: »Wir haben ihn!« *Ihre Hilfe ist nicht mehr nötig,* sollte sein Blick bedeuten. Die Abneigung war ohne Zweifel beiderseitig. Trotzdem würden sie miteinander auskommen müssen, so lange, bis sie den Jungen nach Rom geschafft hatten.

Ohne auf den unterschwelligen Angriff einzugehen,

erwiderte Cato: »Bischof de Gussa erzählte mir bereits, dass wir wissen, wer er ist.« Er hielt es für unnötig, das Foto hervorzuholen.

Lacie startete den Wagen, und die Scheibenwischer fegten das weiße Pulver von der Scheibe. Ein Flieger der *Lufthansa* hob seine Schnauze in den Himmel und verschwand wenig später in den tief hängenden Wolken. »Nein«, sagte Lacie, »was ich damit sagen wollte ist: Wir haben ihn in Gewahrsam.«

»In Gewahrsam? Was soll das heißen?« Nur zu gut konnte Cato sich an einen Vorfall vor etlichen Jahren erinnern, ebenfalls in Berlin. *Wie es wohl dem Mann ergangen ist, den wir damals in den Vatikan verschleppt haben?* Er hätte de Gussa nach ihm fragen sollen, immerhin stand der aktuelle Auftrag in unmittelbarem Zusammenhang mit der damaligen Aktion.

Lacie lächelte. »Der Junge ist im Gefängnis. Das macht die Sache für uns einfacher.«

Cato war sich nicht sicher, was er damit meinte. Schließlich würden sie nicht einfach in ein Gefängnis marschieren und den Jungen mitnehmen können. Nein, ein Grund zur Freude war diese Information nicht. Der Umstand, dass der Junge in Haft war, machte die Angelegenheit in seinen Augen nur noch komplizierter. »Wie ist es dazu gekommen?«

»Die Polizei glaubt, er hätte einen Mord begangen.«

»Hat er aber nicht?«

»Nein. Das hat er nicht.«

Aus der Art, wie er es sagte, schloss Cato, dass mehr dahintersteckte, als Lacie preisgeben wollte. Möglicherweise war er selbst in die Sache verwickelt. Wahrscheinlich ging der Mord sogar auf sein Konto.

Wut stieg in Cato auf. Also war Lacie dafür verantwortlich, dass sie jetzt nicht mehr an den Jungen herankamen – und an das Achat. Cato verstärkte den Kieferdruck auf sein Kaugummi. Lacie war nur ein Handlanger, der glaubte, dass der Junge eine von wenigen Personen weltweit war, die über Fähigkeiten verfügten, die die Grundfesten der römisch-katholischen Kirche erschüttern konnten. Das Achat war noch viel mehr. Aber davon durfte Lacie auf keinen Fall erfahren.

Schon bei ihrem ersten gemeinsamen Auftrag hatte er sich als ausgesprochen eigensinnig erwiesen. *Seien Sie unbesorgt,* war einer seiner bevorzugten Leitsätze. Auch diesmal schien er auf eigene Faust gehandelt zu haben. »Und was lässt Sie glauben, dieser Umstand mache die Sache für uns einfacher?«

»Wir müssen den Jungen nicht mehr rund um die Uhr beobachten. Wir wissen, wo er steckt. Er kann uns nicht entwischen.«

Wir kommen aber auch nicht mehr an ihn heran, dachte Cato. Laut sagte er: »Dann bringen Sie mich jetzt zu ihm.«

Lacie wies auf die digitale Uhr im Armaturenbrett. Sie zeigte 22.56 Uhr. »Sie wollen jetzt noch zu dem Jungen?« Es klang wie: *Sind Sie noch bei Trost?*

Cato sah den Moment gekommen, Lacie in seine Schranken zu verweisen. »Sie wissen, was Ihre Aufgabe ist?«

»Ja«, gab sein Gegenüber knapp zurück.

»Sie setzen mich über alles in Kenntnis.«

»Ja.«

»Sie unterstehen meinen Anweisungen.«

»Ja«, meinte Lacie.

»Schön, dass wir uns so weit einig sind. Warum also fahren Sie mich jetzt nicht einfach zu dem Jungen?«

Lacie wischte gelangweilt über das Armaturenbrett. »Hören Sie, Cato, der Junge sitzt im Gefängnis. Man würde uns nicht zu ihm vorlassen.« Er deutete erneut auf die Uhr. »Nicht um diese Zeit. Auch nicht als Abgesandte des Vatikans. Im Übrigen: Das ist ja gerade das Erfreuliche daran – der Junge läuft uns nicht weg. Er wartet auch morgen Früh noch in seiner Zelle. Kein Grund, etwas zu überstürzen.«

Cato grub die Zähne in das Kaugummi. Manchmal wirkte es Wunder. Auch diesmal rief es ihn zur Besonnenheit. Trotz aller Vorbehalte, die der Bischof und er gegen Lacie hegten, unter den *Freunden* genoss dieser ein überraschend hohes Ansehen. Über ihn, Cato, wussten sie dagegen nichts. Nur wenige im Vatikan kannten ihn überhaupt. Und das aus gutem Grund. Alles das, was er als Geistlicher tat, war unverzeihlicher als das, was Lacie als weltlicher Arm des Offiziums unternahm. Beide taten sie das, was getan werden musste, mit einem kleinen Unterschied: Cato kannte die wahren Gründe für die Drecksarbeit.

Noch viel ärgerlicher aber war: Lacie hatte Recht. Natürlich würden sie um diese Zeit nicht mehr viel erreichen. Er befand sich nicht mehr in Brasilien, wo man als katholischer Geistlicher praktisch Narrenfreiheit besaß. Hierzulande erregte er nur Aufmerksamkeit mit allzu direktem Vorgehen. Das war das genaue Gegenteil von dem, was de Gussa von ihm verlangt hatte. *Meine Konzentration lässt nach.* Er agierte unbedacht. Er war müde, gereizt. *Das ist gefährlich.* Er fragte: »Wie hoch ist die Wahrscheinlichkeit, dass der Junge in Haft bleibt?«

»Keine Angst, er wird vorerst in Untersuchungshaft bleiben.«

»Das habe ich nicht gemeint.«

»Sondern?«

»Wie ist es um seine Fähigkeiten bestellt?«

»Noch nicht sehr weit. Er steht gerade am Anfang.«

»Sind Sie sich sicher?«

»Seine Großmutter hat ihn erst am Montag darüber in Kenntnis gesetzt.«

»Was weiß er?«

»So gut wie nichts.«

»Was hat sie ihm erzählt?«

»Sie hatte noch keine Gelegenheit dazu, ihn zu unterrichten. Und die wird sie auch nicht mehr bekommen.«

Cato ahnte Schlimmes. »Weshalb?«

»Sie liegt im Krankenhaus«, erklärte Lacie, und die Genugtuung in seiner Stimme war nicht zu überhören. »Nach all den Jahren geht es zu Ende mit ihr.«

»Haben Sie etwas damit zu tun?«

Lacie schüttelte den Kopf. »Ich war lediglich in ihrer Wohnung. Aber ich habe nichts gefunden. Nichts, was dem Jungen helfen könnte.«

»Aber er weiß von seiner Großmutter?«

Catos Handy klingelte. Er nahm den Anruf entgegen. Er erkannte die Stimme auf Anhieb. »Wo sind Sie?«

»Vor wenigen Minuten in Berlin angekommen.«

Ein Moment der Stille. »Es tut mir Leid. Sie müssen nach London.«

»Noch heute?«

»Sofort.«

Cato stöhnte auf. Heute schienen sich seine Aufenthalte in den Städten auf wenige Minuten zu beschränken.

»Dann werden wir uns auf den Weg machen.«

»Nein«, schallte de Gussas Stimme aus dem Hörer. »Nur Sie alleine! Lacie soll sich vorerst um den Jungen kümmern.«

»Und was mache ich in London?«

»Suchen Sie das Hotel *North Side* in Hampstead. Ich habe von einer jungen Frau namens ...« Er stockte. »Ist Lacie bei Ihnen?«

»Ja.«

»Dann rufen Sie mich zurück, sobald Sie in London angekommen sind!« Der Bischof trennte die Verbindung.

Lacie fragte: »Wir fliegen nach London?«

»*Ich* fliege nach London«, erwiderte Cato.

»London?«, wiederholte Lacie. »Und was wird aus dem Jungen?«

»Das ist vorerst Ihre Angelegenheit.« Er schnaufte. »Vermasseln Sie sie nicht.«

Die Hitze schwemmte den Schweiß aus den Poren. Sie klebte die klamme Kleidung an den Körper. Das war nicht einmal das Unangenehme. Für Beklemmung sorgte das, was sich in den Lichtkegeln vollzog, den die nervig surrenden Scheinwerfer an die Wand warfen – und auf ein Mädchen.

Verschüchtert hockte es auf den Dielenbrettern. Angst verzerrte sein Gesicht. Seine schmalen Lippen zitterten. Tränen überschwemmten die Augen, die es gegen das grelle Licht geschlossen hielt. Ein Schluchzen entrang sich seiner Kehle. Es war sechs oder sieben Jahre alt, nicht viel älter. Es war nackt.

»Lisa«, sagte eine Stimme. Sie klang freundlich. Unangenehm freundlich. Ein Mann trat herbei und versperrte den Blick auf das Mädchen. Er blieb außerhalb der Lichter, nur ein schwarzer Schemen vor grellem Hintergrund. »Lisa«, wiederholte er. »Weine doch nicht.« Um auf Augenhöhe mit ihr zu sein, ging er in die Hocke. Irgendetwas passte nicht.

Es dauerte eine Weile, bis Philip begriff, was ihn an der Erscheinung störte. Zwischen den gebeugten Knien baumelten Hoden herab. Die Eichel berührte beinahe den Boden. Auch der Mann war nackt.

Es gab Dinge, die waren einfach nur schräg. In Berlin begegneten sie einem an jeder Ecke. Doch das, was Philip hier zu sehen bekam, ließ sich mit Kens Soziologie nicht erklären. Es war schlimm. Nein, es war widerlich.

»Lisa, es ist doch gar nicht so schlimm«, sagte der Mann.

»Die Kamera läuft«, sagte eine andere Stimme. Philip war nicht sonderlich überrascht, dass sich ein weiterer Mann in dem Zimmer aufhielt. Dieser trat ebenfalls nicht ins Licht. Die Scheinwerfer waren so ausgerichtet, dass nur das Mädchen zu sehen war. Und ein fetter, schmieriger Unterleib mit einem erigierten Etwas. Sein ekelhafter Schatten wurde auf eine weiß getünchte Wand im Hintergrund geworfen. An einer Stelle verhüllte ein grauer Vorhang ein Fenster. Zweckmäßig das Arrangement. Nichts sollte diesen Ort verraten, noch weniger seine Bewohner.

Das sind keine Amateure, dachte Philip. *Die machen das nicht zum ersten Mal.*

Er wollte einschreiten. Aber er konnte sich nicht bewegen. Er schrie den Männern zu, sie sollten damit aufhören, aber kein Ton kam über seine Lippen. Er war nur Betrachter, ein unsichtbarer, stummer Zeuge. Seine eigene Hilflosigkeit machte die Situation noch unerträglicher.

Der Mann stöhnte. Die kleine Lisa heulte. Philip wollte kotzen. Aber selbst das war nicht möglich. Er versuchte sich abzuwenden. Aber wohin er seinen Kopf auch drehte, seine Augen blieben auf die grell ausgeleuchtete Szene gerichtet. Selbst als er die Lider vor dem Anblick verschloss, konnte er ihm nicht entfliehen. Es war, als würden die Bilder direkt auf seine Netzhaut gebrannt.

Lisa brüllte unter den Schmerzen, die der viel zu große Mann ihr zufügte. »Halt doch still«, schimpfte er. Doch sie wehrte sich und schrie. Die Schreie waren wie Nadeln, die in Philips Nervenbahnen gebohrt wurden. *Ich muss hier weg,* flüsterte eine Stimme in ihm, als wäre er selbst nicht darauf gekommen. Aber sein Körper verweigerte auch diesen Befehl.

Lisas Augen waren weit aufgerissen und drückten das Unvermögen aus zu begreifen, was mit ihr geschah. Ihre Pupillen begannen zu rollen. Die Schreie gingen in ein lethargisches Wimmern über. Philip lief es heiß und kalt über den Rücken. Warum gab es kein Erbarmen? Nicht nur für die Kleine. Auch für ihn. *Muss weg.* Sie hielt den Blick jetzt direkt auf ihn gerichtet. Sah sie ihn etwa durch ihre Tränen hindurch an? Sie öffnete den Mund: »Du da, bitte, hilf mir doch! Bitte!«

Der Mann hielt in der Bewegung inne. »Mit wem redet sie?«

»Bist du bescheuert?« Hinter der Kamera ertönte ein wütender Protest. »Du sollst dabei dein Maul halten.«

»Was hat die Kleine gesagt?«

»Ist doch egal. Mach weiter.«

»Nein, verdammt ...« Er löste sich von dem Mädchen und trat in den Schatten, geradewegs auf Philip zu. »Verdammt, ist da jemand?«

»Verfluchte Scheiße«, fluchte die andere Stimme. »Jetzt können wir noch mal von vorn anfangen.«

Der Mann kam näher, ein schwarzer Schatten vor hellem Licht, *ich muss weg hier!*, war nicht mehr weit entfernt, streckte seine Arme blindlings in die Dunkelheit jenseits der Scheinwerfer. Eine Hand streifte Philips Wange. Packte ihn an den Schultern. Schüttelte ihn.

»Ich muss weg hier«, schlängelte sich eine Stimme in sein Bewusstsein.

»Scheiße, Mann! Geht's noch lauter?«, fluchte eine andere Stimme. Eine Hand schob seinen Oberkörper herab. »Lass ihn liegen, verdammt. Komm jetzt.«

Philip riss die Augen auf. Es dauerte eine Weile, bis er begriff, wo er sich befand. Die Zelle. Er lag auf der Pritsche. Natürlich, wo sonst?

Mittlerweile war die Nacht angebrochen. Trotz der Decke war ihm eisig kalt, als habe jemand die Heizung heruntergedreht. Aber das war bestimmt nur die Reaktion auf das Erlebte. Er versuchte gar nicht erst, sich etwas vorzumachen: Die kleine Lisa war Realität gewesen. Und irgendwie war sie es nicht. *Es geschieht schon wieder.*

»Endlich bist du wach«, sagte Carlos und ließ von Philips Schultern ab. »Noch länger, Bruder, und ich wär allein abgehauen.«

Ich bin nicht dein Bruder, wollte Philip schreien, aber dann sickerte eine andere Botschaft zu ihm durch. Irritiert fragte er: »Abhauen?«

Beiläufig griff Beatrice zur Teetasse. Sie wollte sich die Bestürzung nicht anmerken lassen, die Angelas Worte bei ihr erzeugten. Doch ihre Hand zitterte. Der Tee schwappte über den Rand und tropfte auf den Boden. Rasch fraß er sich in den Teppich. Keiner von ihnen beachtete das Malheur, selbst der Bobtail blieb unbeeindruckt. Wie ein Wachhund hockte er neben Beatrice.

»Ich wusste, dass dieser Tag kommen würde«, wiederholte ihre Tante traurig und fügte hinzu: »Aber dass es auf diese Weise geschehen würde, unter diesen Umständen ...« Dann festigte sich ihre Stimme: »Aber es ist nicht zu ändern. Es ist passiert.« Genauso gut hätte sie die Börsendaten von Kuala Lumpur aufzählen können.

Mit großen Augen verharrte Beatrice auf dem Sessel. »Was soll das alles heißen?«

»Es fällt mir schwer, dir dies zu erklären.«

»Dann versuche es«, bat Beatrice. »Bitte.«

Versonnen schaute ihre Tante hinaus in den Garten, doch die akkurat gepflegten Beete lagen in Nachtschwärze. Der Tag war verschwunden, nur der Regen geblieben. In einem fort presste der Wind ihn gegen die Fensterscheiben. Vor noch wenigen Minuten hätte Beatrice den Moment als romantisch empfunden, das Prasseln der Regentropfen, das Kaminfeuer, dazu eine heiße Tasse Tee. Doch jetzt wirkte der Regen nur noch wie der unheimliche Vorbote, der anklopfte, um eine noch schlimmere Nachricht zu überbringen.

»Es ist zu spät«, meinte Angela.

Beatrice' Herz setzte aus. »Zu spät?«

Angela löste sich aus ihren Gedanken. »Entschuldige, mein Kind. So war das nicht gemeint.« Sie setzte ein freudloses Lächeln auf. »Es ist zu spät, um in die Stadt zu fahren.«

»In die Stadt?«

»Nach London.«

»Nach London?«

»Es schien uns das Sicherste.«

»Das Sicherste?« Beatrice wiederholte die Worte ihrer Tante, aber nur in Ermangelung einer Alternative. Gerade eben erst hatte sie sich in dem kleinen Wohnzimmer in dem kleinen Cottage auf der kleinen Insel wohl zu fühlen begonnen. Jetzt wurde ihr ein weiteres Mal der Boden unter den Füßen weggezogen. Wozu das alles? Und warum sie?

Der Wind peitschte den Regen noch stärker gegen das Glas. Bucks Kehle entrang sich ein dumpfes Knurren, als müsste er seine neue Herrin vor einer drohenden Gefahr bewahren. Dabei ging es doch nur um ihr Erinnerungsvermögen, um sonst nichts. »Das alles klingt so geheimnisvoll.«

»Das ist es auch«, sagte Angela.

»Und ich habe damit zu tun?«

»In gewisser Weise.«

Beatrice verlor die Geduld. »Was verschweigst du mir?«

»Ich wusste, dass irgendwann der Tag kommen würde, an dem du mir diese Frage stellen würdest. An dem du die Wahrheit erfahren musst.« Ihre Tante wich nicht nur ihrem Blick aus.

»Welche Wahrheit?«

»Die Wahrheit über dich.«

»Auch über das, was mit mir geschieht?«

»Möglicherweise auch darüber.«

»Dann sag mir die Wahrheit!« Beatrice sprach ihre Worte mit Nachdruck.

»Mein geliebtes Kind.« Angelas Stimme schwankte. »Ich könnte jetzt viele Worte verlieren. Aber keines kann dir nur annähernd erklären, was du verstehen musst.«

»Ich muss?«

»Ja, du musst. Es ist wichtig, dass du die Wahrheit erfährst. Sehr viel hängt davon ab.«

»Ich muss?« Beatrice war sich gar nicht so sicher, ob sie es wollte. Das klang so furchtbar kompliziert, und ihre Welt war im Augenblick bereits verzwickt genug.

»Du darfst dich nicht davon abbringen lassen, auf keinen Fall.«

»Und deshalb müssen wir nach London? Ausgerechnet

London?« Ihr wurde übel allein bei der Vorstellung, zurückzukehren in den dreckigen Moloch. Dann kam ihr plötzlich ein Gedanke. »Das Studium war nicht der eigentliche Grund, warum ich nach London gegangen bin, oder?«

»Ach ...«, seufzte ihre Tante. Das war Antwort genug.

Beatrice versuchte es noch einmal: »Was ist dort, was du mir nicht hier erklären kannst?«

»Bei der Royal Bank of Scotland gibt es ein Bankschließfach auf deinen Namen. Dort ist alles hinterlegt, was du wissen musst. Mehr sogar, als ich weiß.« Sie fügte schnell hinzu: »Als ich wissen darf.«

»Wer hat das Schließfach eingerichtet?«

Angela strich sich durch ihre Locken. »Meine Schwester ...«

»Meine Mutter?«, presste Beatrice hervor.

»Meine Schwester, deine Mutter, ja ...«

Mama!

»... bevor sie uns verlassen hat.«

»Meine Mutter ist bei einem Unfall gestorben.«

»Das ist sie.«

»Aber du redest, als habe sie gewusst, was passieren würde. Als hätte sie sogar gewusst, was mit mir geschieht.« Ihre Stimme überschlug sich. »Nimm es mir nicht übel, Angela, aber ich verstehe nicht. Ich verstehe kein Wort von dem, was du mir erklären möchtest. Und auch davon, was du mir nicht erklären darfst. Was ist los mit mir? Warum passiert das alles? Und was hat meine Mutter damit zu tun?«

Beatrice fühlte sich unendlich hilflos, aber sie widerstand dem Drang zu weinen. Für heute hatte sie genug Tränen vergossen. Buck legte ihr eine Vorderpfote aufs Bein, eine Geste wie zur Beruhigung. Sie stieß die Luft aus ihren Lungen, streichelte dem Hund durch das dichte, struppige Fell. Sie entsann sich daran, wie er ausgelassen durch den Garten gesprungen war, durch die prächtigen Büsche und Beete.

Angela lächelte wissend. »Buck wird dir helfen.«

Tatsächlich war die Berührung des Hundes wie Balsam auf ihrer Seele. Allmählich beruhigte sie sich.

»Wir werden uns morgen auf den Weg machen«, sagte Angela. »Dann wirst du alles verstehen.«

Buck presste seine Schnauze gegen Beatrice' Hand. Er wollte gestreichelt werden. Aber auch Beatrice genoss die Nähe des Bobtails. Der Hund, der beste Freund des Menschen.

»Wenn du meinst«, sagte sie. Sie fühlte sich mit einem Mal sehr müde.

»Es tut mir Leid«, sagte Angela. Ihre Worte erreichten Beatrice nur noch halb. Die Anstrengungen der letzten Tage machten sich bemerkbar. Sie verspürte keine Lust mehr, sich mit allem auseinander zu setzen. Wozu auch? Wenn sich morgen alles aufklären würde, bitte schön, dann sollte dies so sein. Morgen würde alles ein Ende finden.

»Ganz genau«, sagte Carlos. Philip hörte mehr, wie der kleine Ganove grinste, als dass er es sah. »Wir hauen ab. Und zwar jetzt.«

»Wie?«

Ein schmaler Streifen Licht fiel durch das Fenster in die Zelle. Er reichte kaum, um die Hand vor Augen zu erkennen. Doch er genügte, um die gedrungene Gestalt auszumachen, die dort unruhig neben der Tür von einem Fuß auf den anderen trat. Auch die Haarfarbe war zu erkennen. Rotschopf.

»Hauen wir ab«, meinte Carlos.

Philip erhob sich schlaftrunken.

»Geht's noch langsamer?«, schimpfte der Polizist flüsternd. »Wollt ihr jetzt oder nicht? Ich kann hier nicht mehr lange dafür sorgen, dass ...«

Carlos grunzte. »Ist ja schon gut. Wir sind gleich weg.«

»Oh Scheiße, da kommt jemand«, fluchte Rotschopf. Mit einem Satz sprang er aus der Zelle und drückte die Tür zu. Wie durch ein Wunder glitt sie sanft und leise ins Schloss.

»Du Arsch!«, pflaumte Carlos und verpasste Philip einen schmerzhaften Stoß gegen die Schulter. »Schau, was du durch deine Trantütigkeit erreicht hast. Wir wären längst draußen!«

»Sorry«, meinte Philip, obwohl er sich gar nicht entschuldigen wollte. Wofür denn auch? »Du willst ausbrechen?«

»Wer redet denn hier von ausbrechen?« Carlos wieherte, während er sich auf seine Pritsche niederließ. »Wir werden freigelassen.«

»Das glaub ich nicht.«

»Dann lass es bleiben.«

»Wieso?«, hakte Philip nach.

»Wieso was?«

»Wieso er dich rauslässt.«

»Sagen wir, er ist mir einen Gefallen schuldig.«

»Du erpresst ihn?«

»Wenn du es so nennen willst.«

»Mit was?«

»Geht dich einen Scheißdreck an. Sei froh, dass ich dich überhaupt mitnehme.«

»Wer sagt, dass ich mitkomme?«

Carlos blies die Luft mit einem höhnischen Prusten aus. »Und ob du mitkommen willst. Irgendwas hast du auf der Pfanne, das seh ich auf den ersten Blick.«

Philip überlegte. Eine Flucht würde die Angelegenheit nur noch verzwickter für ihn machen. Jemand, der flüchtete, gestand der nicht auch irgendwie seine Schuld ein? Ja genau, das war der Vorwurf von Kommissar Berger während der Vernehmung gewesen. Wer also kein schlechtes Gewissen besaß, brauchte nicht abhauen. Doch Philip hatte seine berechtigten Zweifel, dass Berger dieser Logik folgen und ihn freilassen würde, wenn er – anders als Carlos – am nächsten Morgen noch in der Zelle saß. Erschwerend kam hinzu: Er war bereits einmal geflohen, hatte sich in einer wilden Verfolgungsjagd über die Dächer Berlins seiner Festnahme entzogen – machte es da noch einen Unterschied, ein zweites Mal abzuhauen?

Viel wichtiger war, wenn er jetzt hier raus kam, hatte er die Chance, seine Großmutter zu sehen – und zu *sprechen.* Solange sie noch lebte.

Carlos hatte Recht. Er konnte gar nicht anders. Er musste raus hier.

»Und jetzt?«, fragte er. »Ist Rotschopf verschwunden?«

»Wer?«

»Na, dein Freund ...«

»Blödsinn, er ist nicht mein Freund.«

»Was auch immer ...«

Carlos kicherte. »Wie nennst du ihn?«

»Rotschopf.«

Er lachte. »Das ist gut.«

»Und?«

»Was und?«

»Kommt er zurück?«

»Klar kommt er gleich wieder.«

»Woher willst du das wissen?«

»Ich weiß es einfach. Frag nicht so viel.«

Schweigend saßen sie in der finsteren Zelle, jeder auf seiner ausgefransten Matratze. Die Kälte haftete nach wie vor an Philips Körper, fraß sich in seine Glieder, und seine Zähne schlugen klappernd aufeinander. Er sah zu dem kleinen Fenster hinauf. Es war dicht. In der Zelle wurde einfach nicht geheizt.

Schritte näherten sich. »Endlich«, meinte Carlos.

Doch wer immer durch den Gang jenseits der Zelle lief, hatte nicht die Absicht, sie freizulassen. Die Schritte verklangen, und die Minuten verstrichen ereignislos. Dann klackerte es an der Tür, sie ging auf. Gedämpftes Neonlicht fiel in den Raum und auf eine untersetzte Gestalt.

»Na endlich«, sagte Carlos.

»Halt bloß die Fresse!«, herrschte der Polizist ihn an. »Ich dürfte gar nicht hier sein. Wenn das rauskommt, kostet es mich meinen Arsch ...« Seine Stimme verlor sich in einem verworrenen Murmeln. Carlos war zur Tür gelaufen und baute sich auf, die Faust nur Millimeter vor dem Gesicht des Polizisten.

»Ich sag dir jetzt was, Bulle: Halt du besser *deine* Fresse. Dann halte ich meine.« Er deutete einen Reißverschluss an, mit dem er seine Lippen versiegelte. »Und jetzt führ uns raus hier, Rotschopf.«

Der Beamte riss die Augen auf. »Wie hast du mich genannt?«

»So nennt dich mein Bruder.«

»'nen tollen Bruder hast du.« Der Blick, den er Philip zuwarf, drückte pure Verachtung aus. Dann blickte er in beide Richtungen des Flurs und wies sie mit einer hastigen Handbewegung an, ihm zu folgen. Philip griff nach dem Pullover. Auch wenn er gotterbärmlich stank, es war Winter draußen, und mit seinem T-Shirt würde er sich innerhalb von Minuten eine Lungenentzündung holen. Er eilte den beiden Männern im Laufschritt hinterher. Die Bewegung vertrieb die Kälte erst einmal aus seinen Gliedern.

Der Polizist führte sie einen schmalen Gang entlang, der vom Hauptflur mit den Gewahrsamszellen abzweigte. Hinter einer Stahltür stiegen sie Stufen hinab, durchschritten einen Keller, der voller murmelnder Heizkörper war, surrend wie die Lüfter von Scheinwerfern. Er beeilte sich, mit den beiden Männern Schritt zu halten.

Stufen führten hinauf. Sie endeten vor einer weiteren Stahltür. Der Beamte probierte die rasselnden Schlüssel an seinem Bund aus. Keiner wollte passen. Skeptisch beäugte Carlos das Treiben. »Sag bloß, du hast nicht den richtigen dabei?«

»Schnauze!«, zischte der Polizist.

Philip fragte sich, was die beiden wohl miteinander verband. Aber eigentlich wollte er das lieber gar nicht genauer wissen; seine eigenen Probleme genügten ihm vollauf.

Endlich schwang die Tür auf. Frost schlug ihnen mit scharfen Krallen ins Gesicht, bohrte sich in die Haut und begann zu wühlen. Hatte Philip tatsächlich angenommen, vor wenigen Minuten in der Zelle wäre es kalt gewesen? Nun, draußen auf der Straße war es *bitterkalt.* Eis überzog die Gehwege wie Glas. Der Wind wirbelte Schneeflocken über den Asphalt, wob sie zu einem dichten Teppich.

Jetzt war Philip froh, den vergammelten Pulli mitgenommen zu haben. Er streifte ihn sich über, doch es wollte sich kaum Linderung einstellen. Vor allem über seine Glatze scheuerte der Wind wie raues Schmirgelpapier.

»Verpisst euch«, sagte der Polizist, während er die Tür hinter sich verschloss.

»Man sieht sich«, sagte Carlos und winkte zum Abschied.

»Papperlapapp!«, fauchte Rotschopf. »Wir sind jetzt quitt.«

Dann verschwand er um die nächste Häuserecke.

Carlos griente. Auf der Otto-Braun-Straße schob ein Räumfahrzeug den Schnee zur Seite. Das orangefarbene Blitzen der Signalleuchten verwandelte Carlos Zähne in faulige Stümpfe. »Also, Bruder«, meinte er. »Gehen wir noch einen trinken? Zur Feier des Tages?«

»Nein«, sagte Philip bibbernd. Gut möglich, dass die Temperaturen in den letzten zwölf Stunden noch einmal gefallen waren. Er grub seine Hände in die Hosentaschen. »Wie du schon sagtest: Ich hab was auf der Pfanne.«

»Ist mir recht.« Carlos schnalzte mit der Zunge. »Umso eher treff ich meine beiden Süßen wieder.« Er schlug Philip die Hand auf die Schulter, wie einem alten Kumpel.

Philip zuckte unter der Berührung zusammen. Ein Schwindelgefühl packte ihn.

»Lass dich nicht wieder erwischen, Bruder. Kannst mich ja mal besuchen.«

Schon tauchte er in eine weiße Wolke, die über den Bürgersteig fegte. Philip sah ihm nach. Er dachte nicht daran, diesem kleinen schmierigen Ganoven noch einmal über den Weg zu laufen. Wie auch, er hatte keine Ahnung, wo in Berlin der sich herumtrieb. Ihm fiel auf, dass er nicht einmal wusste, weswegen Carlos im Gefängnis gesessen hatte.

Bevor er vollends zur Eissäule erstarrte, setzte er sich in Richtung Alexanderplatz in Bewegung und kreuzte die Karl-Marx-Allee. Die ersten Berufspendler wagten sich bereits auf das eisige Parkett. Vor den Scheinwerfer ihrer Autos tobten die Flocken in einem wütenden Chaos. An der Ampel torkelten zwei Nachtschwärmer, deren Kapuzen unter einer schweren Schneeschicht lagen. Unbeeindruckt davon grölten sie ein Weihnachtslied und prosteten Philip mit ihren Bierflaschen zu.

Er begann zu traben. *Ich bin ausgebrochen.* Doch es wollten sich weder Freude noch Schuldgefühle einstellen. Er sah die kleine Lisa vor seinem geistigen Auge. Was hatte diese Vision zu bedeuten? Er entsann sich an das letzte Mal, an Grossmann, Gennat, Hanussen und Anita Berber. War das kleine Mädchen ebenfalls schon tot?

Nach wenigen Minuten rannte er, als könne er damit der Antwort entfliehen. Oder ihr näher kommen?

Seine Großmutter würde ihm helfen. Doch so, wie er gerade ausschaute, würde er im Krankenhaus nicht zu ihr vordringen können. Er brauchte neue, vor allem aber wärmere

Klamotten. Er brauchte Geld. Als er in das gleißende Licht des Bahnhofs am Alexanderplatz tauchte, hatte er eine Idee.

»Ja, da haben Sie doch den Zimmerschlüssel!«, fauchte Paul Griscom das deutsche Rentnerpärchen an. Es war dem Fahrstuhl entstiegen und an die Rezeption des *North Side* getreten, wenige Minuten, nachdem sie ihm aus dem Bett geklingelt hatten, weil sie ihren Schlüssel verloren hatten. Den neuen Schlüssel, den er ihnen ausgehändigt hatte, schwenkten sie nun vor seiner Nase, als hätten sie damit ein Weltwunder entdeckt. Was in ihrem Alter gut möglich war. Denn wie ein herkömmlicher Hotelschlüssel sah dieses Wunderwerk tatsächlich nicht aus. Genau genommen war es eine Chipkarte, wie sie Hotelketten wie das *Adlon* seit Jahren benutzten. Vor einem Jahr hatte Pauls Vater das neue System an den Zimmertüren des *North Side* installieren lassen: »Eine Investition in die Zukunft«, hatte er stolz erklärt und seine beiden Söhne, Paul und Bart, in den Arm genommen. Zufrieden hatte er gesagt: »Wenn ich nun bald das Hotel an euch übergebe, dann soll es gerüstet sein für die Zukunft.«

Welche Zukunft?, dachte Paul in diesem Augenblick, in dem das Gästepaar vom Festland vor ihm stand. Die Zukunft war ein Haufen Bockmist, seit seine Freundin abgereist war. Beatrice, die zu ihm gesagt hatte: *Die Erinnerung ist das einzige Paradies, aus dem wir nicht vertrieben werden können.*

»Mister Griscom«, rief ihn der Mann zurück in die Gegenwart. Seine dichten Koteletten waren im Gegensatz zu seinem lichten grauen Haupthaar von dichter Bräune. »Unser Schlüssel ...«

Paul stöhnte auf. Die Bedienung der Chipkarten war wirklich kinderleicht. Warum mussten die Leute sich nur immer so dumm anstellen? Warum musste er sich mit ihren nichtigen Problemen herumärgern? Warum rief Beatrice ihn nicht an? Er meinte: »Sie müssen einfach die Seite mit dem schwarzen Magnetstreifen durch den Abtaster ziehen, und die Tür springt auf.«

»Nein, das tut sie eben nicht«, widersprach der Mann.

»Tut sie wohl!«, stellte Paul klar. Eine Spur zu heftig.

Die Ehefrau trat erschrocken einen Schritt zurück.

»Nein«, beharrte ihr Mann, »und bitte schreien Sie uns nicht an.«

»Ich schreie doch gar nicht!«, schrie Paul.

»Paul«, sagte eine Stimme hinter ihm, und starke Hände schoben ihn beiseite. Bart trat aus dem Durchgang zur Küche und kam an den Tresen.

»Bart, ist schon in Ordnung«, meinte Paul und wandte sich wieder den beiden Hotelgästen zu.

»Du hast Recht, Paul, alles ist in Ordnung«, antwortete Bart und baute sich zwischen seinem Bruder und den deutschen Besuchern auf. »Entschuldigen Sie das Verhalten meines Bruders, er hat einen schwierigen Tag hinter sich.«

Das Ehepaar nickte, doch ihre Mienen verrieten, dass sie einen schwierigen Tag für keine ausreichende Entschuldigung hielten, erst recht nicht, als Paul wütend schimpfte: »Bart, was soll das?«

Bart überging die Bemerkung und hielt den Gästen stattdessen seine Handfläche entgegen. »Wenn Sie mir bitte den Schlüssel geben würden?« Sie reichten ihm die Chipkarte. »Und welche Zimmernummer ist die Ihre?« Er bemühte sich um ein zwangloses Lächeln. »Wäre doch gelacht, wenn wir das Problem nicht beheben können.«

»Wir haben alles probiert«, sagte der Mann und vermied es, Paul anzuschauen, »aber es funktioniert nicht.«

Er nannte die Ziffern, und Barts Lächeln wurde verbindlicher. »Da haben wir doch das Problem.« Er griff zum Schlüsselbrett hinter sich und vertauschte einige Chipkarten, die an den Haken hingen. »Sie haben den falschen Schlüssel.« Er übergab eine neue Karte. »Es tut mir aufrichtig Leid. Entschuldigen Sie. Nehmen Sie doch morgen einen Drink auf Kosten des Hauses. Als kleinen Ausgleich für die Unannehmlichkeiten.«

Das Ehepaar bedankte sich und ging zurück zum Fahrstuhl, nicht ohne Paul noch einen strafenden Blick zuzuwerfen. Als die Fahrstuhltüren sich hinter ihnen schlossen, drehte Bart sich zu seinem Bruder um. Dieser blitzte ihn an. »Na danke«, schimpfte er, »das hätte ich auch noch selbst herausfinden können!«

»Ach ja?«, meinte Bart und rieb sich die roten Haare. »Bevor oder nachdem du unsere Gäste zu Kleinholz verarbeitet hättest?«

»Was soll das heißen?«

»Das fragst du mich?«, entgegnete Bart ruhig. »Merkst du nicht, was mit dir los ist?«

»Was soll denn mit mir los sein?«

»Wie du unsere Gäste beschimpfst?«

»Ich beschimpfe sie doch nicht. Wenn sie zu dumm sind, ihre Türen ...«

»Paul«, unterbrach ihn Bart. »Sie sind nicht zu dumm. Sie haben nur den falschen Schlüssel von dir erhalten.«

»Das kann nicht sein.«

»Du hast die Chipkarten vertauscht, mein Lieber.«

Paul hob die Hände. »Na wenn schon, das kann doch mal passieren.«

»Da gebe ich dir vollkommen Recht. Aber du darfst unsere Gäste nicht für deine Fehler verantwortlich machen. Damit erreichst du allenfalls, dass sie sich bei ihrem nächsten Londonaufenthalt für ein anderes Hotel entscheiden.«

»Du und dein Geschäftssinn. Als wäre das Hotel das Einzige, was zählt.«

Bart blickte zu Boden. Es war nicht das erste Mal, dass sie darüber in Streit gerieten. Aber er wollte keinen Streit heraufbeschwören. Es würde zu nichts führen. Es würde Beatrice auch nicht zurückbringen. »Im Augenblick schon«, sagte er.

»Du hast doch gar keine Ahnung.«

»Sei kein Trotzkopf.« Paul verzog das Gesicht und schwieg. Bart zupfte das Lametta auf dem kleinen Weihnachtsbaum zurecht, der seit heute Morgen auf dem Empfangstresen stand und ein wenig Adventsstimmung verbreitete. Er hatte es als eine gute Idee empfunden, nicht nur für die Hotelgäste, auch für Paul. Es sollte Rückkehr zum Alltag suggerieren, nur ein wenig. Aber anscheinend wirkte es nicht.

»Es tut mir Leid«, entschuldigte sich Paul. »Ich bin einfach nur ...« Händeringend suchte er nach den richtigen Worten.

»Du denkst an Beatrice, richtig?«, fragte Bart.

Paul ließ die Arme sinken. »Ich denke andauernd an sie. Warum meldet sie sich nicht? Ich mache mir Sorgen. Das muss sie doch wissen. Vielleicht ist ihr etwas passiert.«

Bart ballte die Hände zu Fäusten. »Paul«, sagte er und fühlte sich dabei mies in seiner Haut, »gib ihr Zeit.«

»Wie lange denn noch? Wie lange muss ich noch warten?«

Bart presste die Lippen aufeinander. »Sie ist erst vor zwei Tagen gefahren.«

»Ich halte das nicht aus. Diese Ungewissheit. Was ist, wenn sie gar nicht mehr kommt? Bitte sag mir, dass ich falsch damit liege.«

Ein unbestimmtes Gefühl sagte Bart, die Freundin seines Bruders würde so schnell nicht mehr nach London kommen. Paul würde das begreifen müssen. Und dann würde er noch viel mehr aushalten müssen. »Nimm dir ein paar Tage frei«, empfahl er. »Gönn dir die Ruhe. Die letzten Tage waren zu viel für dich.«

Paul ignorierte den Vorschlag. »Ich halte das nicht aus. Ich habe das Gefühl, ich geh daran kaputt.«

»Sag so was nicht.«

»Sie hätte die Reise nicht antreten dürfen.«

»Sie wollte es aber«, erinnerte Bart.

»Wir hätten sie daran hindern müssen.«

»Du willst sie daran hindern, sich selbst zu finden?«

Paul verdrehte die Augen. »Und was ist mit mir?«

»Du bist egoistisch«, warf ihm Bart vor und machte sich auf den Weg zurück in die Küche.

»Bin ich das?«, rief ihm Paul hinterher. »Bin ich das? Ich frage mich, wer hier egoistisch ist? Wer denkt denn laufend an das Geschäft? Ja, ja, der Hotelbetrieb, der muss laufen. Hauptsache die Kohle stimmt. Und wer denkt an Beatrice? Ich denke an sie. Ich will ihr doch nur helfen.«

»Hilf dir erst einmal selbst«, sagte Bart.

Freitag

London

Seit dem Tod ihres geliebten Mannes Arthur, Gott habe ihn selig, war es um den Schlaf von Miss Barkley nicht mehr gut bestellt. Meist wachte sie noch vor dem ersten Hahnenschrei auf – was, obwohl sie in unmittelbarer Nähe zur Londoner Innenstadt lebte, mehr als eine Floskel war, denn irgendwo im Hampstead Heath Park trieb sich ein Gockel herum. Gesehen hatte sie ihn zwar noch nie, wohl aber gehört.

So stand sie auch an diesem Freitag noch vor der Dämmerung auf und machte sich ihr Frühstück. Oft verbrachte sie die Zeit bis zum Tagesanbruch mit Erinnerungen an die Jahre, die sie mit Arthur in dem kleinen Häuschen in der Willow Road unweit des *North Side*-Hotels verbracht hatte. Abgelenkt wurde sie dabei nur von ihren Gedanken über die Ereignisse des Vortages, der vergangenen Tage, der letzten Woche. Mit Argusaugen – ein Bündel Wolle auf dem Schoß, zwei Stricknadeln in der Hand – überwachte sie Tag für Tag das Geschehen draußen auf der Straße. Wenn es sonst niemand tat!

Nach dem Frühstück kehrte sie die Krümel, die von ihren Brötchen auf den Boden gefallen waren, zusammen und trug sie hinaus ins kleine Vogelhäuschen im Vorgarten. Auch die Spatzen, Meisen und Eichelhäher, die sich im Herbst nicht den Zugvögeln angeschlossen hatten, sollten die kalte Jahreszeit überleben.

Sie genoss diese Stunden, noch bevor die ersten Lichter in den Häusern aufflammten und die Pendler ihren Weg ins Zentrum vorbereiteten. Manchmal gewann sie den Eindruck, die Dämmerung würde nur widerwillig heraufziehen. Fast so, als scheute sie sich, einen Blick auf das unablässige Brodeln im Herzen der Stadt zu werfen; Menschen, die keinen Unterschied mehr machten zwischen dem Tag und der Nacht. Selbst hier in Hampstead hatten die Zeiten sich geändert. Das Rauschen des Verkehrs, das der Wind durch das kahle Geäst des Hampstead Heath Park herübertrieb, erinnerte daran, dass das Zentrum sich immer weiter ausbreitete.

Angewidert schüttelte sie ihr graues Haupt und kehrte zurück in die warme Stube. Sie goss einen Tee auf, machte es sich in ihrem Sessel bequem und wartete in der Dunkelheit. Wartete darauf, dass der Tag anbrach. Was würde er heute bringen? Ganz sicher keinen so großen Schrecken wie jüngst, als ... Nein, sie wollte nicht daran denken. Sie hatte den Schock überwunden und war Gott sei Dank auch nicht in das unselige Hampstead Medical High eingeliefert worden. Eine Beruhigungsspritze ihres Hausarztes hatte ausgereicht, und nebenher hatte sie den guten Doktor Ridgefeld über die aktuellsten Vorkommnisse in der Willow Road in Kenntnis setzen können. Dabei hatte sich herausgestellt, dass der Doktor bereits informiert gewesen war. War er doch tatsächlich auch der Hausarzt der Griscoms. *Zufälle gibt's!*

Als Miss Barkley zu ihrer Tasse greifen wollte, fiel ihr der Wagen auf, der vor dem schmalen Reihenhäuschen hielt, in dem der arme Paul und seine Beatrice lebten. *Gelebt hatten,* korrigierte sie sich.

Ein Mann stieg aus dem Auto und sah sich um, als sei er sich nicht sicher, ob er vor dem richtigen Haus stand. Oder wollte er sich vergewissern, dass er nicht beobachtet wurde? Miss Barkley beugte ihr Gesicht nach vorne, bis ihre Nase die kalte Glasscheibe berührte. Der Mann eilte unter dem Laternenlicht hindurch rasch zur Haustür, doch der kurze Augenblick reichte. Miss Barkley hatte genug gesehen. Der Mann war ein Priester, daran ließ sein Talar keinen Zweifel. Sie hielt den Atem an, und ihre Tasse Tee, die sie noch auf halbem Wege zwischen Tisch und Lippen hielt, war vergessen.

Ein Priester?, fragte sie sich. Sie war durchaus ein gläubiger Mensch, nicht erst seit der Herrgott ihren geliebten Arthur zu sich genommen hatte. Aber wenn es einen Priester zu so früher Morgenstunde in den Park verschlug, dann musste wirklich etwas Schlimmes geschehen sein. Wie viel Leid hatte die arme Familie Griscom noch zu ertragen?

Miss Barkley stellte den Tee zurück auf den Tisch und bekreuzigte sich.

Paul wusste nur wenig über seine Nachbarin und würde von der Parallele zwischen ihnen nie erfahren, aber auch ihm war die Nachtruhe seit dem Tod eines geliebten Menschen geraubt worden. Mit dem kleinen Unterschied, dass Beatrice wieder auferstanden war. *Blödsinn, sie ist nie wirklich gestorben.* Trotzdem war sie von ihm gegangen, und er hatte sie nicht halten können. Aber hatte er sich wirklich darum bemüht? Hieß es nicht: Man muss die Menschen manchmal zu ihrem Glück zwingen?

Das Bett schaukelte, als er sich herumwälzte. Die Betthälfte neben ihm war leer. Er schloss die Augen und dachte an Beatrice, an Momente ihres gemeinsamen Lebens. *Die Erinnerung ist das einzige Paradies, aus dem wir nicht vertrieben werden können.*

Ihre Worte hallten in seinem Kopf nach. *Das Paradies.* Immer wieder. *Die Erinnerung.* An einen Tag wie jeder andere. Es war noch einige Stunden bis zum Tagesanbruch. Beatrice schlummerte neben ihm, sie schnarchte leise. Er kuschelte sich an sie.

»Ich liebe dich«, hauchte er in ihr Ohr.

»Ich liebe dich auch«, murmelte sie im Halbschlaf.

Er spürte ihren Atem auf seiner Haut, ihre Wärme und ihre Nähe. Er würde sie nicht mehr loslassen. Nicht noch einmal. Er würde ihr von seinen Plänen berichten, dem *North Side,* das sie von seinen Eltern erbten, von der Hochzeit, der Hochzeitstorte, den Hochzeitsglocken und der kleinen Familie, die sie anschließend gründen würden. Ja, mit den Kindern würde alles neu beginnen.

Er freute sich so sehr, dass er die Glocken läuten hören konnte. Kraftvoll drang er in sie ein, und sie keuchte. Der Schweiß klebte ihre Körper aneinander, sie verschmolzen zu einer Einheit. Ihre Bewegungen wurden schneller und die Vorfreude größer.

Es läutete.

Die Sekunde, in der ein Traum eins wird mit der Realität, ist der schlimmste Augenblick. Man kann nicht unterscheiden zwischen dem, was der Schlaf einem vorgaukelt, und der

Wirklichkeit, die in den Traum einbricht. Paul schrie auf, klammerte sich an dem nahenden Höhepunkt, wollte sich nicht lösen, nie mehr.

Dann erwachte er.

Die Türklingel.

Mit pochendem Schädel erhob er sich aus dem Bett und wischte sich den Schlaf aus den Augen. Die Uhr zeigte kurz vor 6. Wer zum Teufel klingelte zu dieser nachtschlafenden Zeit? Er kannte keinen Menschen, der ... Er sprang auf. Es gab einen Menschen, der um diese Zeit bei ihm klingeln würde. Er rannte die Stufen ins Erdgeschoss und riss beinahe die Vase mit den Nelken vom Sideboard. Er hastete weiter. Es störte ihn nicht, dass sich die Erektion deutlich unter seinen Shorts abzeichnete. Er wusste, wer da vor der Tür stand und Einlass begehrte. Jemand, der heimkam. Zurück in die Willow Road.

Er riss die Tür auf, und die Hoffnung zerfiel. Ein Mann stand draußen, aufrecht und mit ernster Miene. Seine Soutane wies ihn als Priester aus, noch ehe er sich vorgestellt hatte. In einem Reflex bedeckte Paul seinen Schoß mit den Händen.

»Herr Griscom?«, fragte der Priester leise. In dem fahlen Licht, das aus der Diele in den Vorgarten fiel, wirkte er in seiner schwarzen Soutane wie der leibhaftige Tod. »Paul Griscom?«

»Das bin ich«, sagte Paul. Er fror, und das verdankte er nicht nur der Eiseskälte, die sich zusammen mit einigen Schneeflocken in die Diele stahl.

»Entschuldigen Sie die Störung. Aber ich muss mit Ihnen reden. Es ist dringend.«

»Worum geht es?« Die Situation kam ihm schrecklich bekannt vor, nur dass es beim letzten Mal sein Bruder gewesen war, der die entsetzliche Nachricht überbracht hatte.

Wie zur Bestätigung sagte der Priester: »Es geht um Ihre Freundin.«

»Was ist mit ihr?«

»Darf ich hereinkommen?«

»Ähm, ja, natürlich«, stotterte Paul und trat einen Schritt beiseite. Der Geistliche trat mit einem dankbaren Nicken in die Diele.

Ken, Philips bester Freund, wohnte in einem unsanierten Altbau in Friedrichshain, dem gegenwärtigen In- und Trendviertel Berlins. Die zwei Zimmer, in denen er lebte, waren wie das Haus um die Jahrhundertwende entstanden und, da von den unterschiedlichen Besitzern über die Jahre vernachlässigt, heute nicht mehr das, was in Magazinen wie *Schöner Wohnen* oder *Art Deco* gepriesen wurde. Aber die Miete war günstig, was mit Sicherheit auch an den Straßenbahnen lag, die den ganzen Tag und die halbe Nacht auf der Straße vor dem Haus vorüberrumpelten. Dies alles ließ Ken unbeeindruckt. An den Unwägbarkeiten, die das Leben in Berlin bereithielt, längst abgestumpft, war er mit einem Schlaf gesegnet, der der Winterstarre eines Murmeltieres nicht unähnlich war.

Deshalb rechnete Philip damit, eine Weile in dem lausigen Wetter ausharren zu müssen, bis er seinen Kumpel endlich aus dem Bett geläutet hatte. Umso überraschter war er, als Kens Stimme aus der Gegensprechanlage knisterte, kaum dass er den Klingelknopf los ließ.

»Ich bin's, Philip«, meldete er sich.

»Du?« Die Überraschung wechselte zu Befremden; es klang ganz danach, als habe Ken jemand anderen erwartet.

Der Summer öffnete Philip die Tür zum Flur. Der erste Eingang, der von dem schachbrettfarbenen Marmorfliesen rechts abzweigte, führte bereits in Kens Wohnung. Der stand, zwar in Jogginganzug, aber hellwach, im Türrahmen und glotzte Philip mit großen Augen an. »Was machst du denn hier?«

»Mir den Arsch abfrieren! Darf ich rein oder willst du mich im Flur stehen lassen?«

»Blödsinn, komm rein. Mensch, Philip, das ist aber eine Überraschung.« Er wollte seinen Kumpel umarmen, ließ jedoch mit angewidertem Gesicht von ihm ab. »Du stinkst wie eine Schnapsleiche ...«

»Der Pulli«, sagte Philip, als würde das alles erklären.

Ken nickte in Richtung Küche und sagte: »Schmeiß ihn in den Abfalleimer.«

Philip tat, wie ihm geheißen, und folgte seinem Freund ins kleine Wohnzimmer. Zwei Kerzen flackerten unruhig auf dem Tisch, eine Lavalampe spuckte rote und blaue Blasen, aus den Lautsprechern der Stereoanlage erklang leise Ambientmusik. *Silence* von Dr. Atmo.

»Erwartest du jemanden?«, wollte Philip wissen, während er in die Knie ging und den Rücken gegen die Heizung lehnte.

Ken stieß den Atem affektiert aus. »Na ja, irgendwie ...«

»Irgendwie?«

»... schon.« Es war ihm sichtlich unangenehm.

Philip entschied, es erst einmal dabei zu belassen.

Ken sah ihn an. Fassungslos schüttelte er den Kopf. »Ich muss mich erst noch an den Anblick gewöhnen. Du mit Glatze. Sieht ziemlich strange aus.«

»Du siehst auch nicht viel besser aus.« Philip wies auf den Sportanzug, einen alten Adidas-Jogger aus den 70er Jahren, den Ken bei einer Onlineauktion ersteigert hatte. Er war ihm zwei Nummern zu klein, saß wie eine zweite Haut am Körper und ließ ihn mitsamt seiner strohblonden Haare wie einen waschechten Schwulen wirken.

»Möchtest du auch einen?«, fragte er.

»Vergiss es«, sagte Philip. Die Heizung wärmte seinen unterkühlten Leib, und er setzte sich in einen Schalensessel, der mit seinem lilagelben Karomuster durchaus als Designerstück durchgegangen wäre – vor 30 Jahren. Jetzt hatte Ken ihn für 20 Euro bei Ebay erworben. »Aber ich wär dir dankbar, wenn du mir meinen Rucksack geben könntest.«

»Deinen Rucksack?«

»Ich hab ihn gestern im *Tresor* an der Garderobe abgegeben.«

»Da liegt er gut.«

»Hast du ihn nicht mitgenommen?«

»Woher sollte ich wissen, dass du 'nen Ruchsack dabeihattest?«

Daran hatte Philip nicht gedacht. Er ließ den Kopf hängen.

»Willst du was trinken?«

»Einen heißen Tee!«

Ken verschwand in die Küche und setzte das Wasser auf. Als er zurückkam, fragte er: »'ne Tüte?«

Vielleicht gar nicht so verkehrt. Ein Joint würde ihn runterbringen, ein bisschen entspannen. Kommissar Bergers Worte fielen ihm ein. *Wusstest du, dass Drogen bei dauerhaftem Konsum aggressiv machen? So aggressiv, dass man sogar einen Mord begehen könnte.* »Keine schlechte Idee«, sagte er.

Ken griff in eine kleine Schatulle, die unter dem farblich zum Schalensessel passenden Sofa stand, zupfte ein Blättchen und Gras heraus und drehte den Joint. Er klemmte ihn zwischen die Lippen und entzündete ihn an einer der Kerzen auf dem Tisch. Tief sog er den Rauch ein, blähte seine Backen damit auf und stieß ihn nach einigen Sekunden in einer dichten Wolke wieder aus. Dann reichte er den Joint seinem Freund.

Philip nahm einen Zug, wartete, bis der Geschmack seinen Gaumen kitzelte und entließ den Qualm.

»Ich dachte, du bist im Knast?«, fragte Ken. Seine Stimme war sehr leise, von den sphärischen Klängen des Dr. Atmo fast verschluckt.

»Woher weißt du das?« Es gab niemanden aus Philips Freundeskreis, der gestern Morgen mitbekommen hatte, dass er von der Polizei abgeführt worden war. Selbst Ken hatte sich nicht blicken lassen, sondern wie üblich auf Pille noch bis zum frühen Morgen im *›Tresor‹* abgetanzt, während sein bester Freund in der Kombüse weich gekocht wurde.

Ken beugte sich über die Sofalehne, kramte raschelnd in einem Stapel Papier und klatschte die gestrige Spätausgabe des *Kurier* auf den Tisch. Die kleinen Flammen der Kerzen hüpften unruhig in dem Luftzug. Die Meldung auf der Titelseite war nicht zu übersehen. *Mörder von* Kurier-*Fotograf gefasst!* Darunter ein wenig schmeichelhaftes Foto von Philip, noch mit langen Haaren. Na super, ganz Berlin hielt ihn jetzt für einen Killer. Und morgen würde eine weitere Schlagzeile zu lesen sein, diesmal mit einem neuen Bild von ihm, einem Polizeifoto: *Geflohen!*

»Bist du abgehauen?«

Philip biss sich auf die Lippe. »So würde man es wohl nennen.«

Ken sagte keinen Ton.

»Schwer zu begreifen?«

»Na ja, irgendwie schon.«

»War auch nur ein Zufall.«

»Ein Zufall? Oh Mann, das ist abgefahren.«

»Schlimmer ist es, wenn man dich für einen Mörder hält.«

Ihre Blicke begegneten sich. Eine Weile sagten sie nichts. Ken ging in die Küche und holte den Tee. Philip blieb ruhig, während er den Joint rauchte. Nur langsam entfaltete die Droge ihre Wirkung. Ken musterte ihn. Überlegte er, ob er wirklich einen Mörder vor sich hatte?

»Was soll dieser Blick?«, fragte Philip.

»Nichts«, erwiderte Ken. Aber das war nicht die Wahrheit. Er war kein guter Lügner. Auch das hatten sie gemein. »Erzähl mir, was los ist!«

»Das würdest du mir nicht glauben.«

Entrüstet griff Ken nach dem Joint. »Ey«, sagte er, bevor er rauchte. »Wer sollte dir eher glauben können als ich?«

Philip lächelte. Da war er wieder, Ken, der Berlin-Checker. Weil Philip nicht antwortete, fragte er: »Und?«

»Was?«

»Hast du ihn ermordet?«

»Ken!«, rief Philip.

»Ist schon gut, war doch nur ein Scherz.«

»Für solche Scherze habe ich gerade echt keinen Nerv.«

Ken lachte. »Reg dich ab. Ich weiß doch, dass du keiner Fliege was zuleide tun kannst.« Er winkte ab. »Ausgerechnet du, pah!« Dann legte er den Kopf schief. »Obwohl, wenn ich mir dich so mit der Glatze anschaue ...«

»Ken!«

»Ist okay, ist okay.« Er verschluckte sich und röchelte. »Du und ein Mörder. Bullshit!«

Ein leises Sirren mischte sich unter die chillige Musik. Wer das Album des Frankfurter Elektroniktüftlers nicht kannte, hätte die Türklingel nicht registriert.

»Wer ist das?«, rief Philip alarmiert.

»Die Bullen sind es nicht.« Ken sprang auf. »Keine Panik.« Er reichte seinem Kumpel die letzten drei Zentimeter der Tüte. »Wird wohl meine Schwester sein.«

Mit einem Mal war das Dope aus Philips Schädel wie weggeblasen. »Chris?«, fragte er beklommen.

»Ich wüsste nicht, dass ich noch mehr Geschwister hätte.«

Philip verdrehte die Augen.

»Tut mir Leid«, meinte Ken. »Sie hatte mich vorhin angerufen, sie war ziemlich aufgelöst, konnte nicht schlafen und suchte jemanden zum Quatschen. Ich konnt ja nicht wissen, dass du flüch...« Er brach ab und lächelte verlegen.

Philip ging nicht drauf ein. »Ich hab mich schon gewundert, dass ich dich so schnell wachbekommen habe.«

Ken verzog den Mund. »Das hatte Chris bereits erledigt.« Er lief in die Diele und drückte den Türöffner. Wenige Sekunden später huschte ein eiskalter Hauch von draußen durch den Wohnraum. Zischend erlosch eine der beiden Kerzen. Es raschelte in der Diele, als Kleidungsstücke an den Garderobenständer gehängt wurden. Stimmengemurmel. Chris sagte: »Ken, es tut mir Leid. Und danke, dass ich vorbeischauen darf.«

Philip drückte den Joint im Aschenbecher aus. Schritte nahten. Chris rauschte in das Zimmer. »Das macht mich ganz ...« Abrupt blieb sie stehen. »Du?«

Sie starrte Philip an. Er hielt ihrem Blick stand. Vereinzelt schmolzen Schneeflocken in ihrem schulterlangen braunen Haar, das im Kerzenschein glänzte.

Wärme durchflutete ihn. Er rang mit sich und sagte schließlich: »Wie geht's dir?« Was Blöderes fiel ihm wohl nicht ein? Es klang, als hätten sie sich viele Monate lang nicht gesehen, dabei lag ihr letztes Beisammensein keine 48 Stunden zurück. Schmerzlich wurde ihm bewusst, was er in der Nacht angerichtet hatte. Wie ein kalter Lappen erwischte ihn die Schuld und vertrieb die Wärme. Er hatte Scheiße gebaut. Ja, wenigstens in diesem Punkt war er schuldig. Und am nächsten Morgen hatte Kommissar Berger in der Tür gestanden.

»Philip«, meinte sie und bewegte sich keinen Zentimeter. »Was machst du denn hier?«

Er wollte etwas Witziges sagen, etwas, was das Eis zwischen ihnen brechen konnte. Doch das Einzige, was er zustande brachte, war: »Ich glaube, diese Frage hatte ich schon mal.« *Du Idiot!*

Sie löste sich aus ihrer Starre. »Entschuldige, dass ich dich gefragt habe.«

»Chris«, flüsterte Philip, »es war nicht so gemeint.«

Doch die Stimmung war bereits vergiftet. Sie hob die Augenbrauen: »Nicht?«

Ken sprang dazwischen. »Leute, beruhigt euch. Keine Panik. Ist doch alles in Ordnung.«

Aber Philip wusste, nichts war in Ordnung. Dies hier würde kein gutes Ende nehmen. Er stand auf. »Ich geh dann mal besser.«

Um zur Tür zu gelangen, musste er an Chris vorbei. Er streifte ihren Arm. Wieder Wärme. Er bekam ihr Parfüm in die Nase. Er blieb stehen, etwas versperrte den Weg. Ihre Nähe. Gott, wie er sie vermisste.

»Wohin willst du?«, fragte sie.

Er überlegte. »Ich muss zu meiner Großmutter.«

»Großmutter? Ich dachte, du hast keine Familie mehr.«

»Doch, jetzt ...« Wie sagte er es am besten? »Seit kurzem ...« Es fehlten die Worte. »Ich habe ... « Es fehlte einfach alles. *Die Zeit ist gekommen.* Und am allermeisten fehlte eine glaubhafte Erklärung. »Ach, was rede ich.« Er holte Luft.

Chris betrachtete ihn für einen Augenblick eingehend. Ihre Miene war wie ein Spiegel. Er sah dunkle müde Augen, ein blasses Gesicht und zerknitterte Kleidung. Mit dem kleinen Unterschied, dass sie in diesem Zustand verdammt gut ausschaute. Er dagegen wirkte wie ein Verbrecher auf der Flucht. *Ein guter Witz.*

»Willst du mit mir darüber reden?«

Draußen fuhr die erste Straßenbahn vorbei. Die Gläser in dem Sideboard klirrten. Philip wusste keine Antwort. Egal, was er sagte, es würde wie ein dummer Witz klingen.

»Warst du im Gefängnis?«, fragte sie nüchtern.

Er nickte.

»Jetzt bist du frei?«

Abermals ein Nicken.

»Man weiß also, dass du unschuldig bist?«

»Er ist abgehauen«, warf Ken ein. »Abgefahren, oder?« Hätte Philip mit seinen Blicken töten können, Ken hätte in dieser Sekunde der Schlag getroffen. Doch so zog er nur den Kopf ein und verdrückte sich in die tiefste Ecke seines kreuzbunten Sofas.

»Du bist was?« Chris' Stimme gewann an Schärfe. Ihre blauen Augen musterten ihn. Ein Blick, den er noch nie hatte leiden können. »Sag mir, dass das nur ein Witz ist!«

Er senkte die Lider. »Es hat sich so ergeben.«

»Ich glaub es nicht.« Fassungslos ließ sie die Arme hängen. »Es hat sich so ergeben? Das ist brillant, Philip. Selbst für deine Verhältnisse.« Angewidert löste sie den Blick von ihm. »Wirklich, das ist abgefahren. Das ist so richtig abgefahren.« Das qualmende Häufchen im Ascher weckte ihr Interesse. »Und nachdem du aus dem Knast geflohen bist, hast du nichts Besseres zu tun, als hierher zu kommen und dir die Birne wegzuknallen.«

»Chris, das stimmt doch gar nicht!«

Aber sie war bereits auf dem Weg in die Diele. »Damit möchte ich nichts zu tun haben.«

»Chris!« Er hatte sie rufen wollen, ihr nachlaufen, aber mehr als ein Flüstern brachte er nicht zustande.

Sie packte ihre Jacke, schlüpfte in die Stiefel, und Sekunden später knallte die Tür hinter ihr ins Schloss.

»Chris«, wiederholte er.

Ken durchbrach zaghaft die Stille: »Sorry ...«

»Piss die Wand an«, stöhnte Philip.

Ken ging zum Fenster und zog das Rollo hoch. Es blieben noch ein paar Stunden bis zur Dämmerung, doch im Laternenlicht war der Schnee deutlich zu erkennen, wie er in dichten Schwaden herabsegelte. Frühaufsteher stapften mit sichtlicher Mühe durch die weißen Berge, die sich am Boden türmten.

Ken kratzte sich die Stirn. »Was hast du jetzt vor?«

»Ich muss ins Jüdische Krankenhaus.«

»Ist was mit dir?«

»Da liegt meine Großmutter.«

»Du hast wirklich eine Oma?«

»Ich hab's gestern erfahren.«

»Heftig. Und was machst du, wenn du sie gefunden hast?«

»Hoffen, dass sie mir helfen kann.«

»Wobei?«

»Die Polizei glaubt tatsächlich, ich wäre ein Mörder. Aber ich habe niemanden umgebracht.« *Ich habe jemanden vor dem Tod gerettet.* Aber das sagte er nicht. Er sagte: »Irgendetwas geht mit mir vor. Ich weiß nicht, was. Aber ich muss einen Weg finden, es herauszufinden. Vielleicht kann ich dann auch meine Unschuld beweisen.«

»Und du glaubst, deine Oma, die du noch nie im Leben gesehen hast, kann dir dabei helfen?« Ken war die Skepsis ins Gesicht geschrieben. Philip konnte es ihm nicht verübeln, seine Geschichte musste sich anhören wie ein schlechter Krimi. Trotzdem war er davon überzeugt. Er nickte.

Ken meinte: »Das klingt ... *abgefahren.*«

Philip sank zurück in den Sessel. »Nein, Ken, das ist alles andere als abgefahren. Aber wenn ich dir erzählen würde, was mir in dieser Woche alles passiert ist – *das* wäre abgefahren.«

Ken nestelte am Reißverschluss seines tuntigen Joggers. »Ich glaube, ich möcht's gar nicht wissen.«

»Keine Angst, ich habe nicht vor, dir davon zu erzählen. Du würdest mir eh kein Wort glauben. Aber eines kannst du mir glauben.«

Philip stockte, schaute seinen Kumpel an. Unter dem Trainingsanzug trug er ein ebenso enges T-Shirt. Vielleicht war er tatsächlich schwul.

»Ich wäre dir verdammt dankbar, wenn ich mir ein paar warme Klamotten von dir ausleihen dürfte.«

Paul wollte sich etwas Passenderes als seine Shorts und das T-Shirt überstreifen. Seine Bekleidung schien ihm nicht angemessen, um die schlimme Nachricht, die der Priester ihm ohne Zweifel überbringen würde, entgegenzunehmen. Die Hand des Geistlichen fegte ungeduldig durch die Luft, als Paul sich hinauf ins Schlafzimmer begeben wollte. Er sagte: »Bleiben Sie. Ich möchte nicht lange stören. Ich möchte nur, dass Sie mir einige Fragen beantworten.«

Nur ein paar Fragen? Paul schöpfte Hoffnung. Vielleicht waren seine Sorgen unbegründet. Beatrice war gar nichts passiert. Aber was wollte dann der Priester von ihm? Er blieb im Wohnzimmer und musterte den Mann. Trotz seiner gesunden Bräune wirkte er erschöpft. »Ich bin Cato, Sonderbeauftragter des Vatikans«, stellte er sich vor. Er machte keine Anstalten, sich aufs Sofa zu setzen. »Angehöriger der päpstlichen Kongregation, um genau zu sein.«

»Nehmen Sie es mir nicht übel«, erwiderte Paul, »aber ich verstehe nicht ganz. Was hat ...«

»... Ihre Freundin an sich, dass der Vatikan um 6 Uhr morgens bei Ihnen klingelt?« Cato lächelte milde. »Sie würden staunen, wie oft wir diese Frage zu hören bekommen. Aber ich werde Ihnen antworten. Sehen Sie, an uns ist die Kunde von einem wunderbaren Vorfall herangetragen worden.«

»Sie meinen ein Wunder?«

»Wenn Sie es so nennen wollen, wir können Sie nicht daran hindern. Aber Sie verstehen hoffentlich, dass wir diesen Begriff mit Vorsicht genießen. Zu schnell wird heute von einem Wunder gesprochen.« Seine Hand beschrieb einen Bogen, der das Zimmer, genauso gut aber auch London oder die ganze Welt hätte einschließen können. »Selbst ein neuer High-Tech-Chip wird heute als ein Wunder gepriesen. Aber ist er das?«

Paul schüttelte den Kopf. »Natürlich nicht.«

»Sehen Sie. Deshalb müssen wir vorsichtig damit umgehen.«

»Aber Sie glauben, dass ...«

»Unser Geschäft *ist* der Glaube«, warf der Pater ein und wieder lächelte er. Aber es war ein müdes Lächeln. »Man hat uns von Ihrer Freundin erzählt und dem, was ihr widerfahren ist. Ihrem plötzlichen Tod und der ...«, er hüstelte, »... Auferstehung.«

Leise sagte Paul: »Ich hatte Recht.«

»Das wird sich zeigen«, schränkte Cato ein. »Deswegen sind wir hier. Wir würden gerne mit Ihrer Freundin sprechen. Beatrice war ihr Name, oder?«

»Ja.«

Erwartungsvoll sah Cato ihn an. Als er keine Antwort bekam, fragte der Geistliche: »Und?«

»Sie ist nicht hier. Sie ist ...« Er zauderte. Cato hob die linke Augenbraue. Paul wusste nicht, inwieweit er ihn ins Vertrauen ziehen konnte. Sicher, er war ein Priester, direkter Abgesandter des Vatikans noch dazu, trotzdem war er ein Fremder für ihn.

Cato schien seine Zweifel zu spüren. »Natürlich müssen Sie mir nicht verraten, wo Ihre Freundin sich aufhält. Das kann ich verstehen. Aber vielleicht können Sie ihr sagen, dass ich die weite Reise aus Rom angetreten habe, um mit ihr zu sprechen, so wie ich in diesem Augenblick mit Ihnen spreche. Ich will erfahren, was mit ihr passiert ist. Gerade für uns, Vertreter einer Glaubensgemeinschaft, deren zentrale Themen das Leben im Diesseits und das nach dem Tod sind, ist es von ungeheuerer Wichtigkeit, mehr darüber zu erfahren. Jeder Hinweis kann von großer Bedeutung für uns sein.«

»Das verstehe ich«, sagte Paul.

»Dann verstehen Sie sicherlich auch, wie wichtig es für uns ist, mit Ihrer Freundin zu reden. Wir haben nur selten die Möglichkeit, mit Menschen zu sprechen, die ...«, wieder hielt er kurz inne, »die auf der anderen Seite waren und wieder zurückgekehrt sind zu uns, zu den Lebenden.«

Zurückgekehrt. Paul schnaufte. *Schön wäre es gewesen.* »Sie hat ihr Gedächtnis verloren«, sagte er, und die Verbitterung in seiner Stimme war nicht zu überhören. »Sie kann sich an nichts mehr erinnern.«

»An gar nichts?«

»Nein«, bestätigte Paul.

»Das tut mir Leid«, sagte Cato. »Das ist sicherlich schwer für Sie beide?«

Paul nickte dankbar. In ihm keimte eine neue Hoffnung. Wenn er Beatrice nicht zu helfen vermochte, vielleicht würde es ein Priester können. Er war ein Mann Gottes. Immerhin, Beatrice war auf Lindisfarne aufgewachsen, der heiligen Insel.

»Also gut«, klatschte Cato in die Hände. »Wenn Sie mir sonst nichts sagen können, dann muss ich leider ...« Er ließ den Satz unvollendet. Er blickte Paul durchdringend an. Paul glaubte unter diesem Blick zu schrumpfen.

»Sie ist an die Küste gereist«, erklärte er schließlich. »Nach Lindisfarne. Dort ist sie aufgewachsen. Sie hofft, dass sie dort ihre Erinnerung wiederfindet.«

»Lindisfarne?« Cato verzog überrascht sein Gesicht. Dann entspannte es sich. »Ich verstehe ...«

»Sie verstehen?« Paul sah den Pater an. Der Geistliche kaute Kaugummi. Ihm fiel auf, dass Cato trotz seiner Ankündigung keine Anstalten machte zu gehen. Und dass er seine Handschuhe nicht abgelegt hatte.

Berlin

Es war 9 Uhr in der Früh, als Philip Kens Wohnung verließ. Das Großstadtleben erwachte, wenn auch zögerlich, denn der anhaltende Schneefall wirkte wie eine Bremse auf den Alltag der Menschen. Die Passanten stelzten vorsichtig, mit wärmenden Parkas und Wollmützen bis zur Unkenntlichkeit vermummt, über die verschneiten Gehsteige. Autos schoben sich auf dem glatten Asphalt wie in Zeitlupe an ihnen vorbei. Straßenbahnen standen ganz still, wenn wieder irgendwo ein LKW ins Rutschen geraten war und die Schienen blockierte.

Mit der U-Bahn-Linie 8 fuhr Philip nach Wedding, wo das Jüdische Krankenhaus lag. Er überlegte, wie er seiner Großmutter am besten gegenübertreten konnte. Welche Fragen er ihr stellen würde. Vielleicht kam es aber auch gar nicht dazu, denn Kahlscheuer, der Priester, hatte gesagt, sie wäre bewusstlos.

Es brachte nichts, sich den Kopf darüber zu zerbrechen. Also ließ er es bleiben und lauschte dem eintönigen Rattern der U-Bahn, die sich wie ein Lindwurm durch den Untergrund Berlins grub.

Ken hatte ihm Bargeld zugesteckt: »Wäre doch scheiße, wenn sie dich wieder einlochen, nur weil sie dich als Schwarzfahrer erwischen.« Dann hatte er für Philip seinen Kleiderschrank geplündert: Die Cordhose, die Philip jetzt trug, war zwar im Schritt so eng, dass er glaubte, es schnüre ihm auf Dauer den Atem ab, über den Schuhen lief sie jedoch mit einem gewaltigen Schlag aus. Dazu trug er einen zartrosa Hilfiger-Pullunder, eine Daunenjacke und über der Glatze eine mintgrüne Strickmütze mit Bommel. Das alles zusammen wirkte wie ein Überbleibsel aus den Wintermonaten der 70er, bunt, willkürlich und mit einem offenen Bekenntnis zur Hässlichkeit. Aber die Klamotten waren warm, das war die Hauptsache. Zudem war das Outfit bei den Teenagern schwer angesagt, weswegen er hoffte, fürs Erste keine Aufmerksamkeit zu erregen. Um ganz sicherzugehen, suchte er sich einen Waggon, in dem nur wenige Passagiere saßen.

Dennoch fühlte er sich beobachtet. Hatte Kommissar Berger bereits eine Fahndung nach ihm ausgeschrieben? Fand sein Foto sich auf den Titelseiten aller Berliner Tageszeitungen?

Philip zog die Mütze tiefer in die Stirn, senkte den Kopf. Ab und zu schaute er abrupt auf, um den vermeintlich forschenden Blicken der Leute zu begegnen. Doch entweder waren sie zu gerissen oder sie schenkten ihm tatsächlich keinerlei Beachtung. Sie fuhren zur Arbeit, zum Einkaufen, einige wenige auch zum Stadtbummel, starrten müde aus den graffitiverschmierten Fenstern auf die vorbeirasenden Tunnelwände oder auf ihre matschigen Schuhe. Ihre Mienen waren so grimmig wie der Winter. Einige Leute waren auf ihren Sitzen eingenickt. Die Berliner Mentalität, bloß die Nase aus allem rauszuhalten, kam ihm jetzt gerade recht.

Trotzdem sprang er an der nächsten Station aus dem Waggon und erstand am Kiosk die neue Ausgabe des *Kurier*. Während er auf die nachfolgende Bahn wartete, blätterte er durch die Seiten. Die augenfälligste Schlagzeile galt dem Wetter. Von einem Jahrhundertwinter war die Rede. Meteorologen prophezeiten Schneefälle wie schon lange nicht mehr. Und eine weiße Weihnacht.

Eine Nachricht über seine Flucht fand er nicht. Die Zeit war zu knapp gewesen für die Frühausgabe. Beruhigt warf er die Zeitung in einen Müllkorb.

Auch über Wedding lag ein weißer Schleier, und das war gut so: Er verdeckte gnädig die Sünden der Vergangenheit. Der Stadtteil hatte im Krieg kaum Schäden erlitten, trotzdem hatten die Stadtväter in den 50er und 60er Jahren entschieden, einen Großteil der Altbauten abzureißen. Der Neuaufbau hatte sich hingezogen, und herausgekommen war – wie übrigens in ganz Westberlin – ein unansehnlicher Architekturmix unterschiedlichster Jahrzehnte. Er war fade und grau im Vergleich zu den Altbauten in Ostberlin, die im real existierenden Sozialismus zwar halb verfallen, nach der Wende in freudiger Erwartung neuer zahlungskräftiger Mieter aber eiligst saniert worden waren.

Unter dem Schneekleid bekam Berlin endlich die Einheit, die es herbeisehnte. West und Ost waren nicht mehr zu unterscheiden. Leider verschluckte der Winter auch den majestätischen Anblick des Jüdischen Krankenhauses, der einzigen jüdischen Institution in Berlin, die den Naziterror überdauert hatte. An Sommertagen wirkte das aristokratische Monument mit seinen ausladenden Flügeln und Korridoren und einer großen Parkanlage inmitten der Westberliner Moderne wie ein Palast aus vergangenen Zeiten.

Aber selbst wenn es nicht unter dem eisigen Geflecht aus Schnee und Eis verschwunden gewesen wäre, Philip hätte an diesem Tag keine Notiz von der Herrschaftlichkeit des Gebäudes genommen. Ihm war bewusst geworden, dass er absolut keine Idee hatte, wie er zu seiner Großmutter vordringen sollte. Er kannte ja nicht einmal ihren Namen. *Entschuldigen Sie, ich würde gerne zu meiner Oma. Ihr Name? Tut mir Leid, keine Ahnung.* Erschwerend kam hinzu, dass sie auf der Intensivstation lag, ohnehin ein abgeschirmter Krankenhausbereich.

Trotzdem zögerte er nicht lange und betrat das Foyer. Direkt gegenüber der Eingangstür erhob sich eine Glaskabine, in der der Pförtner saß. Neben einem raumhohen Tannenbaum, der mit geschmacklos buntem Lametta und gewaltigen Christbaumkugeln behangen war, gab eine Tafel Auskunft über die Anordnung der Krankenstationen. Die Intensivstation lag im rechten Gebäudekomplex. Dort gab es auch eine Cafeteria, einen Kiosk – und ein Blumengeschäft.

Philip kam eine Idee. Gewagt, aber den Versuch wert. Es würde auch sein einziger Versuch bleiben, denn wenn es nicht klappte, konnte er sich hier nicht noch einmal blicken lassen. Entschlossen durchschritt er das Foyer, eilte an der Cafeteria und dem Kiosk vorbei und erwarb vom Floristen ein kleines Bouquet aus roten Nelken und Viburnumblüten.

Damit kehrte er zurück in den Empfangsbereich und trat vor die Glasscheibe, die Besucher vom Pförtner trennte. Ein kleines Schildchen am unteren Ende gab Auskunft darüber, dass »Pförtner Wegener« heute Dienst schob. Mit unbedarfter Stimme sagte er: »Entschuldigen Sie, gestern Morgen wurde eine ältere Dame mit einem Herzinfarkt eingeliefert.«

Pförtner Wegener, ein älterer Mann mit grauem Haarkranz um eine ausgeprägte Glatze, blickte von einer Illustrierten auf. *Wenigstens kein* Kurier *von gestern.* »Biste Anjehöriger?«, fragte er.

»Nein«, entgegnete Philip wahrheitsgemäß und gab seiner Stimme einen besorgten Unterton. Er bemühte sich, möglichst überzeugend zu wirken. »Ich war derjenige, der die Frau entdeckt und den Notarzt gerufen hat. Es war wirklich schrecklich. Ich habe versucht erste Hilfe zu leisten. Das hat mich ziemlich mitgenommen.«

Wegener schien abzuschätzen, ob er diesem Relikt der Flowerpower-Bewegung mit dem Blumenstrauß in den Händen Glauben schenken sollte.

Philip schwitzte Blut und Wasser unter seiner Strickmütze. »Ich konnte diese Nacht kaum schlafen.« Seine Stimme wurde brüchig. *Übertreib es nicht.* »Die Frau tat mir so Leid. Ich wollte mich nur erkundigen, wie es ihr geht.«

Das Gesicht des Pförtners erhellte sich. »Dit find ick aba jut von dir, meen Junge.«

Er griff zu einem Aktenordner und warf einen Blick hinein. »Eene ältere Dame mit Herzinfarkt, sagteste?«

Philip bejahte.

»Jestern Morjen also?« Wegener beugte sich über die Liste und nickte. »Ja, die is hier. Jestern Morjen einjeliefert.«

Und? Wie heißt sie? Wo ist sie? Philip zwang sich zur Ruhe. »Geht es ihr gut? Kann ich sie besuchen?«

Der alte Mann verzog mitleidig das Gesicht. »Frau Berder liecht auf der Intensivstation. Da kannste leider nich hin.« Er deutete auf die Wegweiser zur linken Hand. »Besuchszeit nur zwischen 17 und 18 Uhr.«

Philip hielt die Blumen hoch. »Kann ich die hier wenigstens abgeben?«

»Ick gloob nich, datte dit darfst. Blumen sin' auf der Intensivstation nich erlaubt. Von wejen de Krankheitserrejer.«

»Vielleicht kann ich sie den Schwestern geben, die sie im Besucherzimmer aufstellen?«

»Et gibt kein Besuchszimmer auf der Intensivstation.«

»Dann woanders.«

Pförtner Wegener zuckte die Achseln. »Kannste versuchen.« Er wies in den Flur rechter Hand. »Diesen Gang lang, dann links und noch mal links.« Er rieb sich die Nase. »Warte, du sachtest ... Herzinfarkt? Nee, dat is nich links, sondern beim zweiten Mal rechts.«

Philip bedankte sich und lief zu dem Gebäudetrakt, in dem also seine Großmutter lag. *Frau Berder.* Beinahe war er enttäuscht. Nach allem hatte er einen außergewöhnlichen Namen erwartet. Irgendwas Imposantes. Berder dagegen klang so ... gewöhnlich. Der Sache überhaupt nicht angemessen.

Aber darauf kam es nicht an. Wichtig war nur, seiner Oma gegenüberzustehen. Die Chance zu bekommen, mit ihr zu sprechen. Allerdings musste er dazu auch noch die letzte Hürde nehmen. Genau genommen waren es sogar zwei: Der Trakt der Intensivstation war vom Rest des Krankenhauses durch eine Schleuse getrennt, auf deren beiden Seiten sich große Milchglastüren befanden.

Als er um die Ecke bog, bekam er gerade noch mit, wie ein Besucherpärchen die erste Tür hinter sich ließ und sich in dem schmalen Sicherheitsschlauch in grüne Kittel zwängte. Dann fiel die Tür zurück ins Schloss.

Neben der Tür war ein Klingelknopf. Philip betätigte ihn. Es dauerte eine Weile, bis eine Stimme aus der Gegensprechanlage ertönte. Sie klang gehetzt: »Ja, bitte?«

Philip beugte sich vor zu dem kleinen Mikrofon. »Ich möchte gerne zu ...«, er atmete durch, »... Frau Berder.«

»Sind Sie mit ihr verwandt?«

»Ich bin ihr Enkel.«

Ein Summer ging, und die Tür sprang auf. *Strike!* Er betrat die Schleuse. An der Wand waren Kleiderhaken angebracht, an denen grüne Kittel und jeweils ein ebenso grüner Mundschutz für Besucher aufgereiht hingen. Weiter vorne, neben der zweiten Tür, die in die Krankenstation führte, hatte man ein kleines Waschbecken mit Desinfektionsmittelspender montiert.

Die zweite Tür öffnete sich, und eine hagere von den Anstrengungen der letzten Nacht gezeichnete Krankenschwester trat hindurch. Sie trug einen grünen Kittel, den Mundschutz hatte sie unter ihr Kinn geklemmt. Das schüttere Haar war zu einem Zopf gebunden. Mit einer Hand nestelte sie nervös an dem Haargummi, während die andere die Tür einen Spalt offen hielt. Ihre Augen blickten argwöhnisch auf die Blumen.

»Sie sind Ihr Enkel?« Sie sprach mit einem osteuropäischen Akzent.

»Ja. Philip Hader.«

»Es tut mir Leid, Herr Hader. Der Zutritt ist nur den allernächsten Angehörigen erlaubt.«

»Sie hat sonst niemanden mehr.«

»Das mag sein, aber ...«

»Oder war schon jemand da?«

»Nein«, beschied sie ihm knapp, während ihre Finger die grüne Maske richteten.

Das stimmte nicht. Es war schon jemand da gewesen, nämlich der Priester. Philip unterließ es, sie darauf hinzuweisen. Stattdessen sagte er: »Können Sie nicht eine Ausnahme machen?«

»Das geht nicht ...«

»Bitte«, sagte er.

»Es steht keine Schwester zur Verfügung, die Sie begleiten kann.«

»Und was ist mit Ihnen?«

Sie funkelte Philip an. »Ich war nur gerade in der Nähe, als Sie klingelten. Ich habe keine Zeit.« *Und ich habe eigentlich auch keine Zeit, mit Ihnen zu diskutieren,* bedeutete ihr Blick.

»Dann warte ich.«

Der Zopf tanzte überschwänglich, während sie ihren Kopf schüttelte. »Hören Sie, selbst wenn ich Sie zu Ihrer Großmutter ließe, könnten Sie ohnehin nicht mit ihr sprechen. Sie ist seit gestern bewusstlos.«

»Und wenn sie wach wird?«

»Wird sie dennoch nicht reden können. Sie hat einen Herzinfarkt erlitten, einen schweren.« Die Schwester machte Anstalten, die Tür hinter sich zu schließen.

Philip überlegte fieberhaft. Es musste doch einen Weg geben. Er hielt ihr die Nelken hin. »Würden Sie wenigstens die Blumen nehmen?«

Sie starrte ihn an, als habe er den Verstand verloren. »Das geht nicht. Pflanzen sind nicht erlaubt.«

»Also gut«, sagte er, während er verzweifelt nach einer Lösung suchte. Der Zufall sprang ihm bei. Ein Alarmsignal erklang.

»Es tut mir Leid.« Die Schwester zuckte bedauernd die Achseln, wies in Richtung Ausgang. Dann wandte sie sich um, schob mit einem energischen Ruck die Tür auf und eilte einen Flur entlang. Krankenzimmer zweigten alle paar Meter ab. Ärzte und Pfleger liefen umher. Es war nicht genau zu unterscheiden, wer wer war.

Sekunden vergingen, während die Tür langsam zurück in den Rahmen schwenkte. Philip reagierte. Er warf den Blumenstrauß in das Waschbecken, tauschte die Bommelmütze gegen einen Kittel mitsamt Mundschutz. Gerne hätte er sich noch die Hände gewaschen, aber die Zeit blieb ihm nicht. Rasch streifte er sich den Kittel und die Maske über und schlüpfte durch die Tür, bevor sie die Intensivstation endgültig von der Sicherheitsschleuse trennte.

Er hatte mal einen Zeitungsartikel gelesen, in dem Intensivstationen als *Stroke Units* bezeichnet worden waren. Das brachte es auf den Punkt. Die Intensivstation war eine geschlossene Abteilung, eine sterile Welt für sich. Die grünen Umhänge und Mundschutze, hinter denen sich die Menschen bewegten, ließen den Ort wie einen fremden Planeten voller Aliens wirken. Die oberste Regel war: So tun, als sei man einer von ihnen.

Er bewegte sich langsam, versuchte aber den Eindruck zu erwecken, zielsicher einem bestimmten Raum zuzustreben. Was ja nicht einmal gelogen war. Wenn er nur gewusst hätte, welcher Raum. Niemand nahm Notiz von ihm, ein grüner Außerirdischer mehr oder weniger fiel nicht auf. Unauffällig hielt er sich nahe der Wand, schielte durch die Glasscheiben in die Zimmer.

Er erkannte sie auf Anhieb. Ein Blick links, ein Blick rechts, dann stand er in ihrem Zimmer.

Das Kriminalkommissariat Berlin-Mitte war ein sperriger Betonklotz aus den 70er Jahren und unterschied sich in seiner Hässlichkeit nicht sonderlich von der DDR-Architektur, die den Alexanderplatz dominierte. Die Flure innen waren nüchtern weiß, nicht selten war der blanke Putz anstelle von Tapeten zu sehen. Die wenige Farbe stammte von Fahndungsplakaten und Aufklärungspostern *Die Polizei rät,* mit Nadeln auf rissigen Kork gepinnt.

Lacie wurde von einem missgelaunten Polizisten in zerknitterter Zivilkleidung begrüßt, der sich als Kommissar Berger vorstellte, Sebastian Berger. Trotz seiner üblen Laune war ihm dennoch die Überraschung darüber anzumerken, dass ausgerechnet ein Sonderbeauftragter des Vatikans um Zugang zu einem Häftling bat. Er lenkte ihn in sein Büro und wies ihm einen Stuhl vor seinem Schreibtisch zu. Er selbst blieb stehen und lehnte sich mit den Oberschenkeln gegen die Tischplatte. Er zwirbelte die spitzen Enden seines immensen Bartes, während er darauf wartete, dass Lacie das Wort ergriff. Als dieser schwieg, begann er selbst das Gespräch, und die Ungeduld in seiner Stimme war nicht zu überhören: »Mein Kollege Kalkbrenner meinte, Sie hätten nach mir verlangt.«

Lacie antwortete: »Das ist nicht ganz korrekt. Ich würde gerne mit dem Häftling Philip Hader sprechen. Doch Ihr Kollege bestand darauf, zunächst Sie aufzusuchen.«

»Richtig«, pflichtete Berger bedächtig bei.

»Ich will nicht lange um den heißen Brei herumreden. Meine Zeit ist knapp bemessen ...«

»Da haben wir etwas gemeinsam«, warf Berger ein.

»... aber wir hätten uns gerne mit Herrn Hader unterhalten.«

»Wir?«

»Nun, der Vatikan ...«

»Ich finde das sehr ungewöhnlich«, unterbrach ihn der Kommissar abermals. Er musterte den bleichen narbengesichtigen Mann aufmerksam.

»Inwiefern?«, begehrte Lacie zu wissen.

»Vergessen Sie es«, sagte Berger. »Ich würde Sie gerne zu dem Jungen vorlassen. Schließlich muss ich ja nicht befürchten, dass ein Vertreter der Kirche Böses im Schilde führt.« Er trug ein dünnes Lächeln zur Schau. »Aber trotzdem geht es nicht.«

Lacie neigte seinen Kopf. »Darf ich fragen, weshalb?«

Berger beugte sich vor. »Sie dürfen.« Lacie blickte ihn erwartungsvoll an. Doch der Kommissar schwieg. Draußen klingelte warnend eine Straßenbahn; ein Hubschrauber flog mit monotonem Rattern direkt über das Polizeigebäude hinweg. Erst als die Geräusche verklangen, fuhr Berger fort: »Ich würde Sie gerne zu Herrn Hader vorlassen. Aber er ist nicht mehr bei uns.«

»Wo ist er?«, fragte Lacie.

Bergers Oberkörper ruckte zurück. »Das wüssten wir auch gerne. Er ist geflohen.«

»Der Junge ist geflohen?« Lacies Stimme schwoll an.

»Ja, ja«, erwiderte Berger gereizt. »Fragen Sie mich nicht, wie er das geschafft hat. Wir wissen es nicht. Es ist, als wäre er ...« Er zwirbelte seinen Bart und begnügte sich mit der Bemerkung: »Die Ermittlungen laufen.« Sein Blick wanderte von Lacie zum Fenster und zurück. »Nachdem ich nun Ihre Neugier befriedigt habe, hätte ich auch gern einige Antworten.«

»Aha?«

»Ja«, antwortete Berger und lief um den Schreibtisch herum. Langsam ließ er sich auf seinem Stuhl nieder. »Ich bin begierig zu erfahren, welches besondere Interesse die Kirche an dem Jungen hat. Erst der Kollege gestern Morgen, und jetzt Sie. Noch dazu direkt aus dem Vatikan. Für einen jungen Mann, der des Mordes verdächtigt wird, finde ich das sehr merkwürdig. Finden Sie nicht?«

Lacie zuckte die Achseln.

Bergers Bart wölbte sich. »Vielleicht wären Sie so freundlich und verraten mir, weshalb Sie den Jungen sprechen möchten?«

»Es geht um die Großmutter des Jungen.«

»Unseren Erkenntnissen zufolge hat Herr Hader keine weiteren Angehörigen.«

»Das ist so nicht ganz richtig.«

»Natürlich, ich vergaß, er hat einen Vater. Aber auf den ist er seit einigen Jahren schon nicht mehr gut zu sprechen.«

»Richtig. Und dann ist da noch seine Großmutter. Sie liegt im Sterben.«

»Und deshalb schickt Sie der Vatikan?«

»So könnte man es sagen.«

Berger legte die Stirn in Falten. Er war nicht überzeugt. Trotzdem sagte er: »Dann will ich Ihre Zeit nicht länger in Anspruch nehmen.«

Er reichte ihm die Hand, und Lacie verließ das Gebäude. Erst als er draußen auf dem Bürgersteig stand und die vorbeirauschende Straßenbahn ihm den Schnee ins Gesicht blies, stieß er einen wütenden Schrei aus.

Verflucht, er hatte alles so geschickt eingefädelt – und jetzt drohte ihm sein Plan zu entgleiten. Sein *eigener* Plan. Die Geheimniskrämer vom Offizium wären in heller Aufregung gewesen, wenn sie davon gewusst hätten. Der Gedanke daran, wie er es diesen Wichtigtuern endlich einmal zeigen würde, heiterte ihn etwas auf. Nur gut, dass Cato gerade in London war.

Der Pfaffe hatte nicht gelogen. Nein, er hatte untertrieben. Es sah *gar nicht* gut aus.

In den zurückliegenden Tagen war Philip seiner Großmutter zweimal begegnet. Aber der Anblick jetzt bestürzte ihn. Sie war nur noch ein Schatten ihrer selbst: Die Haare beinahe schlohweiß, in strohigen Büscheln lagen sie auf dem Kissen. Die Wangen sahen eingefallen und wächsern aus. Ihr Körper ausgemergelt und dürr. Als er sie zum ersten Mal auf dem Ku'damm gesehen hatte – *Wann war das gewesen? Montag!* –, hatte er an den leibhaftigen Tod denken müssen. Jetzt wusste er: Der Tod hielt sie tatsächlich in seinen Krallen.

Sie verschwand nahezu zwischen den unzähligen medizinischen Geräten, an denen sie angeschlossen war. Philip hatte keine Ahnung, was das Surren und Fiepen der Geräte zu bedeuten hatte. Aber er ahnte, dass die Ärzte mit ihrer Hilfe den Zustand von Herz, Kreislauf und Lunge, Blutdruck, Sauerstoffgehalt, Atmung und Körpertemperatur beobachten, die Funktionen von Organen unterstützen und erforderliche Medikamente exakt dosieren konnten.

Aus aufgehängten Plastiksäcken floss eine klare Flüssigkeit durch Schläuche, die in einer Vene an ihrem Arm verschwanden. Ein rot glimmendes Lämpchen war an ihrem rechten Zeigefinger befestigt.

Karteikarten waren in einer kleinen Plastikfolie an die Vorderseite ihres Bettes geheftet. Philip besah sie sich aus der Nähe. *Eleonore Berder* stand auf der ersten Seite. Die Angaben zur Versicherung fehlten. Vorsichtig klappte er die Folie zurück und warf einen Blick auf die zweite Seite: *Pannierstraße 82. Berlin.* Er stutzte. Die Hausnummer war sein Geburtsjahr. Ein Zufall?

Mehr Personalien waren nicht eingetragen. Aber sie reichten aus. Es war ein beruhigendes Gefühl zu wissen, dass sie nicht auf der Straße hauste, sondern eine Wohnung besaß.

»Eleonore Berder«, sprach er leise ihren Namen aus, während er in dem Krankenzimmer stand, inmitten all der blinkenden Maschinen. Die Frau im Bett hatte nichts mehr gemein mit jener alten Dame auf dem Foto, das er die vielen Jahre im Heim gehütet hatte. Aber als er ihren Namen wiederholte, *Eleonore Berder,* da klang er vertraut in seinen Ohren. Als hätte er ihn bereits ein Leben lang gekannt. Er nahm ihre Hand. Sie war erschreckend kalt. Er schnappte nach Luft, stieß sie aus, und sein Atem kondensierte zu einem nebligen Wölkchen vor seinen Lippen. Verwirrt schaute er sich um. Wurde in dem Zimmer nicht geheizt?

Als er zurück zum Krankenbett blickte, hatte die alte Frau sich tatsächlich in eine Leiche verwandelt, von deren Knochen das fahle Fleisch blätterte. *Der leibhaftige Tod.* Seine Haare richteten sich auf wie unter einem elektrisierenden Stoß. Sie trug einen Pyjama, an dem die Zeit mit scharfen Klauen genagt hatte, farblos und löchrig. Ihr Kopf stand in einem seltsamen Winkel vom Körper ab, so unnatürlich, dass es ihm für einen verstörenden Augenblick die Sinne raubte.

Benommen trat er einen Schritt zurück, seine Finger lösten sich von ihrer Hand. Der Anfall war vorüber. Die Kälte fiel von ihm ab, der Heizkörper an der Wand füllte den Raum mit Wärme.

Philip stieß unwillkürlich die Luft aus, als er sah, wie ihre Augen sich öffneten. Ihr Mund verzog sich, erstarrte dann, wie Wachs, das erst weich und dann wieder hart wird. Sie bemühte sich zu sprechen, aber nur ein Krächzen kam über die aufgesprungenen Lippen. Sie wollte den Kopf vom Kissen heben. Es fehlte ihr die Kraft.

Er starrte auf sie herab, hin und her gerissen zwischen Entsetzen und Freude.

Sie sagte, aber es war mehr ein Knirschen, die knirschenden Knochen einer Toten: »Philip ...«

So vieles war die letzten Tage geschehen. Aber erst jetzt quollen ihm Tränen aus den Augen und rannen die Wangen hinab.

Sie warf den Kopf empor, so weit, wie es die Schläuche erlaubten. Im nächsten Augenblick begann sie zu sprechen, und es klang überraschend klar und deutlich: »Du musst ...«, ihre Kehle gab einen gurgelnden Laut von sich, »... treffen.« Er wagte nicht daran zu denken, wie viel Kraft und Schmerz sie diese Worte kosten mussten. Ermattet sank sie auf das Kissen zurück.

So viele Fragen hatte er sich zurechtgelegt. Doch das Einzige, was er jetzt hervorpresste, war: »Wen?« Es klang gedämpft durch den Mundschutz. *Wen treffe ich?*

Sie hob ihre Hand, als wollte sie nach ihm greifen. Aus einem Reflex trat er einen Schritt nach vorne, wollte ihre Finger umschließen, doch dann erstarrte er in der Bewegung. Das furchtbare Erlebnis von vor wenigen Minuten steckte noch in seinen Gliedern. Um nichts in der Welt wollte er einen neuerlichen Blick auf den schon verfallenden Leichnam seiner Großmutter werfen – nichts anderes war es gewesen, daran hatte er keinen Zweifel.

Als wüsste sie um seine Gedanken, schüttelte sie den Kopf, als würde sie nicht akzeptieren wollen, dass ihr Weg an diesem Ort ein Ende fand. Mit der anderen Hand, nur Haut und Knochen, an denen dürre Glieder hingen, die einmal zarte Finger gewesen waren, griff sie in die Luft, als wollte sie etwas festhalten, was unsichtbar im Raum schwebte. Er sah genauer hin. Sie deutete auf ihn. Nein, auf etwas, was hinter ihm war. Stand derjenige, mit dem er sich treffen sollte, etwa hinter ihm? Er drehte sich um. Da war niemand. Nur ein schmaler Schrank voller medizinischer Utensilien, wie anzunehmen war. Und eine billige Holzkommode, die nicht in das sterile Ambiente passen wollte. Was sah sie, das er nicht sah?

Als er sich wieder zu ihr wandte, hatte sie die Augen geschlossen. Ihr Kopf war zur Seite gesackt, ihre dünnen Finger waren zurück auf die Matratze gefallen. Nur die Geräte wiesen darauf hin, dass sie noch nicht tot war; nur bewusstlos. Er glaubte, ein Lächeln auf ihren Lippen zu erkennen. Aber das mochte auch nur eine Täuschung sein, hervorgerufen von den Tränen, die seine Augen benetzten.

»Wer sind Sie?«, fragte eine Stimme an der Tür. Ein Arzt stand im Raum.

»Ihr Enkel«, erwiderte Philip. Seine eigene Stimme war ihm fremd.

»Und wo ist die Schwester? Wer hat Sie reingelassen?«

»Nun ...«, sagte Philip.

Der Doktor schien zu verstehen. »Gehen Sie!«

»Ist ja schon gut.« Philip lief an dem Arzt vorbei aus dem Zimmer.

Auf dem Gang prallte er mit einer Schwester zusammen. Sie packte ihn am Ärmel. »Unerhört!«, schimpfte sie und gestikulierte wild. »Ich hab die Blumen gefunden und die Mütze.«

Es war die Krankenpflegerin mit dem schütteren Haar, die ihm den Zutritt verweigert hatte. Aber das bekam Philip kaum mit, weil er stattdessen eine gebrechliche Greisin sah, deren Gehhilfe unter ihrem Körper wegbrach. Sie stand nicht auf dem Krankenhausflur, sondern auf einer breiten asphaltierten Straße, irgendwo in Berlin, vermutete er. Ein Sattelzug bog um den Block. Die Aufmerksamkeit des Fahrers war auf etwas im Führerhaus gerichtet. Mühsam rappelte die alte Frau sich auf, und Philip erkannte die Krankenschwester, nicht jetzt, sondern in dreißig oder vierzig Jahren. 390 PS donnerten ihr entgegen. Bremsen! Zu spät ... Schmerzen, scharf wie ein Speer, bohrten sich in Philips Schädel.

»Was?«, würgte er hervor. Er löste sich aus ihrer Umklammerung. Sofort entspannten sich seine Schläfen, schwand der abscheuliche Film vor seinen Augen.

»Es reicht«, sagte der Arzt. »Ich bringe Sie raus. Sofort!« Er griff nach Philips Arm. Ein weiteres Bild schob sich vor dessen Augen, die Ahnung einer Vision, nur ein Schemen zwar. Aber das war zu viel. Philip wollte das nicht sehen, nicht schon wieder, nicht noch mehr. Er schrie auf. Der Doktor ließ abrupt von ihm ab. Das entsetzliche Bild verschwand, die Verzweiflung jedoch blieb.

So schwer es ihm fiel, Philip machte einen Satz, mehr ein

unbeholfenes Trudeln, und stolperte an den beiden vorbei zum Ausgang. Der Arzt brüllte etwas, aber da hatte er die erste Tür zur Sicherheitsschleuse bereits hinter sich gelassen, den Kittel und den Mundschutz in eine Ecke geworfen und war auf dem Weg nach draußen. Schade um Kens Bommelmütze, aber sie war ohnehin unanständig hässlich.

Draußen fegte der Wind ihm eisige Splitter ins Gesicht und riss ihm die nackte Haut vom Kopf. Zumindest fühlte es sich so an. Er hätte doch nach der Mütze greifen sollen.

Was geschah bloß mit ihm? Hatte er nicht schon genug von diesen verdammten *Fähigkeiten*?

Der Schnee fiel in dichten Schwaden vom Himmel. Die Sicht reichte nur noch wenige Meter. Schon die Straße jenseits des Gehweges war von einer weißen Wand verschluckt, immer wieder durchbrochen von Menschen, die der Sturm überrascht hatte und die sich jetzt durch das Schneegestöber zur Arbeit quälten. Philip sprang zur Seite, als sie ihm zu nahe kamen. Er rutschte aus, drohte zu stürzen. Er behielt das Gleichgewicht. Der Winter nahm Berlin in den Würgegriff. Und es war, als würde er auch Philip zunehmend die Luft zum Atmen rauben.

Schlotternd suchte er den Weg zur U-Bahn-Station. Als er die ersten Stufen hinab in die stickige Röhre stieg, kamen ihm Zweifel. Es war keine gute Idee, sich nach dort unten zu begeben, wo sich die Menschen dicht an dicht auf den Bahnsteigen drängelten. Aber er wollte sich nicht unterkriegen lassen. Er musste herausfinden, was mit ihm geschah. Und er hatte ein neues Ziel. Zu Fuß allerdings würde er den ganzen Tag dorthin brauchen. Für ein Taxi fehlte ihm das Geld.

Ken hatte ihm mal erzählt, Leute würden grundsätzlich vorne in die U-Bahn einsteigen. Egal wann, spät nachts oder zur Rush Hour, in den vorderen Abteilen würden sie sich stauen, in den hinteren Waggons dagegen ließen sie Platz in Hülle und Fülle. Bisher hatte Philip nie Acht darauf gegeben. Erleichtert stellte er jetzt fest, dass Kens Theorie tatsächlich der Wahrheit entsprach. Er teilte sich den letzten

Waggon mit nur wenigen Passagieren, die in sich versunken auf ihren Sitzen kauerten.

Während der Fahrt zum Hermannplatz in Neukölln kam er wieder zu Kräften. Als er die U-Bahn-Station verließ, hatte der Himmel eine Pause eingelegt. Die Wolken hingen grau und schwer über Berlin, doch für einige Minuten hielten sie den Schnee zurück. Die Sicht war frei, quer über den Platz. Normalerweise war er mit einer Vielzahl Marktbuden bestückt, Händler verkauften Obst, Gemüse und jede Menge Tand und Nippes. Doch der Schneesturm hatte viele Landwirte und Trödler aus dem brandenburgischen Umland von einer Anreise in die Stadt abgehalten. Nur wenige hatten ihren Stand aufgebaut und priesen lauthals ihre Waren an, noch weniger hatten ihre Buden mit Weihnachtsschmuck, roten und grünen Lampions an den Stangen, dekoriert. Die allzu weiße Weihnacht forderte ihren Tribut.

Nur eine Hand voll Menschen war unterwegs. Sie eilten mit ihren Tüten und Taschen von einer der wenigen Marktbuden zur nächsten, getrieben vom eisigen Ostwind und dem Wissen, dass es nur eine Frage der Zeit war, bis das nächste Schneegestöber auf sie niederging. Philip war's nur recht so. Je weniger Menschen unterwegs waren, umso geringer die Gefahr, dass man ihn erkannte und die Polizei rief.

Er schlug den Gehweg ein, der um den Hermannplatz herumführte, als eine befehlsgewohnte Stimme erschallte: »Hey, du da! Bleib stehen!«

Jetzt erwischen sie mich! Natürlich: Die Schwester im Krankenhaus hatte die Polizei verständigt, eine Beschreibung seiner Person abgegeben, über die sich Kommissar Berger diebisch gefreut und sie sofort an alle Polizisten in der Stadt weitergegeben hatte. Und dass jetzt kein Schnee mehr fiel, hatte die Fahndung nach ihm nur noch einfacher gemacht.

Erneut brüllte es über den Platz: »Stehen bleiben!«

Beatrice erwachte, weil der Regen in einem anhaltenden Stakkato auf das Fenster in der Dachschräge trommelte. Der Wind pfiff ums altersschwache Gebälk. Obwohl alles andere als harmonisch, waren die Geräusche nicht unangenehm.

Sie grub den Kopf tiefer in das Kissen, zog die Decke bis ans Kinn und gab sich ganz der Wärme hin, die sie umschmeichelte. Wenn es nach ihr gegangen wäre, hätte sie für den Rest des Tages im Bett liegen bleiben können. Eine Stimme in ihr murmelte verschlafen, dass das durchaus etwas war, was sie früher, vor ihrer Amnesie, gemocht haben könnte. Sie verflüchtigte sich, als Beatrice ein Rascheln an der Tür hörte.

In einem Frotteemantel, der an den Hüften von einem Knoten zusammengehalten wurde, und ihren riesigen Hausschuhen stand Angela im Türrahmen und beobachtete ihre Nichte.

Vor dem Bett lag Buck, die Pfoten weit von sich gestreckt. Sein Brustkorb hob und senkte sich. Er hatte dort die ganze Nacht geschlafen.

Beatrice zog die Decke einige Zentimeter herab. »Wie lange stehst du schon dort?«

»Noch nicht lange«, antwortete Angela. »Ich wollte dich nicht wecken.«

»Hast du nicht.« Sie schaute zum Dachfenster. Der Regen sickerte in endlosen Strömen die Schräge hinab. Der Himmel war ein Furcht erregend graues Tuch. »Dafür hat der Wettergott gesorgt.«

Ihre Tante machte ein bitteres Gesicht. »Im Radio haben sie vor wenigen Minuten Sturmwarnung gegeben.« Wie zur Bestätigung begann der Regen noch stärker auf das Dach zu prasseln. »Sie rechnen sogar mit Schnee.«

Beatrice setzte sich auf. Buck lugte neugierig zwischen den Lidern hervor. »Und das heißt?«

»Aller Verkehr zur Insel und zurück aufs Festland ist gesperrt.«

»Wir können nicht nach London«, stellte Beatrice enttäuscht fest.

»Es ist besser, wenn wir warten. Vielleicht zieht der Sturm vorüber. Wenn aber nicht ...« Ihre braunen Locken hüpften arglos, als sie den Kopf schüttelte. »Im Winter, wenn heftige Stürme übers Meer ziehen, passiert so etwas häufiger.«

Einmal, so erzählte sie, hatte sich eine Gruppe Pilger trotz der Sturmwarnung auf die Rückkehr zum Festland begeben. Hagelkörner so groß wie Hühnereier und dazu heftige Windböen hatten den Wandersleuten die Orientierung geraubt, und sie waren im Watt dem Meer entgegengelaufen. Ihr Glück war gewesen, dass das Wetter in letzter Sekunde umschwang, sonst wären sie von der Flut fortgespült worden und ertrunken.

»Nein«, schloss sie ihre Schilderung, »es ist besser, wenn wir warten.«

Sie sagte dies nach Beatrice' Empfinden einmal zu oft, ganz so, als müsse sie sich selbst davon überzeugen. Als sei sie in Sorge. Beatrice wagte nicht, nach den Gründen zu fragen, aus Angst vor weiteren unangenehmen Ausflüchten.

Das Telefon unten in der Diele klingelte. Angela machte keinerlei Anstalten, den Anruf entgegenzunehmen. Sie blieb im Türrahmen stehen. »Das wollte ich dir nur sagen.«

»Danke«, antwortete Beatrice knapp.

»Wenn du magst, können wir nachher gemeinsam frühstücken.«

»Gern«, sagte Beatrice. Das Telefon in der Diele verstummte.

Angela lächelte, aber es wirkte aufgesetzt. Sie schlurfte über die Diele, und kurz darauf war das Rauschen der Dusche zu hören.

Buck hatte sich keinen Deut bewegt, lag noch immer neben Beatrice' Bett. Sie streckte ihren Arm aus und streichelte den Rüden. Sein Schwanz klopfte freudig auf den Teppich.

Sie ließ den Blick durch den Raum schweifen, das Zimmer, in dem sie ihre Kindheit und Jugend verbracht hatte. Sie betrachtete die Bilder an der Wand, die sie als ausgelassenes Mädchen am Strand zeigten. Ihre nackten Füße versanken im Sand, während ihr Haar vom Wind emporgewirbelt wurde, wie eine Fahne, die den vorbeituckernden Schiffen zum Abschied winkte. Sie stellte fest, dass sie mit ihren langen schwarzen Haaren eine Schönheit gewesen war. Auf einem der Fotos erkannte sie im Hintergrund Lindisfarne Castle, ein zauberhaftes Postkartenmotiv.

Meine Kindheit muss prächtig gewesen sein, dachte sie nicht zum ersten Mal seit ihrer Heimkehr. Sie entdeckte auf den Bildern kein Zeichen von Verzweiflung oder Angst. Jedes der Fotos zeigte sie ungezwungen und fröhlich mit strahlendem Gesicht. Keine Spur von einem Geheimnis. Selbst das Mauerwerk der Burg, obwohl von den Gezeiten zerfressen, strahlte hell und stolz im Sonnenschein.

Wenn sie ehrlich war, drängte es sie nicht zu erfahren, was der Grund für die seltsamen Ereignisse um sie herum und ihre Amnesie war. Die schlichte Schönheit von Strand und Meer, die Ruhe im Cottage mit ihrer Tante und mit Buck, alles das war verlockend, verführerisch genug, all die Dinge zu vergessen, die ihr widerfahren waren. Wozu nach London, wenn es ohnehin nicht ihr Wunsch gewesen war, dort zu leben?

Mochte der Sturm draußen toben und die Verbindung zum Festland abschneiden, jetzt war es ihr nur recht. So unbezwingbar der Wunsch gewesen war, alles über sich zu erfahren, jetzt hatte sie es überhaupt nicht mehr eilig damit. Sie wollte auf Lindisfarne bleiben, das Inselleben genießen, so wie sie es bereits in ihrer Kindheit und Jugend getan hatte.

Sie legte sich aufs Kissen zurück und schloss die Augen. Der Regen wirbelte gegen das Fenster, der Wind heulte unterm Dach. Auch als Beatrice wieder einschlief.

»Verdammt, stehen bleiben!«, ertönte es erneut, diesmal noch lauter. Philip zog den Kopf zwischen die Schultern, als könnte er sich auf diese Weise unsichtbar machen. Einige der Passanten hielten in ihrem geschäftigen Treiben inne. Mit einem schnellen Blick sondierte Philip die Lage. Dank Kens U-Bahn-Theorie hatte er größeren Menschenansammlungen während der Fahrt erfolgreich ausweichen können. Doch wollte er sich auch jetzt, endlich wieder am Tageslicht, nicht blindlings in die Menge stürzen. Wohin aber dann?

»Bleibst du wohl stehen!«

Als Fluchtweg blieb ihm nur die Straße, die den Hermannplatz wie einen Ring umgab. *Auch keine gute Idee,* verwarf Philip. Den Autos drehten die Reifen durch, Transporter schlitterten ziellos über den matschigen Asphalt. Die Räumungsdienste waren mit dem plötzlichen Wintereinbruch hoffnungslos überfordert.

Philip blieb stehen und sah zurück.

Zwei Polizisten stürmten auf ihn zu. Sie waren acht, neun Meter von ihm entfernt und sprangen an den Menschen mit ihren Einkaufstüten vorbei. Kein leichtes Unterfangen, denn auch den Beamten machte das verschneite Straßenpflaster zu schaffen. Sie rempelten eine junge Frau an. In ihren Pumps glitt sie auf einer gefrorenen Pfütze aus. Der beherzte Griff eines Händlers bewahrte sie vor einem schmerzhaften Sturz.

Philips Blick irrte umher. Die beiden Gesetzeshüter waren noch drei, vier Meter von ihm entfernt. Dick bepackte Menschen starrten ihn an. Wintermäntel, Nerze, Einkaufstüten. Kaum eine Chance zu entkommen. Wohin er sich auch wendete, er würde irgendjemanden berühren und an den Visionen, die ihn übermannten, jämmerlich zu Boden gehen. Die Alternative war, sich Hals über Kopf in den chaotischen Verkehr zu stürzen – glatter Selbstmord.

Nur noch zwei Meter. Resigniert zog er die Hände aus der Jackentasche, die Arme fielen herab. Er ergab sich den

Beamten. Verhaftet zwischen Obst und Gemüse. So würde auch die Schlagzeile im *Kurier* lauten.

Die beiden Uniformierten streckten die Hände nach ihm aus. Philip erwartete ihren energischen Griff und mit ihm die Bilder, die sich vor seine Augen schieben würden, ohne dass er eine Möglichkeit zur Gegenwehr hatte.

Sie verfehlten ihn. Nein, sie griffen nicht daneben. Sie bekamen einen jungen Mann zu packen, der sich hinter Philip verborgen hielt. Er war ein paar Zentimeter kleiner als Philip; lose Haarsträhnen hingen ihm ins Gesicht, in dem die Andeutung eines Schnauzers auszumachen war. In den Händen hielt er eine Damenhandtasche, die so gar nicht zu ihm passen wollte.

»Haben wir dich!«, sagte einer der beiden Beamten.

Philip stieß die Luft in einem Stoßseufzer aus den Lungen. Das war noch einmal gut gegangen.

»Gehen Sie zur Seite«, meinte der andere Polizist. Er schob Philip beiseite, eine routinierte, aber energische Geste. Eine intensive Berührung.

»Nein!«, entfuhr es Philip ächzend. *Bitte nicht.*

Die Gesetzeshüter brachten den Dieb zum Streifenwagen. Einer der beiden Polizisten öffnete den Fond. Der Junge leistete keinen Widerstand. Er blies sich eine Strähne lässig aus dem Gesicht. Die Verhaftung ließ ihn unbeeindruckt. Er griff mit einer unmerklichen Bewegung in die Innentasche seiner Jacke. Ein Messer kam zum Vorschein, eisig glatt wie der Schnee, der am Straßenpflaster haftete. Er riss es hoch und fuchtelte vor dem Gesicht des Polizisten herum ...

Sein Blick klärte sich. Die Beamten hatten den Platz bereits zur Hälfte überquert. Der junge Übeltäter lief in ihrer Mitte, unbeschwert und frohen Mutes, als wäre alles nur ein großer Irrtum. Oder eine Frage der Zeit. Ein weiteres Mal lief der Film vor Philips Augen ab, nur diesmal war es keine Vision, diesmal war es Wirklichkeit. Noch hatte er die Chance einzuschreiten. Aber zu welchem Preis? Wenn er schwieg, würde er mit dem Wissen leben müssen, dass er womöglich ein Menschenleben hätte retten können.

»Passen Sie auf!«, rief er. Es war nur ein heiseres Röcheln, aber es genügte, dass einer der beiden Polizisten ihm Aufmerksamkeit schenkte. Er blickte über die Schulter zurück auf Philip, der im Schnee hockte. Er runzelte die Stirn. Philip rang um Luft.

Eine ältere Dame beugte sich zu ihm herab und versperrte die Sicht. »Ist Ihnen nicht gut?« Sie berührte ihn an der Schulter. Die nächste Welle rauschte heran.

»Fassen Sie mich nicht an!«, schrie er.

Die Frau zuckte zurück. Erschrocken starrte sie ihn an. Philip machte die beiden Polizisten aus, die jetzt stehen geblieben waren. Argwöhnisch blickten sie in seine Richtung.

»Der Junge ... er hat ein Messer!«, warnte er sie und richtete sich auf. Er sah, wie einer der beiden Uniformierten die Taschen des Jungen untersuchte, während der andere nach wie vor skeptisch Philip nicht aus den Augen ließ.

Philip wischte sich den Schnee von der Cordhose. *Geh weiter.* Er machte einen Schritt.

»Junger Mann, warten Sie bitte!«, forderte der Beamte scharf.

Aus den Augenwinkeln bekam Philip mit, wie ein glänzender Gegenstand zutage befördert wurde. Erleichtert taumelte er davon. Dankbar nahm er zur Kenntnis, dass wieder Schneeflocken vom Himmel trudelten. Sie machten ihn unsichtbar für die Polizei. Es trieb die Menschen von den Straßen. Er war in Sicherheit. Mit diesem Gedanken lief er weiter, bis er die Pannierstraße 82 erreichte. Langsam fand er zur Normalität zurück.

Für einen Augenblick betrachtete er das Gebäude. Es unterschied sich nicht wesentlich von den anderen in Neukölln. Die Fassade war vom jahrzehntelangen Verkehr aschgrau geworden, von den Besitzern dem Verfall preisgegeben, einzig die Backsteine im Erdgeschoss trugen Farbe: kryptische Graffiti in grellem Grün und Blau. Nicht mehr lange, und der Schnee würde sein weiches Fell gnädig darüber ausbreiten.

Die Flocken rieselten immer stärker vom Himmel. Der

Wind fraß sich mit eisigen Zähnen in die Haut, die nicht unter Kleidung verborgen war. Weil die Eingangstüre nur angelehnt war, gelangte Philip ohne klingeln zu müssen in den Hausflur. Schnee wirbelte wie Staub am Boden. Seine Füße verhedderten sich in einem Werkzeugkoffer, den ein Handwerker zurückgelassen hatte. Das Dröhnen eines Hammers hallte durch das Gebäude.

Er blickte im Treppenhaus nach oben. Niemand war zu sehen. Ohne lange zu überlegen, griff er in die Werkzeugkiste und entnahm ihr einen Schraubenzieher und Schraubenschlüssel. Das würde helfen. Die beiden Werkzeuge presste er in die Innentasche der Daunenjacke. *Nach Mord und Flucht ist Diebstahl sicher nur noch ein Kavaliersdelikt.*

Er passierte die rostigen Briefkästen im Erdgeschoss, die an der Wand lehnenden Fahrräder und stieg die Stufen ins erste Geschoss hinauf. Vier Türen, von denen sich jeweils zwei gegenüberlagen. Drei besaßen ein Klingelschild, unaussprechliche Namen aus Nahost. Er folgte der Treppe in die zweite Etage. Die dritte. Die vierte. Die fünfte. Er begegnete niemandem. Das Hämmern der Handwerker setzte aus. Stille. Selbst das in Neukölln sonst unvermeidliche Gewimmel der griechischen Gyrosbuden, indischen Reisebüros, türkischen Teestuben und Asia-Speditionen war verstummt, verschluckt vom Schnee.

Fünf Minuten später stand er vor der anonymen Wohnung in der ersten Etage. Er schob die Klinge des Schraubenziehers in Höhe des Schlosses zwischen Tür und Türstock und holte Luft. Es musste schnell gehen. Da setzte das Hämmern wieder ein. Philip stieß den Atem erleichtert aus, eine Dunstwolke trieb vor seiner Nase, und er schlug mit dem schweren Ende des Schraubenschlüssels auf den Griff, um die Klinge in das Schließblech zu treiben.

Nichts passierte. Er schlug ein zweites Mal zu. Noch immer wurde der Schraubenzieher vom Stahl des Schlosses blockiert. Er spürte, wie ihm trotz der Kälte der Schweiß ausbrach.

Immer mit der Ruhe. Du hast das schon einmal getan. Vor einigen Monaten hatte er ein abbruchreifes Haus in Marzahn geknackt, um dort eine illegale Technoparty zu veranstalten. Obwohl sie für viel Geld Flyer und sogar Plakate hatten drucken lassen, waren nur 60 Leute aufgetaucht. Er verdrängte den Gedanken an den teuren Reinfall und konzentrierte sich darauf, wie er damals die Tür aufgebrochen hatte. Die Technik stimmte, dessen war er sich sicher.

Er presste den Schaubenzieher fester in die Spalte zwischen Tür und Türstock, verstärkte seinen Druck, aber das fiel ihm schwer, weil er kaum noch Gefühl in den Fingern hatte. Er konzentrierte sich und führte einen weiteren Hammerschlag aus. Der Schraubenzieher drang zwei, drei Zentimeter tief in den Zwischenraum. Noch ein klein wenig. Er drückte den Griff zur Seite und hebelte damit den Riegel des Schlosses aus dem Schließblech. Die Tür sprang auf und öffnete sich nach innen. Der Schaden am Türrahmen fiel kaum auf.

Schnell schlüpfte er in die Wohnung und schloss die Tür hinter sich. *Jetzt bist du auch noch ein Einbrecher.*

Es war kalt in der Wohnung, kälter als im Hausflur, als habe man die Habseligkeiten seiner Großmutter für ein neues Leben konservieren wollen. Aber das war natürlich Unsinn. Jemand war vor ihm in die Wohnung eingebrochen, und zwar über den Balkon. Die Balkontür war aus den Angeln gehoben worden; jetzt war der Blick frei auf einen Hinterhof, in dem das sich meterhoch türmende Sperrgut von einer dicken Schneeschicht überzogen war. Die Eindringlinge hatten leichtes Spiel gehabt.

Die Wohnung bestand aus einer winzigen Diele, einem Wohnzimmer mit Kochnische und einem ebenso kleinen Schlafzimmer, gefüllt mit billigen Möbeln und staubigen Nippsachen. An den Decken wuchsen Fäulnisflecken, nicht erst seit wenigen Tagen. Selbst die eisige Luft, die der Wind ins Zimmer blies, konnte den strengen Schimmelgeruch nicht überdecken, auch nicht den Gestank nach Alter, Krankheit und Tod, der in den untapezierten Wänden nistete.

Philip schüttelte sich vor Ekel und empfand gleichzeitig Mitleid. Die Wohnung seiner Großmutter war ein Zeugnis ihrer Armut.

Warum hatte sie so gelebt? Wie war es dazu gekommen? Noch mehr Fragen.

Das waren keine gewöhnlichen Einbrecher, stellte er fest, als er sich den Schaden näher besah. Wie bereits einige Tage zuvor in seiner Wohnung hatten die Eindringlinge ganze Arbeit geleistet. Philip war sicher, dass die Ähnlichkeit der Vorgehensweise kein Zufall war. Ebenso wenig wie der Umstand, dass die Pannierstraße nur drei Querstraßen vom Paul-Lincke-Ufer entfernt lag.

Die Eindringlinge hatten das Zimmer durchwühlt und dabei nichts verschont. Der Sessel mit dem Rosenblütenmuster war seiner Federn beraubt worden; sie lagen wie herausgebrochene Rippen daneben. In der anderen Hälfte des Zimmers lagen ein Tisch und ein Stuhl umgekippt vor dem Heizkörper. Die beiden kleinen Schränke unweit der Kochnische waren ausgeräumt, Teller zerschmettert, die Töpfe demoliert und sämtliche Schubladen aus der Verschalung gerissen worden.

Nichts war heil geblieben. Hatten die Diebe das Objekt ihrer Begierde entdeckt? Wenn ja, was war es? Ganz bestimmt war es ein weiteres Mosaiksteinchen auf seiner Suche nach Antworten.

Mit einem Heulen fegte der Wind über die Balkonbrüstung, trieb Schnee vor sich her in die Wohnung. Die Exemplare des *Berliner Kurier* und der *Bild,* die an der Türschwelle lagen, waren bereits zu Eis erstarrt. Es war so verdammt kalt in diesem Dreckloch. Beinahe noch kälter als draußen auf der Straße. Philip wärmte sich die Finger, indem er die Händeflächen aneinander rieb. Der Frost ließ sich so vertreiben, nicht aber der Fäulnisgestank.

Angewidert durchwühlte er die auf dem Boden verstreut liegenden Überreste der Einrichtung, in der Hoffnung, etwas zu finden, was die Diebe nicht interessiert hatte, ihm aber vielleicht einen Hinweis geben konnte. Doch außer Scherben und Müll bekam er nichts zwischen die Finger. Er hockte sich hin, nahm ein zerrissenes Buch in die Hand. *Die Wut und der Stolz* von Oriana Fallaci. Eine zerbrochene Musik-CD mit

Beethovens Neunter; insofern erstaunlich, als dass Philip nirgendwo in dem Chaos einen CD-Player entdeckt hatte.

Selbst den Schlagzeilen der herumliegenden Tageszeitungen schenkte er jetzt seine Aufmerksamkeit. *»Bio« auf der Grünen Woche 2004 – Griechische Fähre vor Piräus auf Felsen gelaufen. – Zwei Jungs aus Zehlendorf werden vermisst. – Aufnahme des Flugverkehrs zwischen Indien und Pakistan.* Kein Hinweis, keine versteckte Nachricht, so intensiv er auch suchte. Es fiel ihm zunehmend schwerer, sich auf die Buchstaben vor seinen Augen zu konzentrieren. Der unerträgliche Gestank in der Wohnung strengte die Sinne an. Er zwang sich zum Weiterlesen, atmete nur noch durch den Mund. Die Minusgrade zerrten an den Zähnen, seine Zunge drohte steif am Gaumen zu gefrieren. *Umtausch der Hundemarken von Februar bis April 2004 – Musikalisch-literarische Soiree in der Philharmonie.*

Hinter ihm raschelte es. Philip wirbelte herum und erkannte sie auf Anhieb.

Am Mittag machte sich ein tobendes Ungeheuer mit weißem Umhang über die Insel her. Als es sich am Nachmittag zum Verschnaufen zurückzog, zog Beatrice Regenmantel, Handschuhe und Gummistiefel über und begab sich mit Buck nach draußen. Die kleinen, gedrungenen Häuschen von Lindisfarne schienen während den letzten Stunden dichter aneinander gerückt zu sein. Gemeinsam trotzten sie dem Sturm. Ein aussichtsloser Kampf, denn schon jetzt trugen die Dachschindeln zentimeterhoch das Geschenk des Winters.

Sie spazierten über einen Heidepfad und bogen in einen Waldweg. Im Frühling mochten die Bäume in voller Blüte stehen, jetzt waren die Äste knorrig und kahl und voller Schnee. Sie gelangten zu einer Steilklippe, von der Steinstufen, die der Wind über Jahrzehnte glatt geschliffen hatte, hinab zum Strand führten. Noch immer bäumten sich die Wellen meterhoch auf, brachen und fielen mit einem stürmischen Donnern über den Strand her.

Buck fühlte sich durch die unbändigen Naturgewalten animiert, sprang vor der tosenden Gischt auf und ab, bellte, wenn das Wasser sich über sein Fell ergoss, schüttelte sich, während sein Glöckchen munter klingelte, und das Spiel begann von Neuem. Beatrice beobachtete den Rüden mit wachsender Begeisterung. Irgendwann bemerkte er ihren Blick. Er verlor das Interesse an den Wellen, trottete zu ihr und heischte um einige Streicheleinheiten. Während sie die Hände in sein eiskaltes Fell vergrub, schaute sie zum Himmel. Die Wolken preschten über die Insel zum Festland; sie hingen so tief, dass sie Lindisfarne Castle auf der Anhöhe zu verschlingen drohten. Ein beeindruckendes Schauspiel.

Sie wanderten eine Weile der Ruine entgegen. Kaum eine Menschenseele begegnete ihnen, die Inselbewohner waren noch nicht davon überzeugt, dass der Sturm sich endgültig trollte. Der Wind peitschte ihr ins Gesicht, aber Beatrice empfand es als aufmunterndes Tätscheln. Sie machte einen Spaß daraus, Bucks Tatzenabdrücken im verschneiten Sand zu folgen. Der Hund allerdings hatte die Jagd auf Möwen eröffnet, und so wurde aus dem Spaziergang ein Irrweg kreuz und quer über den Strand.

Beatrice verlor sich im klaren Rauschen der Brandung, nahm die salzige Meeresluft wie eine Droge auf, die ihre Sinne in Euphorie versetzte. Hatte sie je woanders gelebt?

Der Strand beschrieb einen kleinen Bogen und endete in einer zerklüfteten Bucht. Umgeben von hohen Klippen lag das Meer beinahe still, schwappte lediglich träge zwischen den Felsen hin und her. Ein Angler hatte sich mit einem leuchtend gelben Regencape auf den Steinen niedergelassen und starrte auf die Stelle, wo der Köder im tänzelnden Wasser versank. Buck rannte auf den Fischer zu und sprang über die glitschigen Steine, dass es Beatrice Angst und Bange um seine Knochen wurde. Doch der Bobtail kam wohlbehalten bei dem Mann an und begrüßte ihn überschwänglich. Offensichtlich kannten die beiden sich. Als Beatrice den Angler erreichte, meinte er: »Du bist die kleine Beatrice.«

Sein Gesicht war von der rauen Meeresluft gegerbt, von der Strandsonne gebräunt. Ein verschmitztes Lächeln umspielte seine Lippen, die zwischen dem mächtigen grauen Bart nur zu erahnen waren. Doch seine Augen funkelten, als würde er sich lustig machen über den Sturm, der ihn nicht von seinem Felsen pusten konnte, so sehr er sich auch bemühte.

»Wir kennen uns?«, fragte sie.

Sein Grinsen wurde noch breiter. Aber es war nicht herablassend, eher ein gutmütiges Feixen. »Ich kannte dich schon, da warst du noch ein kleines Mädchen und hast nackt im Meer gebadet.« Er hielt die Hand auf Hüfthöhe.

Beatrice musterte ihn ratlos.

»Du kannst dich nicht erinnern, ich weiß«, meinte er. »Neuigkeiten machen schnell die Runde auf Lindisfarne.«

Unschlüssig darüber, ob es ihr unangenehm sein sollte, dass sie Gesprächsthema im Dorf war, nickte sie nur.

»Jeder kennt jeden«, sagte er entschuldigend. Er verdrehte die Augen. »Alte Herrschaften, die sich die Zeit mit Klatsch und Tratsch vertreiben.«

Die Art, wie er sich und seinesgleichen veralberte, machte ihr den Mann noch sympathischer. Er selbst war schließlich nicht mehr der Jüngste. Aber das war kein Makel. Beatrice mochte das Leben auf dem Dorf, das unverbindliche Geplauder über Gott und die Welt. Vor ihrem geistigen Auge tauchte eine ältere Dame auf, die bei einer Tasse Tee mit einem Stück Wolle und zwei Stricknadeln einen Schal zauberte, dabei das Leben vor ihrem Haus beobachtete. Sogar ein Name schoss ihr durch den Kopf: *Miss Barkley.* Vielleicht war es eine Erinnerung an ihre Kindheit in Lindisfarne. Sie sagte lächelnd: »So ist das wohl in kleinen Dörfern.«

»Auf einer Insel noch viel mehr«, erwiderte er und holte die Angel ein. Unter seiner Regenmütze krauste er seine hohe Stirn. Der Köder war zwar abgenagt, aber ein Fisch hing trotzdem nicht am Haken. »Auf Lindisfarne bleibt man unter sich. Das ist nicht immer einfach für die Leute.«

»Aber es steht doch jedem frei, hier zu leben«, gab sie zu bedenken.

Er griff in eine Tasche neben sich. Buck schleckte sich bereits die Lefzen. »Tut mir Leid, mein Junge«, sagte der Mann, »das ist nichts für dich.« Er spießte einen Wurm auf den Haken und warf die Angel wieder aus. Er drehte sich zu Beatrice: »Jeder hat einen Grund, warum er auf Lindisfarne lebt.«

»Natürlich«, sagte sie, »die Insel ist ruhig und idyllisch. Wenn das keine Gründe sind? Es ist ein wunderbarer Ort.«

»Das auch ...« Er rieb sich den grauen Bart. »Aber du weißt auch, dass dies eine heilige Insel ist, oder?«

Sie nickte. Auf der Fahrt nach Lindisfarne hatte sie in einem Reiseführer davon gelesen.

»Diese Insel besitzt Magie. Damals, bevor die Wikinger das Kloster des irischen Mönchs Aidans in Schutt und Asche legten, war Lindisfarne eines der wichtigsten Zentren des Christentums. Von Wundern am Grab des heiligen Cuthbert wurde berichtet.«

»Cuthbert«, wiederholte sie, aber der Name sagte ihr nichts.

»Er war ein Mönch und ein Wundertäter. Doch er lebte als Einsiedler. Viele im Dorf glauben, dass er Gründe dafür hatte. Welche das waren, wissen allerdings nur die wenigsten.«

Beatrice hörte aufmerksam zu. Ihre Unterhaltung war längst kein Plausch unter Dörflern mehr.

»Deine Mutter«, sagte er, »sie wusste, was Cuthbert dazu antrieb, sich vom Rest der Welt zu entfremden.«

»Sie kannten meine Mutter?«

Er zog sich die Kapuze vom Kopf und brachte dichtes graues Haar zum Vorschein. »Wer kannte sie nicht?« Er sprach liebevoll wie über einen vertrauten Menschen. »Mit dem Tag ihrer Ankunft auf Lindisfarne war uns allen klar: Sie ist etwas Besonderes.« Die folgenden Worte spuckte er verächtlich aus: »Im Gegensatz zu deinem Vater.«

Erst jetzt fiel Beatrice auf, dass ihre Tante noch kein Wort über ihren Vater verloren hatte. »Mein Vater? Was ist mit ihm?«

Doch der Fischer hatte beschlossen, genug dazu gesagt zu haben. Beatrice ärgerte sich. Warum sprachen alle nur in Rätseln zu ihr? Er wechselte das Thema. Zumindest nahm sie das an, bis sie begriff, was er sagte.

»Aber in unserem Kinderglauben
Ließen wir nimmer die Hoffnung uns rauben.
Ach, unsre Seelen hofften zu glühend,
Ach, unsre Träume waren zu blühend ...«

Atemlos lauschte sie dem Klang der Verse. Ihre Lippen bewegten sich lautlos zu den Worten.

»Und so stehen wir jetzt vor dem Leben,
Soll uns ernste Antwort geben:
›Was von all den ersehnten Dingen
Hast du gebracht und wirst du uns bringen?‹
Spricht das Leben: jedem sein Teil.‹«

Nachdem er geendet hatte und sie erwartungsvoll anschaute, fragte sie: »Woher kennen Sie diesen Reim?«

»Jeder kennt ihn auf Lindisfarne. Schon die Schulkinder lernen ihn.«

»Also habe ich ihn auch gelernt?«

»Und ob!«, antwortete er. »Vor allem du. Du und ...«

»Beatrice!«, trug der Wind eine Stimme an ihr Ohr. Ihre Tante mühte sich über die feuchten Steine auf sie zu.

Erwartungsvoll sah Beatrice den alten Mann an. *Und wer?*

Doch er wehrte mit einem Blick auf Angela ab. *Nicht jetzt.* Kurz darauf stand ihre Tante keuchend neben ihnen.

»Angela«, lächelte der Angler gezwungen, »mein Engel.«

»Du Teufel«, versetzte Angela spitz.

»Ja, ich freu mich auch dich zu sehen«, brummte er in seinen grauen Bart.

»Was ist denn?«, wollte Beatrice wissen.

»Ich war in Sorgen um dich. Du wolltest mit Buck spazieren, und jetzt sind schon drei Stunden vergangen.«

»Aber Angela«, prustete Beatrice.

»Wie ich sehe, habe ich mir zu Recht Sorgen gemacht.« Sie warf einen missbilligenden Blick auf den alten grauen Mann in seinem gelben Regenmantel. »Ich darf vorstellen: Eadfrith, das Ungeheuer von Lindisfarne.«

»Damit das klar ist: Jedes schottische Kaff hat ein Anrecht auf sein Ungeheuer«, grummelte er.

Die Worte und Blicke, die die beiden miteinander tauschten, ließen keinen Zweifel daran: Zu einer anderen Zeit hatten sie mehr als nur den Wohnort geteilt.

Beatrice deutete eine Verbeugung an: »Hallo Eadfrith.«

Er zog eine Grimasse und brabbelte in seinen dichten Bart. Diesmal verstand sie es nicht.

»Und? Hat er dir von seinen Fischfängen erzählt?«

»Eadfrith erzählte mir ...«, setzte Beatrice an.

»Sehr richtig«, fiel der Alte ihr ins Wort. »Ich habe ihr über das beschissene Wetter, den gottverdammten Sturm und die verfluchten Fische erzählt. Nichts ist auf der Insel mehr, wie es mal war.« Er spuckte abfällig einen Batzen Schleim ins Meer.

Angela lachte spöttisch auf. »Eadfrith, du änderst dich nie.«

»Wenigstens einer«, gab er verschnupft zurück. »Und das Wetter. Schaut!« Er wies zum Horizont.

Über dem Meer brach das Wolkenfeld auf. Überrascht stellte Beatrice fest, dass auch der Wind nachgelassen hatte.

»Wir haben Glück«, meinte Angela. »Das Wetter wird besser. Morgen Früh brechen wir auf.«

»Gute Reise«, ließ sich Eadfrith vernehmen, zog die Kapuze wieder über seinen dichten Haarschopf und widmete sich der Angel. Beatrice hätte gerne noch eine Weile mit ihm geredet. Wie nahe stand er ihrer Tante? Was wusste er über ihre Familie, was Angela ihr verschwieg? Doch jetzt, da sie bei ihnen stand, schwieg er kratzbürstig. Er erweckte nicht den Anschein, als wolle er das Gespräch wieder aufnehmen.

Sie verabschiedeten sich von Eadfrith, und während sie heimliefen, meinte ihre Tante: »Er ist ein komischer Kauz, oder?«

»Findest du?«

»Ja«, beschied sie knapp.

Beatrice konnte sich die Bemerkung nicht verkneifen. »Aber das hast du früher mal anders gesehen, oder?«

»Merkt man das?«

»Ja.«

Ihre Tante errötete. Beatrice war entzückt und gleichzeitig betrübt. Was war zwischen ihnen vorgefallen, dass sie einander wie Katz und Maus begegneten?

»Angela«, sagte sie und suchte nach den passenden Worten.

»Was ist, mein Kind?«

»Hast du keine eigene Familie gehabt?«

Ihre Tante blieb stehen. »Es hat sich nie ergeben«, sagte sie und bemühte sich um ein ungezwungenes Lächeln.

»Niemals?«, hakte Beatrice ungläubig nach.

Angela blickte betrübt drein. »Vielleicht hätte es sich ergeben«, sagte sie. »Männer gab es genug. Aber dann kamst du in mein Leben.« Sie zuckte achtlos die Achseln. »Ein kleiner Wirbelwind, der meine ganze Aufmerksamkeit erforderte.«

Wieder hatte Beatrice das unbestimmte Gefühl, dass Angela sich an der Wahrheit vorbeimogelte.

»Die ganze Insel weiß über mich Bescheid«, wechselte Beatrice das Thema.

»Das darfst du den Leuten nicht verübeln. Sie haben doch sonst nichts anderes. Und wenn dann jemand verunglückt, erkrankt oder ...« Sie hielt inne.

Oder sein Gedächtnis verliert, sag es ruhig.

Doch ihre Tante meinte nur: »Du weißt doch, wie das ist. Du wirst schnell das Thema Nummer eins – und ebenso schnell haben sie eine neue Geschichte gefunden, und du hast wieder deine Ruhe.«

»Du hast Recht«, sagte Beatrice. *Aber das ist es nicht, was ich hatte ausdrücken wollen.* Die kurze Unterhaltung mit Eadfrith hatte ausgereicht, um ihr klar zu machen, dass sie ihrer Vergangenheit und noch mehr ihrer Zukunft nicht entfliehen können würde.

Doch wie immer diese Wahrheit ausschauen mochte, sie würde nichts daran ändern, dass diese Frau wie eine Mutter für sie gewesen war. Sie entsann sich der Empfindungen, die sie verspürt hatte, als sie Angela bei ihrer Ankunft in den Armen gehalten hatte. Wärme und Zuneigung, bedingungslose Liebe, Achtung und Respekt. Nein, sie hatte kein Recht, ihrer Tante böse zu sein. Angela hatte nur getan, was ihr aufgetragen worden war. Sie hatte dafür gesorgt, dass Beatrice nach dem Tod ihrer Eltern ein Dach über dem Kopf erhalten hatte sowie unbeschwert und voller Fröhlichkeit heranwachsen konnte zu einer jungen tapferen Frau, die jetzt ihr Schicksal akzeptieren musste – so wie es Angela getan hatte.

Sie nahm ihre Tante in den Arm. »Angela«, sagte sie, und aus den unbekannten Tiefen ihres Bewussteins stieg ein Entschluss empor. »Was hältst du davon, wenn ich uns beiden etwas Feines zum Abendessen koche?«

»Wie kommst du darauf?«

Der ausgedehnte Spaziergang am Strand hatte ihren Appetit angeregt. Sie verspürte Lust auf ein gemeinsames gemütliches Mahl mit ihrer Tante. Und sie wusste, *woher auch immer,* sie würde ein Abendessen zubereiten können. »Ich glaube, ich hätte Spaß daran.«

Angela drückte ihre Nichte fester an sich. »Das hattest du schon immer.«

Beatrice freute sich. »Dann werde ich jetzt ins Dorf gehen und einige Zutaten kaufen.«

»Aber bitte bleib nicht wieder so lange weg.«

»Angela!«, rief sie entrüstet aus. »Ich bin doch kein Kind mehr.«

»Es ist nur … der Sturm.«

Beatrice war sich da nicht so sicher.

Philip war nicht überrascht sie wieder zu sehen. Er hatte sogar damit gerechnet. Jetzt war es also so weit. Er wusste, sie stand nicht wirklich vor ihm. Sie war nur eine Vision, eine beklemmende noch dazu, die ihn heimsuchte. Aber nichts geschah ohne Grund, davon war er inzwischen überzeugt. Doch sosehr er sich auf das Ereignis eingerichtet hatte, so hatte er sich dennoch nicht auf diesen Anblick vorbereiten können.

Lisa stand regungslos in der Tür. Sie sagte kein Wort. Philip verweigerte jeden Gedanken daran, was sie hatte ertragen müssen. Ihr kleiner nackter Körper sprach Bände. Er war mit rostroten Wunden übersät. Die Lippen blutig aufgeschlagen. Am schlimmsten waren ihre Augen, leblos und weiß in den Höhlen. Jemand sagte: »Halt doch endlich still.«

Für einen Moment verharrte die Zeit. Zumindest kam es ihm so vor. Bis das kleine Mädchen sich in Bewegung setzte. Ungelenk schritt sie auf ihn zu. Unter die Platzwunden und Brandblasen auf ihrer Haut mischten sich grüne und blaue Flecken, erste eitrige Anzeichen der Verwesung.

Dann stand Lisa vor ihm, streckte ihren kleinen Arm aus und berührte ihn am Kinn. Sie hob seinen Kopf und lenkte ihn.

Er ließ es geschehen. Die Wahrheit berührte ihn an einer Stelle, die heftiger schmerzte als jede physische Pein.

Sie ist tot.

Die Erkenntnis war so überwältigend wie traurig. Er kniete noch immer auf den schmutzigen Dielen. Sein Glück, denn ansonsten hätten seine Beine unter dem Sturm der Empfindungen nachgegeben.

»Du musst mir helfen«, flehte sie. Ein Toben in seinem Ohr. Verzweiflung. Angst. Aber es war nicht seine Angst. Denn er wusste, er würde ihr helfen. Es würde einfach geschehen. So wie es schon einmal geschehen war, vor 80 Jahren auf dem Ku'damm. Oder vor einer halben Stunde auf dem Hermannplatz. Er war dazu auserwählt. Der Tod war sein Gefährte geworden und gleichzeitig sein ärgster Widersacher. Er akzeptierte es. Auch wenn er nicht verstand, warum es so war.

Mit einem abrupten Ruck löste sie sich von ihm. Er stöhnte auf, als ihn die Wirklichkeit mit tröstenden Armen empfing. Das Mädchen war weg. Als wäre sie nie da gewesen. Nur die Kälte hing nach wie vor im Zimmer, machte seine Glieder steif und unbeweglich.

Sein Blick fiel auf eine Kommode. Der gleiche Schrank, den er bereits im Krankenhaus gesehen hatte. Jetzt war es ihm klar. Er hatte den Schrank nicht dort gesehen – er hatte in der Wohnung seiner Großmutter gestanden.

Er stand auf und ging zu der kleinen Kommode, deren Tür in einem grotesken Winkel abstand. Die Eindringlinge hatten Tassen und Teller mit voller Wucht zerschlagen. Hunderte, tausende Scherben lagen auf dem Boden. Die Kommode war leer. Philip war sich jedoch sicher, dass der Schrank noch etwas barg. Er klopfte das Holz an den Seiten ab. Nichts. Die Rückwand. Vergebens. Er betrachtete den blanken, schmucklosen Putz der Wand hinter dem Schrank.

Unwahrscheinlich!

Ganz sicher hatten auch die Einbrecher diese Möglichkeit in Erwägung gezogen. Trotzdem tasteten seine Finger den rauen Putz ab. Er spürte seine Hände kaum noch, so bitterkalt war ihm, aber er gab nicht auf. Bald hatte er die ganze Wand abgeklopft, doch selbst hinter der Fußleiste am Boden keinen Hohlraum ausmachen können.

Sein Blick blieb an einem kleinen Nagel hängen. Er sah genauer hin. Es war der einzige Nagel, der die Holzleiste an der Wand hielt. Er ragte ein kleines Stück hervor, vielleicht einen Millimeter, gerade so viel, dass man einen Fingernagel in die Vertiefung zwischen Stahl und Holz schieben konnte. Sollte etwa ...?

Er zupfte mit tauben Fingern an dem Nagel. Erst geschah nichts.

Enttäuscht wollte er sich abwenden. Dann knackte es unter seinen Schuhen. Er trat beiseite. Etwas knatterte unter dem

Parkett, ein schwerfälliger Mechanismus, der in Gang gesetzt wurde.

Eine der Holzdielen wackelte und gab einen obszönen Laut von sich, dann klappte sie empor und gab den Blick frei auf einen Hohlraum, der sich nach unten hin erweiterte. Ein Computerbildschirm hätte darin Platz gefunden. Staunend betrachtete er den Schließmechanismus des Dielenbretts. Es war eine filigrane Arbeit, von meisterlicher Präzision. Die Vorrichtung war unter den altersschwachen Holzdielen perfekt versteckt und ließ auf einen raffinierten Tüftler schließen.

Philip kam der Gedanke, dass die armselige Wohnung möglicherweise nur Maskerade war, eine perfekte Tarnung. Angesichts seiner Entdeckung gar keine abwegige Idee.

In der Vertiefung befand sich eine Schachtel, braun wie ein Schuhkarton, allerdings ohne Aufdruck. Er ging in die Knie, hob sie heraus und betrachtete sie für einige Sekunden. Sie war mit Staub überzogen, offenbar lag sie schon längere Zeit ungeöffnet dort unten. Was sie wohl enthalten mochte? Vorsichtig nahm er den Deckel ab. Drinnen lag eine altmodische Kladde, auf deren Vorderseite ein Foto geklebt war. Es zeigte einen lächelnden Jungen mit großen dunklen Augen und ungekämmten Haaren, die ihm ins Gesicht fielen. *Trotz seines Lächelns sieht er irgendwie unglücklich aus,* dachte Philip.

Erst dann fiel ihm auf, dass er selbst der Junge auf dem Foto war. Plötzlich fieberte er vor Aufregung. Er griff zur ersten Seite und schlug sie auf. Schnell blätterte er die weiteren Seiten um. Immer hastiger huschten seine Finger über die Seiten, die mit weiteren Fotos beklebt waren: Philip als Baby, als kleiner Junge, als Teenager. Keuchend rang er nach Luft, weil er vergessen hatte zu atmen.

Sein ganzes Leben lag in der Kladde vor ihm ausgebreitet. Artikel aus *Kurier*-Ausgaben der letzten Monate, in denen seine Fotos veröffentlicht waren. Aber auch Berichte aus älteren Ausgaben anderer Tageszeitungen. Er konnte sich nicht daran erinnern, vor seiner Arbeit als Fotograf für den *Kurier* in Zeitungen veröffentlicht zu haben, geschweige denn, dass

Zeitungen über ihn berichteten. Nun, Letzteres würde nach seiner Flucht wohl in Zukunft öfter vorkommen.

Er betrachtete die Zeitungsartikel eingehender. Die Berichte befassten sich mit einem Unfall vor 20 Jahren. Eine Frau war dabei gestorben. Philips Herz erlahmte.

Nur ein Junge habe den Unfall überlebt, ihr Sohn. Und das sei nur dem tapferen Einsatz des Künstlers Eduardo Desfault zu verdanken. Philip griff sich einen Bericht, der mit der Schlagzeile *Was macht eigentlich …?* acht Jahre nach dem Unfall verfasst worden war. Neben dem Foto eines mit Pinseln und Staffelei bewehrten Malers las er:

Die Rettung des kleinen Philip hat Eduardo Desfault beinahe selbst das Leben gekostet. Er hat sich nie mehr von dem Unfall erholt. Er malte seitdem kein einziges Bild mehr und lebt heute in der offenen Abteilung der Psychiatrie der Karl-Bonhoeffer-Klinik, im Berliner Volksmund auch »Bonnies Ranch« genannt. Kunstkritiker hatten ihm eine große Zukunft prophezeit, trotz aller Kritik, die Desfault ob seiner enormen Expressivität entgegenschlug. Hermann-Josef Richter, führender Experte und Chefredakteur des Kunstmagazins Art, *beispielsweise urteilte: »Desfaults Bilder spülen die menschlichen Urängste an die Oberfläche. In seinen Arbeiten mischen sich die Furcht vor Tod, Vergänglichkeit und dem Verfall. Sie wirken weniger wie mit Farben gemalt, sondern mehr, als seien sie mit einem blutigen Messer tief und leidenschaftlich in die Leinwand geritzt.« Daher auch sein Künstlername ›Ritz‹.*

Als Beatrice den Supermarkt betrat, erschallte hinter dem Verkaufstresen ein spitzer Schrei. Wenige Sekunden später kam eine Frau zum Vorschein, deren Körpervolumen so enorm war, dass allein der Anblick Anlass zur Sorge gab. Mrs. Margot Buttkamper, wie ein Brustschild verriet, hatte wohl selbst keine Probleme mit ihrem Gewicht. Ihre rosigen Speckwangen glänzten vor Freude, und sie eilte mit erstaunlich wendigen Schritten auf Beatrice zu.

»Ist das denn wahr?«, rief sie mit hoher Stimme. »Darling, ich hatte schon befürchtet, du lässt dich nicht mehr bei mir blicken.«

Sie drückte Beatrice an ihren wogenden Busen. »Wie lange haben wir uns jetzt nicht gesehen? Fünf Jahre? Sechs Jahre? Meine Güte, ist es so lange her?« Beatrice versank in den weichen warmen Massen, während Mrs. Buttkamper munter weiterplapperte. »Das muss ich heute Abend unbedingt meinem Herbert erzählen. Der wird staunen!« Sie löste sich von Beatrice. »Ich freue mich so sehr, dich zu sehen.«

Beatrice musste unweigerlich schmunzeln bei dem Gedanken an Mrs. Buttkampers Ehemann. Ob er ähnliches Format besaß wie seine Gattin? »Ich freue mich auch, dich zu sehen.«

Margot winkte ab. »Ach, Darling, tu nicht so.« Die Speckwangen verschoben sich zu einem einnehmenden Lachen. »In Wirklichkeit weißt du doch gar nicht, wer ich bin.«

Beatrice fühlte sich ertappt. »Um ehrlich zu sein ...«

»Siehst du, Darling. Aber mach dir nichts draus. Ich hab gehört, was dir passiert ist.« Sie hob mitleidig die Pranken. »Es tut mir ja so Leid. Wenn ich dir irgendwie helfen kann, dann sag mir Bescheid.«

»Das ist nett von dir.« Und sie meinte es so, wie sie es sagte. So war es auf dem Dorf. Jeder kannte jeden. Und jeder half jedem.

Margot Buttkamper rückte näher an sie heran. »Und es ist wirklich wahr?« Sie senkte ihre Stimme. »Du kannst dich an nichts mehr erinnern?«

Beatrice nickte.

»Auch nicht an die Reißnägel, mit denen wir dein Bett während der Klassenfahrt gespickt haben?«

»Nein.«

»Und die Torte, die ich am Tag vor deinem 14. Geburtstag verdrückt habe?« Margot zwinkerte. »Dann hat es ja auch was Gutes«, gluckste sie befriedigt, fuhr sich mit den Händen über die riesige Wölbung ihres Bauchs, und sie beide lachten.

»Was führt dich zu mir?«, fragte Margot, als sie sich wieder beruhigt hatten.

Gerne wäre Beatrice noch eine Weile geblieben und hätte sich mit der so kräftigen wie gemütlichen Frau unterhalten. Aber sie wollte ihre Tante nicht schon wieder warten lassen. Daher sagte sie: »Ich würde gerne einkaufen.«

Das kugelrunde Gesicht starrte sie einen Augenblick verdattert an. Dann dämmerte es ihr, und sie keckerte. »Aber natürlich, Darling, natürlich.« Sie watschelte hinter die Kasse zurück. »Bedien dich. Und wenn du Hilfe brauchst, gib mir Bescheid. Ich bin sofort da. Scheu dich nicht zu fragen. Ruf mich einfach.«

Beatrice versprach, dass sie dies ganz bestimmt tun würde und stöberte zwischen den Regalen. Sie waren gut sortiert, eine Notwendigkeit für Lindisfarne, das im Winter jederzeit von der Außenwelt abgeschlossen werden konnte.

Lange hielt sie sich beim Gemüse und Obst auf. Aus dieser oder jener Zutat bereitete sie in Gedanken eine Speise, freute sich innerlich darüber, dass sie offenbar gut kochen konnte. Schließlich bezahlte sie Paprika, einen Salatkopf, Tomaten, einen Streifen Schinken, Salami, zwei Tüten Milch, einige Süßigkeiten und packte damit die Einkaufstüte bis zum Rand voll. Eine Packung mit den Hundebrocken, die sie zusätzlich erstand, riss sie entzwei und steckte sie sich in die Jackentasche. Sie verließ den Supermarkt, nicht ohne dass die kugelrunde Mrs. Buttkamper ihr das *heilige* Versprechen abgerungen hatte, demnächst noch einmal vorbeizukommen.

Draußen wartete Buck. Freudig sprang er an ihr hoch. Das Glöckchen klingelte bei jeder Bewegung.

»Als Nächstes werde ich dir ein neues Halsband kaufen«, versprach sie und steckte ihm einen Kaubrocken zu. Mit zwei schmatzenden Bissen war er verschwunden. »Dieses Glöckchen gehört zu einer Kuh, aber nicht zu einem Hund wie dir. Oder was meinst du?«

Er kläffte, als habe er verstanden. *Ja, nimm mir dieses elendige Teil endlich ab.* Vielleicht bettelte er aber auch nur um ein weiteres Hundebonbon. »Später«, vertröstete sie ihn. Die ersten Menschen wagten sich wieder auf die Straßen. Ein Wagen von *Sixt* fuhr vorbei. Langsam glitten seine Räder über den verschneiten Asphalt. Eine ältere Dame schlurfte auf den Supermarkt zu.

Die Wolken hingen nicht mehr so tief über Lindisfarne, stellenweise lösten sie sich auf und stellten einen klaren Abendhimmel in Aussicht. Diese Nacht würde es Frost geben.

Der Wind trug einen süßen Duft heran, der irgendwie widerlich war. Der Geruch von Fäulnis. *Das ist nicht zum aushalten.* Es raubte die Sinne. Die Plastiktüte mit den Einkäufen glitt ihr aus den Händen. Paprika, Salat und Wurst landeten im matschigen Schnee. Die Straße, die Häuser, das ganze Dorf verschwammen zu einem undeutlichen Brei vor ihren Augen.

Buck begann zu knurren. Dann bellte er.

Was ging hier vor?

Während sie noch die Frage formulierte, hörte sie ein unheilvolles Flüstern, das zügig anschwoll. Die Welt blieb verschwommen, nur der Gesang war rein und klar, der Gesang von Kindern, die sich näherten. Er verschluckte sogar Bucks wildes Kläffen.

Plötzlich stand die Greisin vor ihr. Sie war alt, steinalt, bleich und krank, als sei der Tod schon auf ihrer Spur. Sie war Beatrice vertraut, und das machte den Anblick nur noch schlimmer. Es war sie selbst. Es war Angela. Es war ihre Mutter. In ihrem dünnen Kleid musste sie bei diesen Temperaturen frieren. Doch der Winter schien ihr nichts auszumachen, *nicht mehr.* »Ihr seid in Gefahr.«

Die Kinder weinten und sangen. Beatrice brauchte es nicht

zu verstehen, sie wusste auch so, welche Verse sie rezitierten. *Was von all den ersehnten Dingen hast du gebracht und wirst du uns bringen?*

Weitere Wolkenfelder brachen auf, und die Sonne, die über dem Horizont hing, kam zum Vorschein. Ihr grelles Licht raubte Beatrice die Sicht.

»Beatrice«, drang eine Stimme an ihr Ohr. Nur langsam wich die Blindheit von ihren Pupillen.

Die Straße lag leer und verlassen, nur Schnee, ganz viel Schnee. Und Buck. Er und Mrs. Margot Buttkamper. Sie hatte Beatrice an den Schultern gepackt und schüttelte sie durch. »Was ist mit dir? Geht es dir gut? Red doch mit mir!«

Beatrice wollte sich von ihr lösen, doch Margot hielt sie mit ihren starken Fingern fest umschlossen. »Du machst den Eindruck, als hättest du ein Gespenst gesehen!«

Wenn du wüsstest. »Es ist gut«, beruhigte Beatrice sie und drehte sich in die Richtung, in der das Haus ihrer Tante lag. »Ich muss ...«

»Du musst gar nichts«, hielt Margot entgegen. »Du bist bleich wie ein Hefekuchen. Komm mit in den Laden.«

»Nein, nein«, wehrte Beatrice ab, während eine Stimme in ihrem Kopf schrillte, dass sie glaubte, ihr Schädel müsste platzen. *Ihr seid in Gefahr.* Buck schlug scharf an.

»Ich mach dir einen Kaffee«, sagte Margot, »der bringt dich wieder auf die Beine.«

Beatrice wandt sich aus der Umklammerung der dicken Frau. Sie wollte weg hier, nur weg. Sie begann zu rennen. Der Bobtail lief bereits voraus.

Zielsicher steuerte Philip durch die Flure der Psychiatrie in Wittenau. Keine sieben Tage war es her, dass er, noch in seiner Funktion als *Kurier*-Fotograf, in den Genuss einer Führung durch das Klinikgebäude gekommen war. Nicht zu fassen, dass er sich dabei, ohne es zu wissen, in unmittelbarer Nähe einer für sein Leben so wichtigen Person befunden hatte.

»Bonnies Ranch« bot, wenn man den Gerüchten Glauben schenken durfte, in der Cafeteria des Hauses den besten Kartoffelbrei der ganzen Stadt. Doch Hunger verspürte Philip an diesem Mittag nicht. Im ersten Obergeschoss der Karl-Bonhoeffer-Psychiatrie war eine Dauerausstellung über die verabscheuungswürdigen Nazi-Experimente des Namenspatrons jederzeit für Besucher zugänglich. Aber auch wenn er den Schildern zur Ausstellung folgte, ihr galt nicht sein vordringliches Interesse.

Auf seinem Weg begegnete er keiner Menschenseele. Heute stand den Berlinern der Sinn nicht nach Vergangenheit, der Alltag war grau genug.

Der *Kurier* hatte die Fotos, die Philip während der Führung geschossen hatte, nicht veröffentlicht, sondern Agenturbilder verwendet. Den Konflikt, der daraufhin mit seinem Chef, seinem *ehemaligen* Chef, entstanden war, hatte Philip noch nicht aus dem Gedächtnis getilgt. Ebenso wie das Wissen, dass ein Teil der Türen, die sie auf ihrer Führung durch das Gebäude passiert hatten, nicht fest verschlossen gewesen war – und das, obwohl die Klinikleitung wiederholt beteuert hatte, die Patienten sowohl der offenen als auch der geschlossenen Abteilung vor neugierigen Blicken schützen zu wollen.

Durch ein Fenster betrachtete er den Klinikpark oder das, was das Schneegestöber von der Idylle preisgab. Der Garten war menschenleer, einzig auf einer Parkbank saß eine Person, beinahe wie vergessen. Wenn sie noch eine Stunde sitzen blieb, würde nichts mehr von ihr zu erkennen sein als eine unter den Schneemassen begrabene Erhebung.

Philip sah nach links, dann nach rechts, er war alleine. Bereits die erste Türklinke, die er probierte, gab seinem Druck nach. Hastig betrat er einen anderen Flur, der, wenn er sich korrekt erinnerte, zur offenen Abteilung der Klinik führte. Er zog sich die Daunenjacke aus und hielt sie in der Hand. Er folgte dem Gang, ohne dass ihm jemand begegnete. Einerseits war er erleichtert darüber, denn es wurde anscheinend zur Gewohnheit, dass er sich ohne Genehmigung Zutritt zu Krankenstationen verschaffte. Andererseits wusste er nicht, wie er, ohne jemanden zu fragen, den Künstler finden sollte. Ausrechnet jetzt kamen ihm Fankows Worte in den Sinn: *Ein guter Journalist kennt keine Gnade.*

Ein Mann im Jogginganzug versperrte ihm den Weg. Philip machte sich Mut. *Zeige nie Mitleid.* »Ich suche jemanden«, schien ihm die geeignete Anrede.

»Aha«, sagte der Mann und trippelte von einem Fuß auf den anderen, als habe er gerade eine Runde durch den Park gedreht. »Ich suche auch was.«

»Und was?«

»Mein Auto. Kannst du mir sagen, wo mein Auto ist?«

»Auf dem Parkplatz«, schlug Philip vor.

»Nein, nein, nein«, heulte der Mann auf und sprang in die Höhe. Offenbar war jetzt Aerobic angesagt. »Das stimmt doch gar nicht. Das stimmt doch gar nicht.«

»Na dann«, meinte Philip und wollte sich abwenden. Von diesem aufgeregten Herrn würde er ganz sicher keine brauchbaren Informationen bekommen.

»Willst du nicht mit mir fahren?«, lud der Mann ihn ein.

Philip verzichtete dankend. Doch der Mann bestand darauf, Taxi zu spielen. »Warte«, rief er, während er hinter Philip herrannte, »warte, ich nehme dich mit.«

Der Lärm lockte eine Krankenschwester an. Ihr blonder Schopf lugte aus einem Zimmer, doch Philip bog rechtzeitig in einen abzweigenden Gang.

Er durfte nicht mehr viel Zeit verlieren. Wenn man ihn entdeckte, würde er so schnell keine zweite Gelegenheit bekommen, mit Ritz zu sprechen. Er beschleunigte seine

Schritte, ohne zu wissen, wohin er eigentlich ging. Doch er war überzeugt, ihm werde sich ein Weg zeigen. Hatte es das zuletzt nicht immer getan? Eine Tür klappte nur wenige Meter vor ihm auf; Philip hatte keine Chance mehr, sich rechtzeitig aus dem Staub zu machen. Ein Pfleger baute sich vor ihm auf, ein schlaksiger junger Mann mit ungesund vielen Pickeln im Gesicht. »Ken? Was machst du denn hier?«

Philip guckte irritiert. »Ken?«

Jetzt blickte der Pfleger reichlich verdattert. »Nein, du bist ja gar nicht Ken. Du bist Philip, stimmt's?« Er wies auf die Schlaghose und den rosafarbenen Pullunder. »Solche Klamotten, also ehrlich, Ken ist manchmal unglaublich geschmacklos.«

»Und wer bist du?«

»Ich bin ein Kumpel von Ken, Mensch, ich studiere mit ihm. Erkennst du mich denn nicht?«

Philip dachte nach. »Nein.«

»Vor drei Wochen, im *Ostgut*. Wir waren vorher auf einer Studentenparty. Die U-Boote, kannst du dich nicht daran erinnern?«

Auf der besagten Party hatte der Abend mit U-Booten angefangen, einem höllisch starken Mix aus Wodka und O-Saft. Im ›*Ostgut*‹ waren sie dann zu Wodka-Lemon übergegangen. Dazu ein oder zwei Ecstasy-Pillen, und schnell hatte Philip den Überblick verloren. Auch die Erinnerung an all die Leute, die ihm in jener Nacht über den Weg gelaufen waren. »Klar«, log er, »du warst ...« Ihm fiel kein Name ein.

»Johann«, sprang der Pfleger bei. »Ist schon gut. Du hast damals ziemlich tief ins Glas geschaut. Deine Freundin musste dich nach Hause bringen, wie war noch ihr Name?«

»Chris.«

»Genau. Verdammt hübsches Mädel!«

Etwas krallte sich in sein Herz. *Ich weiß nicht, ob Chris noch meine Freundin ist.* Schnell sagte er: »Und was machst du hier?«

»Ich arbeite hier.«

»Du bist Pfleger?«

»Nicht wirklich. Ein Praktikum fürs Studium, du verstehst?«

»Aha.«

»Und du? Was machst du hier?«

»Ich suche jemanden.«

»Das ist mal was Neues«, meinte Johann und lächelte breit. »Alle anderen hier suchen sich selbst.«

Er schien ein Witzbold zu sein. »Ich suche einen Künstler«, meinte Philip. »Eduardo Desfault.«

Johann nickte. »Du meinst Ritz. Obwohl ...« Er legte den Finger an die Lippe. »Das war früher mal sein Name, oder?«

»Ja. Wo finde ich ihn?«

»Bist du ein Fan?«

Philip zögerte.

»Gelegentlich besuchen ihn nämlich Fans, oder wie sich die Bewunderer seiner Kunst nennen. Ich hab mal einige Bilder von ihm gesehen. Das Kunstverständnis der Leute ...« Er schüttelte mitleidig den Kopf. »Inzwischen hat er nicht mehr viele Fans, aber einige halt doch noch. Ich weiß nicht, was sie sich erhoffen, wenn sie zu ihm gehen. Dass er ihnen ein Referat über Kunst hält? Seine Werke interpretiert? Die meisten verlassen ihn enttäuscht und kommen nie wieder.«

»Ja, ich möchte mit ihm reden«, sagte Philip.

»Genau, das ist das Problem.« Johann gluckste. »Da mach dir besser keine Hoffnung. Ritz spricht nicht viel. Meines Wissens hat er die letzten fünf Jahre über kein Wort mehr gesagt. Die meisten hier nennen ihn nur noch Til Schweiger.« Noch so ein Kalauer. »Ihn kümmert das nicht.«

»Und wo finde ich ihn?«, fragte Philip.

»Bist du als Besucher angemeldet?« Johann rieb sich die Nasenspitze, der einzige Ort, an dem keine Akne spross. »Wohl eher nicht, oder?«

»Und was wäre, wenn nicht?«, fragte Philip vorsichtig.

»Ganz einfach: Dann müsstest du die Klinik verlassen.«

»Ich bin Besucher!«, betonte Philip.

»Und warum bist du dann nicht im Besucherraum?«

Was sollte das hier geben? Ein Katz-und-Maus-Spiel? »Weil ...« Philip suchte nach einer Antwort. *Weil ich mich auf dem Weg zur Toilette verlaufen habe.* Wohl kaum.

»Weil du dort nicht auf Ritz treffen würdest, richtig?«, sagte der Pfleger mit einem verschmitzten Lächeln. »Weil Ritz nämlich immer draußen ist, bei Wind und Wetter.«

»Draußen, bei Wind und Wetter«, echote Philip.

»Genau, das wollte ich gerade sagen. Ritz sitzt im Park. Bei Wind und Wetter. Eine seltsame Marotte von ihm. Aber dein Glück. Deswegen brauchst du keinen Termin. Denn wer immer die Klinik besucht, kommt ohne Probleme in den Park. Und wer ohne Probleme in den Park kommt, der kann sich ohne weiteres und, jetzt kommt dein Part, ohne einen Termin mit Ritz treffen.«

»Genau das wollte ich gerade sagen«, sagte Philip. Da war es wieder: Alles fügte sich so, dass er einen Schritt weiterkam. Und auf einmal war ihm Johann unglaublich sympathisch.

»Schön«, sagte dieser und grinste. »Dann sind wir uns ja einig.«

Er beschrieb einen schnellen Weg durchs Gebäude raus zum Park. Doch Philip wusste längst den Weg. Er wusste auch, wer die einsame Gestalt war, die im Schneetreiben auf der Parkbank saß. Er lief los. Johann pfiff ihn noch einmal zurück.

»Philip«, sagte er leise. Nun blickte er ziemlich ernst. Philip hob die Augenbraue. »Du steckst in Schwierigkeiten, oder?«

Philip brachte keinen Ton über die Lippen.

»Ich habe mit Ken drüber gesprochen. Ich habe von dir in der Zeitung gelesen.«

»Was soll ich dir dann noch sagen?«

»Dass du einen guten Grund hast, dich hier in die Klinik einzuschleichen. Und dass ich mir keine Sorgen machen muss, dass du Scheiße baust, wenn ich jetzt einfach so tue, als hätte ich dich nicht gesehen.«

Philip kaute auf der Unterlippe. »Ja, ich habe einen Grund. Einen verdammt guten Grund. Und nein, du brauchst dir keine Sorgen machen.«

»Okay.« Johann dachte nach. »Nur damit du es weißt: Ich mach das, weil du ein Freund von Ken bist. Und weil Ken ein guter Kumpel von mir ist.«

»Danke«, sagte Philip.
»Du willst nur mit ihm reden?«
Philip nickte.
»Okay, dann rede mit ihm. Aber erwarte nicht zu viel.«

Bischof Ricardo de Gussa verschloss die Tür zu seinen Gemächern und verweilte für einige Sekunden an dem schweren Holz. Fast war er geneigt, seine Stirn daran zu betten, aber diesem Zeichen der Erschöpfung und Schwäche wollte er sich nicht hingeben, auch nicht, wenn er sich alleine wusste. Er blieb einfach aufrecht stehen und genoss die Stille, die in den Abendstunden einkehrte, wenn die Pilger und Touristen den Vatikan verließen. Er konnte sich nicht daran erinnern, wann er zum letzten Mal seinem Tagesgeschäft nachgegangen war. Vier oder fünf Tage war es gerade einmal her, aber es kam ihm wie eine halbe Ewigkeit vor. Er hatte einiges aufzuholen, auf seinem Schreibtisch stapelten sich die Briefe und Anfragen, die auf eine Antwort warteten, Entwürfe und Verträge, die er zu unterzeichnen hatte. Unter dem ganzen Durcheinander lag auch noch eine Einladung des Heiligen Vaters zur Audienz.

De Gussa durchquerte den Raum. Hätte Cato ihn dabei beobachtet, hätte er angenommen, der Bischof habe erneut zugenommen. Dabei war es nur das weinrote Zingulum, das sich um seinen Bauch spannte, weil er es enger band, als er es üblicherweise tat. In Momenten des Stresses passierte ihm dies häufiger, und im Augenblick hatte er davon mehr als genug. Er nahm sich vor, heute einige der Arbeiten zu erledigen, und wenn es nur war, um den Anschein zu erwecken, alles würde seinen normalen Gang gehen.

Seien Sie unbesorgt, hatte Lacie gesagt. Es fiel dem Bischof schwer, seinem Untergebenen Glauben zu schenken. Das mit dem Glauben war für de Gussa in letzter Zeit so eine Sache, vor allem wenn es Lacie betraf.

De Gussa setzte sich hinter seinen Schreibtisch und knipste die Lampe an. Er entdeckte das Buch, das noch immer aufgeschlagen dort lag. Vielleicht sollte er später versuchen, einige Zeilen zu lesen. Vielleicht konnte er so das sich unerbittlich drehende Rad seiner Gedanken verlangsamen. Dann würde er nicht mehr ständig über das Offizium nachgrübeln müssen und darüber, dass die Freunde uneins waren. Obwohl das nicht ganz richtig war. Sie waren sich durchaus einig, nur nicht in seinem Sinne. Es war der Präfekt der Kongregation, Boris Garnier, dem sie immer häufiger ihr Vertrauen schenkten. De Gussa war mittlerweile fest davon überzeugt: Die Spaltung des Officiums war das erste Anzeichen für die Ereignisse, die sie hatten vermeiden wollen.

Jetzt war ihnen auch noch der Junge entwischt. Und das, nachdem sie ihn nach so vielen Jahren endlich entdeckt hatten. Der Schock dieser Nachricht saß ihm noch immer in den Gliedern. Das hätte nicht geschehen dürfen. *Auf keinen Fall!* War es tatsächlich schon zu spät?

Er schob das Buch beiseite, dann griff er erneut danach und klappte es zu. Nein, er würde keinen ruhigen Gedanken fassen können, nicht heute, nicht morgen. Die Situation war längst aus dem Ruder gelaufen.

Jemand räusperte sich. De Gussa fuhr auf seinem Stuhl zusammen. Aus dem Schatten am Fenster trat eine Gestalt. Der Bischof brauchte das Licht nicht in ihre Richtung zu drehen, er konnte sich den schwarzen Anzug und das wulstige Narbengesicht sehr gut vorstellen. Lacie kam und ging, wie er wollte. De Gussa überkam das ungute Gefühl, dass er auch darauf längst keinen Einfluss mehr hatte.

»Ich habe Ihnen schon einmal gesagt, dass Sie sich nicht wie ein Dieb in mein Zimmer schleichen sollen«, sagte de Gussa.

»Aber Bischof«, erwiderte Lacie, »habe ich eine andere Wahl?« Er trat in den Lichtkreis der Schreibtischlampe, und die Kerben auf den Wangen verliehen seinem Grinsen etwas Diabolisches.

»Sie könnten anklopfen«, schlug de Gussa vor. Er fühlte sich müde und hilflos.

»Dann würde Ihr Sekretär mitbekommen, dass ich hier bin.«

»Er hat längst Feierabend.«

»Als ich gekommen bin, war er noch hier.«

De Gussa blickte zu Lacie auf und fragte sich, wie lange er

bereits im Raum wartete. »Sollten Sie sich nicht um den Jungen kümmern?«, fragte er.

»Keine Angst. Das mache ich«, beschwichtigte Lacie.

»Und inwieweit hilft es Ihnen dabei weiter, in meinen Gemächern herumzuschleichen? Hier hat er sich nicht versteckt.«

Lacie hob abwehrend die Hände. »Bischof, ich weiß, wo er ist.«

»In Berlin, richtig?«

»Ja.«

De Gussa schnaubte. »Soweit sind wir seit 19 Jahren. Aber er ist Ihnen wieder entwischt.«

Zum ersten Mal reagierte Lacie verunsichert. »Sie wissen es?«

Der Bischof verspürte ein Hochgefühl, aber es verflog, denn das neuerliche Verschwinden des Jungen war ganz sicher kein geeigneter Anlass für Schadenfreude. »Natürlich weiß ich davon. Was glauben Sie, was ich hier den ganzen Tag mache?«

»Es tut mir Leid.«

Am liebsten hätte de Gussa ihn geschlagen. Aber es würde nichts bringen. Und er traute es Lacie ohne weiteres zu zurückzuschlagen. »Schon gut.« Er fächerte nachlässig mit der Hand, und der Amethyst in seinem Ring blitzte unter dem Licht der Schreibtischleuchte. »Finden Sie einfach nur den Jungen. Sie wissen, wie wichtig er ist.«

»Trotzdem brauche ich Anweisungen«, meinte Lacie. »Deswegen bin ich hier. Sie wissen doch, keine Aufträge über Telefon und ...«

»Natürlich, natürlich«, unterbrach ihn de Gussa unwirsch und musste an den Auftrag denken, den er Cato unlängst übers Handy erteilt hatte. Die Situation war so weit fortgeschritten, dass er auf derartige Sicherheitsvorkehrungen keine Rücksicht mehr nehmen konnte. »Finden Sie den Jungen. *Das* ist meine Anweisung.«

»Aber ich spreche nicht von dem Jungen.«

»Von wem dann?«

»Ich meine die alte Frau.«

»Vergessen Sie sie ...« Bei dem Gedanken, wie Lacie diese Äußerung auffassen würde, fügte er schnell hinzu: »Vergessen Sie sie einfach. *Nur vergessen.* Nichts anderes. Überschreiten Sie nicht wieder ihre Befugnisse. Sehen Sie einfach zu, dass Sie den Jungen finden. Um alles andere wird sich Cato kümmern.«

Im Halbdunkel konnte De Gussa nicht genau erkennen, ob Lacie grinste.

»Und der Pfarrer?«, fragte Lacie.

»Welcher Pfarrer?«

»Habe ich Ihnen noch nicht davon erzählt?«

Nein, das haben Sie nicht, schimpfte de Gussa wortlos. Wieder hatte Lacie ihm etwas verschwiegen. Er unterdrückte seinen Zorn. »Erzählen Sie mir von ihm.«

»Sein Name ist Jakob Kahlscheuer. Er steht einer kleinen Gemeinde in Berlin vor und ist einer ihrer wenigen Vertrauten.«

»Vertrauten? Was weiß er?«

»Nicht wirklich viel«, beschwichtigte Lacie. »Sie hat ihm kaum etwas verraten.«

»Sind Sie sich sicher?« Bei dem Gedanken, dass es sich womöglich anders verhielt, wurde ihm schlecht.

»Ja, ich bin mir sicher. Andernfalls hätte ich Sie längst darüber in Kenntnis gesetzt.«

»Ich will Ihnen glauben.« Es kam ihm schwer über die Lippen.

»Trotzdem muss ich Sie fragen: Was soll mit ihm werden, nachdem ...« Lacie verschluckte die restlichen Worte.

De Gussa wusste auch so, was er sagen wollte. Er musterte Lacie von oben bis unten. Er trug seinen teuren Anzug wie eine zweite Haut. Kein Schmutzfleck trübte den edlen Stoff, trotz des schmuddeligen Wetters. Kaum vorstellbar, dass hinter dieser sauberen Fassade so eine schmutzige Seele steckte. Allenfalls das Gesicht gab Zeugnis davon, was er alles auf dem Kerbholz hatte, viel mehr, als der Bischof sich in seinen dunkelsten Träumen ausmalen wollte.

Der Gedanke an einen weiteren toten Priester war schwer zu ertragen. Noch dazu in Deutschland. Berlin war kein Ödland wie Brasilien, wo jeden Tag Menschen verschwanden, ohne dass es jemandem auffiel. Außerdem hatte er keine Ahnung, wer dieser Kahlscheuer war und was Lacie ihm möglicherweise verschwieg. Deshalb sagte er: »Verschonen Sie ihn. Sorgen Sie dafür, dass er irgendwie heil aus der Sache herauskommt. Cato wird sich darum kümmern.«

Lacie verzog das Gesicht, als er den Namen Cato hörte. »Wie Sie wünschen.« Der Tonfall drückte das Gegenteil aus.

Lacie versuchte kaum noch den Schein zu waren, und er war auch sicher nicht wegen dieser Frage nach Rom gekommen. Was führte er tatsächlich im Schilde? Diente er überhaupt noch den Interessen des Offiziums?

Hätte er doch bloß nie Lacie mit dieser Aufgabe betraut! Doch es war zu spät. Und diesmal ahnte er es nicht nur, er wusste, dass ihm die Angelegenheit entglitten war. Cato war seine letzte Hoffnung.

Philip stemmte sich dem Unwetter entgegen und trat näher. Ritz saß auf der Parkbank, als könnten ihm Wind, Eis und Schnee, die in einer unheiligen Symbiose die Stadt umschlossen, nichts anhaben. Er stierte auf das Eis eines zugefrorenen Teichs, sein Blick war seltsam entrückt, als habe der scharfe Ostwind seine Gedanken längst fortgeblasen. Er hatte dunkle Ringe unter den Augen – jene Zeichen von Übermüdung und Erschöpfung, die auch auf der Haut von Philips Großmutter zu sehen gewesen waren. Unter seiner dünnen Haut konnte Philip die heftig pochende Schlagader an der Schläfe sehen.

Schwarze Locken, von grauen Strähnen durchzogen, vom Schnee bedeckt, fielen ihm in die breite Stirn, und es schien ihm unmöglich zu sein, auch nur für einen Augenblick die Hände still zu halten; dauernd zupfte er an seiner Hose oder der dicken Daunenjacke herum und fuhr sich mit den Fingern übers Gesicht. Auf Philip machte es den Eindruck, als würde er von einem Geist verfolgt. Vielleicht sorgte die ständige Bewegung aber auch nur dafür, dass er nicht erfror.

Als Philip dicht vor ihm stand, begann Ritz zu lächeln. »Du bist es«, sagte er, und es klang nicht so, als formten seine Lippen die ersten Worte seit fünf Jahren. Seine Augen begannen zu strahlen.

Diese Augen ... Philip war es, als habe er sie schon einmal gesehen und ... *dieses Lächeln* ... geschworen, es niemals zu vergessen.

»Meine Mutter hat mir ihr Leben lang von dir erzählt«, sagte Ritz, und seine Finger kratzten über die Hose. Sie war triefend nass vom Schnee.

Philip nickte versonnen. Die Ähnlichkeit war zu eindeutig, als dass er sich hätte irren können. Er hatte Ritz' Mutter das Leben gerettet, Mittwochnacht – *vor 80 Jahren.* Und ihr Sohn hatte ihm das Leben gerettet.

Es gab keinen Grund, die Zeitungsberichte anzuzweifeln, auch wenn die Ereignisse urplötzlich Ausmaße annahmen, die das Begreifliche überstiegen. Allein bei dem Versuch, es sich vorzustellen, wurde ihm schwindelig. Deshalb ließ er es bleiben. Aber welch gewaltiger kosmischer Plan vollzog sich hier?

»Ich habe ihr nie Glauben geschenkt«, fuhr Ritz fort. Es schien ihn nicht zu stören, dass sie einander nicht vorgestellt hatten. »Ein Lebensretter in der Not.« Mit der linken Hand fuhr er sich durchs Haar, streifte die Schneeflocken ab. Sofort fielen neue herab und eroberten das Feld zurück. Wie konnte er bei diesem lausigen Wetter bloß draußen sitzen? »Sie hätte den Tod schon gefühlt. So nahe sei sie ihm gewesen. Es klang alles so ... *absurd.*«

»Das kenne ich«, meinte Philip freudlos.

»Bis zu jenem Tag, an dem ich diesen Mann traf.«

»Einen Mann?« Philip horchte auf. Die krächzende Stimme seiner Großmutter hallte in ihm nach. *Du musst ihn treffen.* »Wen?«

Ritz führte die Finger an die Schläfen, und zum ersten Mal hielt er sie still. »Hm«, machte er, und es hörte sich an, als würde er angestrengt überlegen, »wenn ich es bedenke, er hatte Ähnlichkeiten mit dir.«

»Wer war er?«

»Ich weiß nicht.« Die Hände setzten sich wieder in Bewegung, diesmal sah es so aus, als wollten sie den Schnee vertreiben. Oder irgendetwas, was hinter den weißen Schleiern lauerte. Das Eis im Teich knirschte.

»Mein Vater?« Auch Philip bewegte sich, trat von einem Fuß auf den anderen. Mit seinen Fingern massierte er sich die Glatze. Ein Königreich für Kens hässliche Bommelmütze.

»Nein, nein, dein Vater war es nicht. Ihn lernte ich erst später kennen.«

»Wer dann?«

»Ich weiß nicht. Er hat sich mir nicht vorgestellt. Aber ... er war sehr überzeugend.«

»Worin?«

»Er kam zu mir und fragte mich, ob ich bereit wäre, etwas sehr Wichtiges zu tun. Natürlich konnte ich mit dieser

Aussage nichts anfangen, selbst nachdem er mir erzählt hatte, was ich zu tun hätte. Ich sollte ...« Er hustete. Das viele Sprechen bereitete ihm Mühe. Kein Wunder, wenn man jahrelang keinen Ton über die Lippen brachte und stattdessen bei Wind und Wetter im Park saß.

»Ja?«, drängte Philip.

»... ich sollte dich retten.«

»Das hat er gesagt?« Philip wusste nicht, ob er Ritz glauben sollte oder nicht. Wenn es stimmte, dann lag hinter diesen schlichten Worten eine weitere bedeutungsvolle Wahrheit. Er, Philip, war nicht alleine mit seiner Gabe.

Der Abend rückte näher, Laternen entlang der Parkwege leuchteten auf. Nicht weit von ihnen gingen die roten, grünen, gelben Adventslichter an, mit denen eine Tanne geschmückt war. Sie begehrten mit warmen Farben gegen den Winter und seine frostigen Boten auf. Tatsächlich ließen sie die Schneeflocken im Umkreis des Baumes glitzern. Ein verführerisches Blinzeln, als wollten sie sagen: *Begib dich in unsere Hand, vertrau uns einfach.*

Als Philip Ritz in die Augen sah, lag kein Fünkchen Arglist oder Tücke in seinem Blick, nur die Angst eines alten Mannes vor dem nahenden Tod. »Er wusste von dem Unfall?«

»Ich weiß nicht, woher er es wusste. Aber er wusste es. Er wusste wo, wann, wie es zu diesem Unfall kommen würde. Aber es war ja auch kein Unfall.«

»Es war kein Unfall?« Philip sog scharf die Luft ein. Seine Zunge verwandelte sich in einen Gletscher.

»Nein.«

Wenn es kein Unfall war ... »Was war es dann?«

»Kannst du dir das nicht denken?«

Philip wollte nicht darüber nachdenken. Es würde die ganze Angelegenheit nur noch komplizierter machen. Es gab so viele andere Dinge, die er erfahren wollte.

»Ich habe lange überlegt, obwohl mir nicht mehr viel Zeit blieb. Mir war klar, dass es unter Umständen mein eigenes Leben gefährden würde. Aber ... ich stand in deiner Schuld ...«

»Das standen Sie nicht«, meinte Philip kaum hörbar. Der Wind, der durch das Geäst der Bäume pfiff, war lauter.

»Hatte ich eine andere Wahl? Ich weiß es nicht, ich glaube nicht. Nicht nach dem, was passiert ist. Und es ist egal, ob ich es kapierte, was ich sicher weiß, ist, dass alles einem höheren Plan folgt.«

Philip schwieg beklommen.

»Jedenfalls erwischte der Wagen mich, nicht dich. Ich glaube, danach war ich tot, zumindest für einige Sekunden. Und was ich sah ...« Er atmete schwer. Nach wie vor waren seine Finger mal hier, mal dort, immer aber unterwegs. »Ich möchte nicht darüber sprechen. Ich habe viel zu oft darüber gesprochen.« In seiner Stimme lag Traurigkeit. »Ich habe schon lange nicht mehr darüber nachgedacht. Auch die Träume verschonen mich inzwischen. Eine Gnade, das kannst du mir glauben.«

Philip glaubte es ihm. »Was geschah dann?«

»Was in solchen Momenten immer geschieht. Die Leute sind erst interessiert, dann amüsiert, sie wollen es nicht mehr hören, dann können sie es nicht mehr hören, sie sind genervt, schließlich wütend. Zuletzt zweifeln sie an deinem Verstand. ›Ihm sind seine Bilder zu Kopf gestiegen‹, war noch das Harmloseste, was sie mir sagten. Dabei waren die Bilder, meine Fantasien, der Schlüssel. Glaube ich zumindest.«

»Ich kenne Ihre Bilder nicht.«

»Du hast nichts verpasst.« Er wedelte abfällig mit der Hand. »Sie sind nichts wert.«

»Ich habe etwas anderes darüber gelesen.«

»Junge!«, fuhr Ritz ihn an. Er warf die Arme in die Luft, als gelte es, einen Geist zu vertreiben. Oder Erinnerungen. Oder nur den Schnee. »Lass es dir gesagt sein.« Er betonte jede Silbe. »Sie ... sind ... nichts ... wert. Sie sind nur Fantasie. Kranke Fantasie, zugegeben. Aber sie sind harmlos. Kein Vergleich zu dem, was ...« Resigniert ließ er den Kopf hängen. »Ich gab keine Ruhe. Es wurde zu einem Wahn. Niemand wollte mehr etwas mit mir zu tun haben. Ich konnte die Miete nicht mehr bezahlen, saß auf der Straße. Mein

Bruder hat mich entmündigt. Ich landete in einer geschlossenen Anstalt, wo man zu dem Ergebnis kam, dass ich dort nicht hingehörte. Seitdem bin ich auf Bonnies Ranch. Witziger Name, oder? Irgendwann merkte ich, wie gut es mir hier eigentlich geht. Ich erkannte, dass ich das, was ich erlebt hatte, besser für mich behielt. Seitdem lebe ich in Frieden. Und warte. Warte auf den Tod. Und auf dich.«

Sein Kinn fiel auf die Brust und versank in dem weißen Pulver, das sich auf der Daunenjacke wie eine Decke ausbreitete. Seine Stimme wurde leiser, gedämpft durch den Schnee. »Ich weiß nicht, ob ich mich darauf freuen soll. Auf den Tod, meine ich. Mein Leben ist vorbei, aber nach allem, was ich gesehen habe ... Aber habe ich eine andere Wahl? Es läuft immer auf die eine Antwort hinaus: Nein, habe ich nicht!«

Ein Windstoß kam und fegte den Schnee wie einen Vorhang für einen Augenblick beiseite. Ritz' Gesicht war erstmals klar und deutlich zu sehen, und Philip erkannte ein Wissen darin, über das er inzwischen selbst verfügte: dass es auf dieser Welt mehr gab, als nur das, was man mit den Augen sehen, den Ohren hören, den Händen ertasten konnte. *Viel mehr.* Philip holte Luft. »Das ist wohl wahr.«

»Du spürst es auch, oder?«

»Was?«

»Etwas ist im Anmarsch.«

»Was?«

Ritz sah zum Himmel, an dem Dunkelheit heraufzog. Der Schnee sickerte ohne Pause herab, begrub die Welt unter einem weißen Tuch. Ein Leichentuch.

»Es ist kalt«, sagte Ritz.

»Ja«, stimmte Philip zu. Durch das fahle Buschwerk und die blattlosen Hecken warf er einen Blick auf die Straße. Die Autos wälzten sich wie eine Lawine voran. Menschen schritten vorbei, nur langsam, weil die glatten Gehwege Hast nicht mehr zuließen. Es wirkte, als würden sie, sobald sie stehen blieben, sofort und für alle Zeiten am Boden festfrieren. Der Winter hatte die Stadt endgültig im Würgegriff.

»Und es wird noch kälter«, sagte Ritz.

»Die Meteorologen sprechen von einem Jahrhundertwinter.«

»Scheiß auf die Meteorologen. Wir wissen es besser. Das ist kein Winter. Das ist etwas, das ...«

Philip schaute ihn aufmerksam an. Ritz' Kopf sackte abermals herab. Wenn das kein Winter war, was dann? Etwas, das ...

»... viel schlimmer ist«, beendete Ritz seinen Satz.

»Was soll das heißen?«, sagte Philip. »Bedeutet das, es hat auch mit mir ...« Nein, es war anmaßend anzunehmen, auch das Wetter habe mit ihm und den Ereignissen der letzten Tage zu tun.

Doch Ritz nickte ernst. »Es hat alles mit dir zu tun.«

»Was hat mit mir zu tun?«, flüsterte Philip. Er schlotterte, nicht nur vor Kälte.

»Ich wusste schon damals nicht, was es ist. Damals, als ich dich gerettet habe. Ich weiß es bis heute nicht. Und ich bin mir auch nicht sicher, ob ich es wissen möchte. Ich weiß nur, etwas ist wieder im Gange.«

Sie schwiegen. Irgendwann räusperte Philip sich. Aber da war Ritz bereits eingeschlafen. Endlich saß er vollkommen still. Das Wetter konnte ihm nichts anhaben. Er hatte ganz anderes erlebt. Und er war überzeugt davon, dass noch Schlimmeres bevorstand.

Die Nacht irrte geisterhaft durch den Park. Die Laternen verströmten ein geheimnisvolles Zwielicht. Philip blinzelte. Der Christbaum wiegte sich zu einer lautlosen Melodie – fast ein idyllisches Fotomotiv. Wenn da nicht diese unwirtlichen Temperaturen wären. *Und es wird noch kälter.*

Leise entfernte sich Philip. Erst als er das Klinikgelände verließ, fiel ihm ein, dass er nicht danach gefragt hatte, wie Ritz seinen Vater kennen gelernt hatte. Aber das, so entschied er, sollte sein Vater ihm selbst erklären.

Ihr seid in Gefahr.

Beatrice trieb sich zur Eile an, doch die klobigen Gummistiefel an ihren Füßen vereitelten dieses Vorhaben. Der Schnee auf den Straßen verwandelte sich in einen Sumpf und erschwerte zusätzlich das Fortkommen. Ihr Atem ging schwer. Die Anstrengungen der letzten Tage forderten Tribut.

Endlich verließ sie die Hauptstraße Lindisfarnes und rannte den schmalen Weg zum Cottage ihrer Tante entlang. Bald darauf kamen die Tannen in Sicht, dann das kleine Gartentor. *Du musst dich beeilen,* spornte sie sich an. Doch je mehr Kraft sie in ihre Beine pumpte und Schweiß aus ihren Poren floss, desto weiter entfernte sich das Haus. Das war unmöglich. Als befände sie sich auf einem Laufband, das sie nach hinten trug, während sie vorwärts spurtete. Sie musste sich täuschen.

Wo war Buck? Der Bobtail folgte ihr nicht mehr. In der Bewegung drehte sie sich nach ihm um.

»Buck«, rief sie keuchend. Der Rüde hockte in Abwehrhaltung am Straßenrand und knurrte mit gefletschten Zähnen etwas vor ihr an. Doch sie wollte nicht stoppen. Sie richtete ihre Aufmerksamkeit wieder auf das Cottage. Es lag friedlich unter den Bäumen, bedeckt von einer weichen Schneedecke. Nichts deutete auf eine Gefahr hin. Nur Bucks Grollen. Sie stolperte. Ihre Gummistiefel waren auf einen Widerstand gestoßen. Trotz ihrer rudernden Arme war es zu spät. Während sie fiel, glaubte sie eine dunkle Gestalt zu ihren Füßen zu erkennen. Sie lag gekrümmt am Straßenrand, fast wie tot. *Es ist nur mein Schatten,* stelle sie erleichtert fest, dann tauchte der Boden vor ihr auf. Mit den Händen fing sie ihren Sturz ab. Ein Ast von einem niedrigen Strauch kratzte ihr über das Gesicht.

Geschwind rappelte sie sich auf, rieb sich die linke Wange und sah Blut auf Handfläche und Finger. Über was war sie gestürzt? Ein heruntergefallener Ast? Ein Stein? Sie konnte nichts Ungewöhnliches erkennen. Sie hätte schwören können: Da lag gerade jemand zu ihren Füßen.

Buck saß noch immer im Straßenmatsch, seine Fänge zu einem bedrohlichen Knurren entblößt. Irgendetwas bereitete ihm Angst. Nicht nur ihm.

Beatrice hielt den Atem an und lauschte. Die Insel lag still, untermalt nur von der leisen Meeresbrandung am Strand, die der Wind an ihr Ohr trug.

»Was ist mit dir?«, sagte sie und flüsterte dabei unweigerlich. Der Hund würde ihr keine Antwort geben können.

Sie tauchte in das Dickicht aus Sträuchern und Tannen am Straßenrand. Durch die Büsche schlug sie einen Bogen zum Hintereingang des Hauses. Erleichtert nahm sie zur Kenntnis, dass Buck wieder an ihrer Seite war. Das machte Mut. Denn die Welt im Unterholz war voller Schatten und feuchter, knarrender Geräusche. Die ineinander verflochtenen Zweige der Bäume bildeten mit dem Schnee ein dichtes Netz, das so aussah, als sei es als Falle für sie gedacht, die jeden Moment auf sie herabfallen und sie einfangen konnte. Ihr kamen Zweifel, ob es eine gute Idee gewesen war, diesen Weg zu wählen. Doch für eine Umkehr war es jetzt zu spät.

Der Wald umgab den Hintergarten des Cottages. Das Gras, das stellenweise aus dem weißen Flor ragte, sah geisterhaft aus. Tatsächlich wirkte der ganze Garten unirdisch. Bäume seufzten. Schatten bewegten sich, veränderten ihre Gestalt. Die Ziegelmauer, die den Garten auf drei Seiten umschloss, wirkte massiv und farblos.

Vor der Mauer ging sie in die Hocke. Sie war keine fünf Meter mehr vom Haus entfernt. Es lag still, beinahe zu still. Ihr wurde kalt, und nur mit Mühe konnte sie verhindern, dass ihr die Zähne klapperten. Buck drückte sich an ihr Bein. Sie streichelte sein Fell. Vorsichtig hob sie den Kopf über die Mauer und spähte zum Gebäude. Die Hintertür stand offen.

Sicherlich nur ein Irrtum, beruhigte sie sich. Angela hatte bestimmt vergessen, die Hintertür abzuschließen, nachdem sie heimgekehrt war.

Dann sah sie die Pflanzen. Sie lagen zertreten in Abdrücken, die Schuhe in dem verschneiten Blumenbeet hinterlassen hatten.

Jemand schaute zur Hintertür heraus. Beatrice wollte ihren Kopf einziehen, doch dann erkannte sie erleichtert ihre Tante. Sie war wohlbehalten. *Alles ist in Ordnung. Die Aufregung war umsonst.* Beatrice wollte aufstehen, doch da trafen sich ihre Blicke. Unmerklich schüttelte Angela den Kopf. *Bleib da!*

Sie drehte sich zurück in das Wohnzimmer und schloss die Tür. Trotzdem waren die Stimmen aus dem Haus deutlich zu vernehmen. Eine sprach: »Was wollen Sie von mir?« Es war die Stimme ihrer Tante.

Beatrice zog ihren Kopf ein.

Ein Mann erwiderte: »Von Ihnen?« Er lachte gequält. »Gar nichts. Sie wissen, was ich will.«

»Niemals«, wehrte Angela ab.

»Ich sage es nur ungern: Aber es ist Ihre Entscheidung.«

»Wagen Sie es nicht, die heilige Insel zu entweihen«, drohte ihre Tante, doch hilflose Verzweiflung lag in ihrer Stimme.

»Seien Sie nicht einfältig. Das ist längst geschehen. An jenem Tag, an dem Sie und Ihre Familie auf diese Insel gekommen sind.«

»Scheren Sie sich zum Teufel.«

»Sie sind auf dem besten Wege zu ihm.«

Ein Schrei gellte durch das Haus. Beatrice' Herzschlag setzte für eine Sekunde aus. Buck winselte, doch er verharrte neben ihr.

Sie musste ihrer Tante helfen. *So hilf ihr doch!* Doch sie wagte nicht, sich zu bewegen. Etwas presste sie gegen die Steinmauer, hinab in das feuchte, kalte Moos. *Es ist wichtig, dass du die Wahrheit erfährst. So viel hängt davon ab.* Der Schrei erstarb. Etwas fiel um. Oder jemand.

Dann war es ruhig. Zeit verging. Nichts passierte.

Beatrice blieb schlotternd sitzen, Buck hechelte an ihrer Seite. *Du darfst dich nicht davon abbringen lassen, auf keinen Fall.*

Irgendwann waren Schritte zu vernehmen, leise knirschend wie von Stiefeln, die sich entfernten.

Bald darauf herrschte Grabesstille jenseits der Mauer.

In Kens Altbauwohnung flackerten wie am Morgen die Kerzen auf dem kleinen Wohnzimmertisch, und im Aschenbecher lag ein halber Joint. »Möchtest du?«, fragte sein Kumpel.

Philip verweigerte sich nicht. Das Gras entspannte den Geist. Jetzt störte ihn nicht einmal mehr die Straßenbahn, die vor dem Haus vorbeirumpelte. Wenn sie denn fuhr. Denn das Schneetreiben hatte am Abend zu einem Stromausfall geführt, und die Berliner Verkehrsbetriebe waren zum Erliegen gekommen. Erst gegen 22 Uhr hatte eine Bahn Philip aus dem Berliner Norden zurück ins Zentrum gefahren. Jetzt sehnte er sich nach einer Prise Schlaf.

»Warte, ich mix uns einen Drink«, sagte Ken. Als er mit zwei Wodka-Lemon aus der Küche auftauchte, war Philip auf der Couch eingeschlafen. Selbst das lilagelbe Karomuster hatte ihn nicht davon abgehalten.

Er erwachte, als eine der Kerzen mit einem Knistern erlosch. Er gähnte. Angekleidet lag er auf dem Sofa, nicht einmal die Schuhe hatte er sich ausgezogen. Ken hatte eine Decke über ihn ausgebreitet. Das Licht der verbliebenen Kerzen tauchte den Raum in ein gemütliches Halbdunkel, durchbrochen nur von den neonblauen Kontrollleuchten der Stereoanlage. Statt der Musik hing der Dunst des Joints im Zimmer, die Tüte selbst lag zerdrückt im Aschenbecher. Daneben entdeckte Philip zwei Gläser, eines leer, eines mit Wodka-Lemon bis zum Rand gefüllt, sowie eine Schachtel Zigaretten.

Er streckte seine Hand nach den Kippen aus, doch kurz bevor er sie ergreifen konnte, hielt er inne. Er hatte einige Tage keine Zigaretten mehr geraucht. Er verspürte auch keine sonderliche Lust darauf. Es war eher die Gewohnheit, die ihn nach der Schachtel hatte greifen lassen. Wenn die Ereignisse bisher nicht viel Positives für ihn bereitgehalten hatten, immerhin das Rauchen hatten sie ihm abgewöhnt.

Aber das stimmte so natürlich auch nicht. Er hatte viele neue Dinge über sich erfahren. Die große Antwort fehlte zwar, aber es waren dennoch kleine Hinweise, die irgendwann, richtig sortiert, ein klares Bild seines Lebens ergeben würden.

Beschwingt erhob er sich und wollte den CD-Player auf *Play* drücken. Ein Geräusch aus der Küche ließ ihn erstarren. »Ken?«, rief er leise in die Dunkelheit.

Keine Antwort. Er trat einen Schritt nach vorne. Aus dem Schlafzimmer ertönte Kens seliges Schnarchen.

Und wieder ein Geräusch. Ein verstohlenes Knirschen. Dumpfe Schritte auf Schnee. Hände auf einer Fensterbank. Philip sprang mit einem beherzten Satz durch die Diele und landete zwischen Kühlschrank und Waschmaschine. Das deckenhohe Fenster am Ende des Raumes wies auf den Innenhof, eingekreist von vier Hausmauern, überdeckt mit einem goldgelben Quadrat, dem Berliner Nachthimmel.

Vor dem Fenster stand eine Gestalt. Der Mann war schwarz ummantelt, das Gesicht hinter den hohen Aufschlägen verborgen.

»Diesmal krieg ich dich«, knurrte Philip und tastete nach dem Lichtschalter. Die nackte Glühbirne an der Zimmerdecke flammte auf. Zweierlei passierte: Die plötzliche Helligkeit blendete ihn, und er presste die Augenlider zu einem schmalen Schlitz zusammen. Und als sich seine Pupillen an das Licht gewöhnt hatten, wirkte die Glasscheibe wie ein Spiegel. Er sah nur sich selbst, einen gehetzt blickenden jungen Mann in tuntigen Klamotten. Dafür konnte der unbekannte Gast ihn umso besser sehen.

»Suchst du was?« Ken schlurfte verschlafen in die Diele. Er trug seinen hautengen Adidas-Jogginganzug.

Philip knipste das Licht wieder aus, aber nicht weil er den Anblick von Ken in seinem Jogger nicht ertragen konnte. Er wollte sich vergewissern, ob sich der geheimnisvolle Fremde noch im Innenhof befand. Aber der Garten war leer. Nichts anderes hatte er erwartet.

»Da war jemand«, sagte er und bemühte sich, seiner Stimme einen ruhigen Klang zu geben.

»Gut möglich«, bestätigte Ken. »Der Garten ist für alle Anwohner da.«

»Nein«, widersprach Philip. »Da war jemand am Fenster.«

»An meinem Fenster?« Ken rieb sich ungläubig die Augen. »War wohl jemand neugierig.«

Philip durchquerte die kleine Küche und stieß sich den Oberschenkel am Cocktailtisch. Ein Glas fiel um, kullerte über den Rand und zerschepperte auf den Fliesen.

»Scherben bringen Glück«, ließ sich Ken vernehmen. Aus einem Schrank holte er Handbesen und Kehrblech und fegte die Scherben weg.

»Ken«, sagte Philip.

»Was?« Sein Kumpel entleerte das Kehrblech mit einem Klirren in den Abfalleimer.

»Mach mal das Licht an!«

Ken betätigte den Lichtschalter. Philip hatte das Fenster geöffnet und schaute angestrengt in den Garten. »Bist du bescheuert? Soll ich mir den Tod holen? Mach das Fenster zu!«

»Nein, warte. Komm her!«

»Mann, ist das scheißekalt da draußen.« Ken stellte sich neben ihn. Philip rückte ein Stück zur Seite. Ken entging die Bewegung nicht. »Was hast du?«

»Nichts.« Philip wies mit übertrieben hastiger Geste auf den Schnee am Boden vor dem Fenster. »Schau!«

»Tatsächlich«, meinte Ken erstaunt. Klar und deutlich zeichneten sich im Licht der Glühbirne Fußspuren ab. Jemand hatte sich vor dem Fenster aufgehalten, war dann quer durch den Garten gelaufen und in einem Hintereingang schräg gegenüber verschwunden. »Du hast Recht. Da war jemand.«

»Und er hat was zurückgelassen«, fügte Philip hinzu. Er streckte seinem Freund die Hand mit der Innenfläche nach oben hin. Zwei Münzen lagen drin.

»Zwei Euro.«

»Nicht irgendwelche Euros.«

»Sondern?«

»Schau sie dir an.«

Ken wollte danach greifen. Philip zuckte zurück. »Mach die Hand auf«, sagte er.

Sein Kumpel blickte ihn verwundert an. »Was ist los mit dir?«

»Nun mach schon!«, drängte Philip.

Ken hielt ihm die offene Handfläche hin, doch sein Blick sprach Bände. *Hast du sie noch alle?*

Philip ließ eine Münze hineinfallen. Sein Freund hielt sie sich vor die Augen. »Leonard da Vinci«, sagte er. »Das kenne ich. Darüber hab ich gelesen, in einem Roman. *Sakrileg* von Dan Brown. Chris kann dir bestimmt mehr dazu sagen. Die studiert doch Kunst.«

»Das ist ein italienisches Geldstück.« Philip rief sich zurück ins Gedächtnis, was der *Kurier*-Archivar Friedbert Steckner ihm erzählt hatte. »Das ist L'uomo, das Bildnis eines Mannes, mit dem da Vinci 1492 den goldenen Schnitt darstellte.«

»Aha«, sagte Ken. Er blickte ihn mit trüben Augen an. »Offen gestanden, für diese Tageszeit ist mir das zu hoch.«

»Der goldene Schnitt, das ist die anatomisch genaueste Darstellung des Menschen, sie soll noch viele Geheimnisse in sich tragen. Unter anderem auch die Quadratur des Kreises.«

»Hä?«

»Das Mögliche im Unmöglichen.«

»Weißt du, dass du gerade unmöglichen Bockmist erzählst?«

»Nein, Ken, darum geht es doch. Um das Mögliche im Unmöglichen. Das ist genau das, was mir gerade passiert. Und soll ich dir was verraten?«

»Wenn's denn sein muss.«

»Jemand will mir etwas mitteilen.«

»Mit zwei Münzen?«

»Ich habe vor ein paar Tagen schon einmal eine Münze erhalten.« Die lag jetzt in der Asservatenkammer der Berliner Polizei.

»Na super, da scheint jemand richtig spendabel zu sein.«

»Ken!«

»Nein, Philip, das verstehe ich nicht, was soll daran so *unmöglich* sein?«

»Du musst genau hinschauen.«

»Mir fällt nichts auf.«

»Noch genauer!«

»Hm, da ist dieses Bild. Und sonst? Nichts. Ach doch, eine Jahreszahl. 2018.«

»Genau. Und die bedeutet: Die Münze wurde im Jahr 2018 geprägt.«

»Das ist doch Quatsch.«

»Merkst du was?« Philip sah seinen Kumpel erwartungsvoll an.

Dieser antwortete: »Und ob!«

»Ja?«

»Es wird Zeit für einen Wodka-Lemon.«

Irgendwann erhob sich Beatrice mit steifen, durchgefrorenen Gliedern. Buck machte einen Satz über die Steinmauer, sein Glöckchen läutete verräterisch. Vorsichtig folgte sie ihm. Sie setzte ihre Schritte achtsam in den schmatzenden Sumpf des Gartens und lauschte in die Stille, die das Cottage umgab. Aber es gab keinen Grund mehr, sich Sorgen zu machen. Wer immer bei ihrer Tante im Haus gewesen war, er war längst über alle Berge.

Und doch hatte sie kurz den Eindruck, als befände sich außer ihr noch jemand im Garten. Rasch verdrängte sie den Gedanken. Es waren nur die Zweige der Bäume, die durch die herannahende Abenddämmerung zu ihr herabhingen wie die Arme von Riesen, bereit dazu, sie zwischen ihren Fingern davonzutragen an einen Ort, an dem es entschieden besser war als hier.

Die Hintertür stand wieder offen. Sie verharrte einen Moment, starrte auf die Blumen, die ihre Tante gepflanzt hatte und deren Hälse jetzt gebrochen waren. Sie sah jemanden flüchtig aus ihrem Gesichtsfeld verschwinden. Sie wirbelte herum, aber niemand sonst war im Garten, auch nicht jenseits der Steinmauer. Der Garten blieb dunkel und schattig.

Zögere das Unvermeidliche nicht heraus. Sie sammelte ihren Mut und betrat das Wohnzimmer. Sie verzichtete darauf, die Lampen anzumachen. Das letzte Licht des Tages genügte. Buck saß aufrecht neben dem Kamin. Vor ihm lag Angela, zusammengekrümmt, als würde sie schlafen. Aber das war nicht der Fall. Die Kaminzange war bis zum Anschlag in ihren Brustkorb getrieben und die schmiedeeisernen Spitzen ragten blutverschmiert neben ihrer Wirbelsäule heraus.

»Mein Gott«, entfuhr es Beatrice. Sie sank auf die Knie. Sie nahm die Hand ihrer Tante. Sie war nicht tot. Ihre Augen flackerten. Sie hob ihren Kopf. Ein blutiges Rinnsal löste sich von ihren Lippen. Der Anblick war zu viel. Tränen lösten sich aus Beatrice' Augenwinkeln.

»Es tut mir Leid«, sagte sie.

Angela verzog die Lippen, der misslungene Versuch eines Lächelns. »Es ist ...« Noch mehr Blut quoll aus ihrem Mund. »... nicht deine Schuld.«

Beatrice stöhnte auf. *Oh doch, das ist es.* Es war ihre Schuld. Sie wusste nicht, warum, aber sie wusste, ihre Tante starb, weil sie, Beatrice, ein Geheimnis besaß. Wenn sie sich doch bloß erinnern könnte!

Die Erinnerung ist das einzige Paradies, aus dem wir nicht vertrieben werden können, schoss es ihr durch den Kopf. Woher waren diese Worte gekommen? Sie waren einfach da. Die Bedeutung blieb ihr verborgen, aber sie klangen, mit der sterbenden Angela im Arm, wie blanker Hohn.

Ihre Tante deutete ein Kopfschütteln an. Sie sagte etwas. Es waren nur noch schmerzverzerrte Laute. Die Kraft ging ihr aus. Beatrice beugte den Kopf hinab. Sie verstand kein Wort. Angela wiederholte: »Buck wird dir helfen.«

Dann seufzte sie. Sie bäumte sich noch einmal auf. Ein letzter Atemzug. Ihr Kopf fiel herab. Beatrice blieb regungslos neben ihr sitzen, Angelas Hand zwischen den Fingern. Sie spürte, wie die Haut ihrer Tante langsam erkaltete, wie sie sich von dieser Welt entfernte und Beatrice zurückließ. Wieder war sie alleine. Ohne Erinnerung. Nur mit Buck. Er umrundete die Leiche und setzte sich neben Beatrice. Ob er begriff, dass sein Frauchen jetzt tot war?

Beatrice löste sich von ihrer Tante, legte die kalte Hand behutsam auf den Boden, achtete darauf, dass sie nicht mit dem Blut in Berührung kam. Das schien ihr einfach nicht richtig. Sie strich dem Hund durchs Fell. Wie konnte er ihr helfen? Buck streckte den Kopf vor und legte ihn auf ihren Schoß. Das Glöckchen bimmelte. Dieses verdammte Glöckchen. Sie öffnete die Schnalle und nahm ihm das Halsband ab. Als hätte man ihn von einer Kette befreit, erhob er sich und trottete in den Garten. *Geh nur,* dachte sie verbittert, *hier hält dich nichts mehr.*

Sie hielt das Halsband in den Händen. Sie wollte es eben in eine Zimmerecke werfen, als sie bemerkte, dass sie sich geirrt hatte. Es hing kein Glöckchen daran, sondern ein

Anhänger aus Metall. Etwas darin erzeugte das Läuten. Der Anhänger besaß einen Schraubverschluss am oberen Ende. Langsam öffnete sie ihn. Ein kleiner Schlüssel glitt in ihre Hand. Ein Schlüssel mit einer Nummer. Sie ballte die Finger zur Faust, barg darin den Schlüssel, als wollte sie ihn nie wieder loslassen. *Buck wird dir helfen.*

»Es ist nicht mehr lange hell. Du solltest langsam aufbrechen«, sagte eine Stimme hinter ihr.

Beatrice machte einen erschrockenen Satz. Beinahe wäre sie über die zusammengekrümmte Leiche ihrer Tante gefallen. Ein gelbes Regencape stand im Türrahmen und rieb sich den wuchernden grauen Bart.

»Eadfrith«, brachte sie hervor. Ihr Blick flog zwischen ihm und der ermordeten Angela hin und her. »Es war ...«

»Ist schon gut«, unterbrach er sie. »Du solltest dich beeilen.«

»Womit?«

Er kniete sich neben der Leiche nieder. »Du weißt, was du zu tun hast.«

»Aber ich kann doch nicht einfach gehen?«

»Du musst!«, antwortete er, ohne sie anzuschauen.

»Was ist mit Buck?«

»Er begleitet dich.«

»Aber ...«

»Die Zeit drängt«, schnitt er ihr das Wort ab.

Für Sekunden standen sie still im Raum. »Was weißt du?«, fragte sie ihn.

»Nicht viel.« Er erwiderte ihren Blick. »Nur, dass dich keine Schuld trifft.« Sein Gesichtsausdruck ließ keinen Zweifel: Mehr war er nicht bereit preiszugeben.

Sie öffnete ihre Faust. In der Handfläche lag der Schlüssel. Ein Schlüssel zu einem Schließfach. Und zu ihrem Leben. »Ja«, sagte sie. Es war nur ein Flüstern. »So wird es wohl sein.«

Buck stand bereits an der Tür. Sie ging hinauf in ihr ehemaliges Zimmer und packte die notwendigsten Utensilien in ihren Rucksack, das Portemonaie mit Ausweis und Geld, die Schlüssel der Wohnung in London. Als sie das Haus schon fast verlassen hatte, drehte sie sich noch einmal um: »Eadfrith, sehen wir uns wieder?«

Seine Pupillen glänzten feucht. »Wenn es so sein soll, ja.«

»Und wenn nicht?«

Er wischte sich die Tränen von den Wangen. »Dann nicht. Jetzt geh!«

»Und? Was denkst du?«

Philips Stimme durchbrach die eingängigen Rhythmen der Goa-CD.

»Piss die Wand an«, erwiderte Ken. Er klang so ernst, wie ihn Philip noch nie erlebt hatte. »Keine Ahnung, was ich denken soll.«

Sie saßen auf der Couch, die Beine auf den Tisch gefläzt, und genehmigten sich einen Drink nach dem anderen. »Dann weißt du ja, wie ich mich seit Tagen fühle«, sagte Philip.

»Ich weiß gar nichts. Ich weiß nur, dass du angeblich jemanden umgebracht haben sollst.«

»Danke, dass du mich daran erinnerst, dass ich auf der Flucht bin.«

»Keine Ursache. Aber vielleicht klärst du mich jetzt endlich über die Hintergründe auf. Um was geht es hier eigentlich?«

»Ich weiß nicht viel. Und ich verstehe noch weniger«, erklärte Philip. Schnell fügte er hinzu: »*Noch* nicht.«

»Dann erzähl, was du weißt.«

Der Alkohol lockerte Philip die Zunge. Und merkwürdigerweise wollte er erzählen. Alles loswerden, von Anfang an. Denn es war viel zu viel, um von einer Person alleine ertragen zu werden. Doch ob es eine gute Idee war, Ken einzuweihen? Ausgerechnet Ken, den Soziologen, der auf ganz Berlin schimpfte und sich selbst als einzig normalen Menschen bezeichnete. Im Grunde seines Herzens war er verletzlicher als alle anderen, die er kannte, zusammen.

Philip sah seinen Kumpel auf dem Sofa neben sich an und stellte fest, dass dieser ihn ebenfalls beobachtete. »Du machst dir Sorgen um mich?«

»Nein«, sagte Philip zögernd.

»Piss die Wand an«, wiederholte Ken. »Red nicht so einen Scheiß. Natürlich machst du dir Sorgen. Du denkst: ›Ich kann ihm das nicht erzählen, weil er es eh nicht verstehen wird.‹«

Philip hielt den Mund.

»Aber ich will dir was erklären: Vielleicht ist genau das dein größtes Problem – oder was meinst du, warum meine Schwester keinen Bock mehr auf dich hat?«

Philip zuckte zusammen. Ken nahm kein Blatt vor den Mund.

»Was meinst du, warum Chris so sauer auf dich ist? Hä? Nicht weil du so ein Arschloch bist. Sondern weil du dein Maul nicht aufbekommst. Weil du nicht mit ihr redest. Hallo? Sie ist deine Freundin! Mag ja sein, dass du in Schwierigkeiten steckst. Aber verdammt, alles hat eine Erklärung, für alles gibt es eine Lösung. Man muss nur drüber reden. Reden, mein Lieber. REDEN!«

»Ihr versteht das nicht.«

»Ach, Philip, komm mir nicht so. Niemand kann *nichts* verstehen. Wenn man nur will, kann man *alles* verstehen.«

»Ist das Soziologenweisheit?«

»Das ist Kens Weisheit.« Er nahm einen Schluck von seinem Drink. »Bullshit, keine Ahnung, wessen Weisheit das ist. Das ist mir gerade nur so eingefallen.«

»Klang aber ganz nach dir.«

»War das jetzt ein Lob?«

»Ja.«

»Danke.«

»Bitte.«

Sie sprachen nicht viel. Wann immer ihre Gläser leer waren, sorgte Ken stillschweigend dafür, dass sie wieder mit Wodka und Lemon gefüllt waren. Zwischendurch gingen sie abwechselnd aufs Klo und leerten ihre Blase.

Nach einer Stunde gelangte die CD an ihr Ende. Der Player knarrte leiser, als der Laser in seine Startstellung zurückfuhr. Stille eroberte das Wohnzimmer. Vereinzelt drang das verhaltene Knirschen von Autoreifen im Schnee ins Wohnzimmer. Aber es hätte auch das Rauschen des Alkohols in ihrem Blut sein können. *Es wird noch kälter. Das ist kein Winter.* Die erste Straßenbahn fuhr erst wieder gegen 5 Uhr. Aber dafür wollte Philip seine Hand nicht ins Feuer legen.

Da ist etwas, das viel schlimmer ist. Wie schlimm würde es werden? Philip mochte nicht daran denken.

»Weißt du, Ken«, sagte er nach einer Weile, »ich wünschte mir, das alles wäre nicht passiert.«

»Ich kann dir ’ne Stunde mit dem Baseballschläger auf den Schädel hämmern, bist du glaubst, es wäre nicht passiert.«

Philip lachte. »Gute Idee.«

»Stammt nicht von mir. Ist von Bender aus *Futurama.*«

»Du bist heute ein Zitatenkönig, scheint mir.«

»Und was sollte nicht passiert sein?«

Philip sah ihn an. »Alles. Von Anfang an.«

»Rede Klartext.«

Philip begann zu erzählen. Er berichtete von seiner sonderbaren Begegnung auf dem Ku’damm, von den Fotos, auf denen nichts zu sehen gewesen war, von dem Mord an dem Fotografen, von seiner Flucht, den Visionen, die ihn durch die Zeit katapultierten – und von der Rettung der jungen Frau im Berlin vor 80 Jahren. Ken hörte ihm zu, unterbrach ihn nicht ein einziges Mal.

Philip erklärte seine Flucht aus dem Gefängnis, schilderte den Besuch bei seiner Großmutter, den Einbruch in ihre Wohnung und das, was er dort vorgefunden hatte: ein Chaos, weil jemand vor ihm da gewesen war. Er ließ auch nicht die schrecklichen Bilder aus, die ihn heimsuchten, sobald ihn jemand berührte. Die Visionen der Toten. Kens Augen wurden größer und größer. Noch immer sagte er keinen Ton.

Philip bedeutete ihm, dass sein Glas leer war. Ken erhob sich und schenkte nach. Als er wieder saß, fuhr Philip fort: »Du weißt, als ich ein kleiner Junge war, ist meine Mutter gestorben.«

Ken nickte. »Bei einem Autounfall. Du hast überlebt.«

»Richtig. Gestern habe ich erfahren, dass dieser Unfall gar kein Unfall war. Es war Mord. Jemand hat versucht, mich umzubringen.«

»Aber er hat es nicht geschafft. Denn sonst wärst du nicht hier bei mir.« Er runzelte die Stirn. »Aber wer hat dir das erzählt?«

»Der Mann, der mich damals gerettet hat.«

»Wer?«

»Eduardo Desfault, ein Künstler.« Er fügte hinzu: »In der Wohnung meiner Großmutter habe ich einen Hinweis auf ihn gefunden. Früher nannte man ihn Ritz.«

»Chris kennt ihn bestimmt.« Ken verstummte, als er Philips betroffene Miene sah.

»Doch das Entscheidende daran ist: Jemand hat ihm davon erzählt, dass man versuchen würde, mich umzubringen.«

»Woher hat dieser Jemand das gewusst?«

»Das konnte Ritz mir nicht sagen. Aber darum geht es nicht.«

»Worum denn dann?«

»Ich bin davon überzeugt, dass dieser Jemand, der damals Ritz gewarnt hat, der gleiche Mann ist, der jetzt versucht, mich zu warnen.«

»Der mit den Euromünzen?«

»Vielleicht.« Ihm gingen die Worte seiner Großmutter durch den Kopf. *Du musst ihn treffen.* »Vielleicht versucht er mit mir in Kontakt zu treten.«

»Mit Euromünzen?«

»Du wiederholst dich.«

»Sorry. Aber ich könnte mir vorstellen, dass es einfachere Methoden gibt, mit jemandem in Kontakt zu treten, als mit einem Geldstück.«

Philip sinnierte einen Augenblick. »Vielleicht muss er vorsichtig sein.«

»Na klar! Bloß gut, dass er genügend Kleingeld dabei hat.«

»Ken, piss doch einfach die Wand an!«

»Gute Idee.« Er sprang auf und wankte ins Badezimmer. Ein durchdringendes Plätschern erschütterte die Stille.

Philip rief sich die Situation von vor anderthalb Stunden in der Küche in Erinnerung, seine Panik, seine übertriebene Reaktion mit dem Licht. Als Ken zurückkam, sagte er: »Ich gebe zu, ich habe mich nicht gerade intelligent dabei angestellt, ihm entgegenzukommen.«

Ken räusperte sich. »Nehmen wir einfach mal an, er wäre es. Es wäre der gleiche Mann, meine ich.« Er machte eine

Pause, leerte sein Glas mit einem langen Zug, rülpste und sagte dann: »Was will er dir sagen?«

»Ich habe keine Ahnung.«

»Will er dich warnen?«

»Ich befürchte ja.«

»Mit Euromünzen?«

»Ken!«

»Ist schon gut. Wovor will er dich warnen?«

Philip rieb sich nachdenklich das Kinn. Er hatte Ritz' Mutter das Leben gerettet, damit ihr Sohn schließlich ihm das Leben retten konnte, so viel hatte er begriffen. Doch er hatte zugleich das ungute Gefühl, dass er nur die Spitze eines Eisbergs sah. Wer versuchte ihn zu warnen? Warum? Und wichtiger noch: wovor? *Diesmal wird es niemand aufhalten können ...* »Vielleicht ist es dazu schon zu spät«, sagte er.

Ken lächelte. »Die Hoffnung stirbt zuletzt.«

»Oh Mann, du und deine Zitate.«

»Aber sie passen immer«, lachte Ken. Dann wurde er übergangslos wieder ernst. »Wenn das wahr ist, was du mir erzählt hast ...«

»Ken, ich würde dich nicht anlügen. Was hätte ich davon?«

»Ist ja gut«, sagte Ken. »Versteh mich nicht falsch.«

Philip flüsterte: »Du glaubst mir nicht, oder?«

Ken rieb sich die Augen. »Ich weiß nicht, ob ich dir glaube.«

»Glaubst du mir oder glaubst du mir nicht?«

»Philip«, bat Ken, »darum geht es nicht. Nicht darum, ob ich dir glaube. Es geht darum, dass ich akzeptiere, was du mir erzählt hast. Egal, ob es abgefahren klingt oder nicht.«

»Das hatten wir heute Morgen schon einmal.«

»Ich weiß, ich weiß. Und ich weiß auch, was ich heute Morgen darauf geantwortet habe.«

»Und warum wolltest du es jetzt wissen?«

Ken sah ihn an. »Warum scheißt der Papst nicht in den Wald? Was weiß ich? Ich akzeptiere es. So wie ich deine Geschichte akzeptierte. Also akzeptiere du es auch.«

Philip blickte ihn an. »Also, angenommen, was ich dir erzählt habe, wäre wahr, was hieße das dann?«

»Wenn das wahr ist, was du erzählt hast, dann stellt sich mir eine interessante Frage.«

Philip ahnte, welche Frage das war. »Und die wäre?«

»2018, diese Jahreszahl auf den Euromünzen.« Ken schnaufte. »Denkst du das Gleiche wie ich?«

Philip nickte. »Es gibt da noch jemanden, der wie ich die Grenze zwischen Raum und Zeit überschreiten kann und Menschen rettet.«

»Zum Beispiel vor dem Tod.«

»Zum Beispiel mich.«

Sie schwiegen. Ken sah auf sein leeres Glas. »Oh Mann, diese Geschichte ist wirklich absolut abgefahren.« Seine Augen bekamen einen trüben Glanz. »Glaubst du ... du wirst herausfinden, warum dies alles geschieht?«

»Ich hoffe es.«

»Wenn ich nur wüsste, wie ich dir helfen kann.«

Gerührt blickte Philip seinen Freund an. »Du hilfst mir schon genug. Allein, dass ich bei dir unterkommen darf, das ist mehr, als ich erwartet habe.«

»Hey Mann, ich bin dein Freund.«

»Bist du das? Auch noch nach dem, was ich dir erzählt habe? Oder wirst du morgen auf Bonnies Ranch anrufen und mich einliefern lassen?«

»Piss die Wand an, du unverbesserliches Arschloch.« Er gähnte. »Entschuldige, ich bin müde, betrunken und ziemlich verwirrt im Kopf. Ich muss das erst einmal alles verdauen. Wärst du böse, wenn ich zurück ins Bett gehe?«

»Nein, ich hau mich ebenfalls wieder aufs Ohr.«

»Okay, möchtest du einen Schlafanzug?«

Philip betrachtete Kens Jogginganzug. »Bist du mir böse, wenn ich drauf verzichte und mit meiner Unterwäsche vorlieb nehme?«

Sein Kumpel nahm die affektierte Haltung eines altertümlichen Rezitatoren ein. »Wie sagte einst ein weiser Mensch: Böse ist nur der Tor, der das Gute nicht kennt.«

Philip verdrehte die Augen. »Noch ein Zitat!«

Ken schlurfte lächelnd aus dem Zimmer. Kurz bevor er im

Schlafzimmer verschwunden war, rief ihm Philip hinterher: »Ken!«

Ken blieb stehen. Langsam drehte er sich um. Es gab da noch eine Frage, die Philip auf der Seele brannte. Jetzt war der Zeitpunkt dafür. »Hast du noch was von Chris gehört?«

Ken schüttelte den Kopf. »Nein, tut mir Leid.«

»War auch nur eine Frage.«

Ken nickte, dann legte er sich schlafen. Philip startete die CD, bevor er sich der Kleider entledigte und unter die Decke kroch. Atmosphärische Flächen über treibenden Bässen, dazu der Alkohol, der durch seinen Körper floss, trugen ihn weg. Einfach weg. Irgendwohin. Irgendwo.

Die anderen Fahrgäste im Bus beobachteten Beatrice argwöhnisch. Dabei waren viele von ihnen, junge Familien, Senioren oder geistliche Würdenträger, noch vor wenigen Minuten neben ihr her durch das sandige Watt gepilgert, von Lindisfarne zurück aufs Festland. Da hatten sie sich am Anblick des Bobtails erfreut, der zwischen Steinen und Muscheln ausgelassen umhergesprungen war. Als er jetzt mit Beatrice einen Sitzplatz teilte, rümpften sie die Nase. *Wo kommen wir hin, wenn das jeder täte?*, besagten die missbilligenden Blicke.

Sollten sie doch schauen wie sie wollten. Beatrice hatte ganz andere Probleme. *Ich habe gar nichts*. Das *ist mein Problem.*

Sie war nach Lindisfarne gereist, um ihrem Leben auf die Spur zu kommen. Doch was hatte sie auf der Insel in Erfahrung bringen können? Nur neue Fragen. Wie sollte sie sich an ihre Vergangenheit erinnern, wenn diese ein einziges großes Rätsel war? Und jetzt war ihre Tante tot. Nicht einfach gestorben. Das hätte sie vielleicht noch akzeptieren können. Jeder starb irgendwann einmal. Sogar sie selbst. Fast hätte Beatrice gelacht, weil der Gedanke so absurd war.

Doch das Wissen, dass ihre Tante ermordet worden war, erstickte das Lachen in ihrem Hals.

Sie betrachtete die Menschen in dem Bus. Eine junge Mutter stillte ungeniert ihr Baby. Ihr kleiner Sohn klimperte fasziniert auf einem Gameboy herum. Eine ältere Dame schlief, und ihr Kopf war gegen das Fenster gekippt. Ihr Mund stand sperrangelweit offen und entblößte den Blick auf einen zahnlosen Oberkiefer. Ein Geistlicher schaute von einem Buch auf, und sein Blick begegnete dem von Beatrice. Sie entsann sich, sein Gesicht auf dem Marsch durch den Tang und Schlick bereits gesehen zu haben. Er schien sich auch zu erinnern und nickte ihr freundlich zu, bevor er sich wieder auf das Buch konzentrierte.

Der Reisebus fuhr durch die Nacht. Immer wieder tauchten Burgruinen aus der Dunkelheit auf, einige offenbarten sich in kunstvoller Beleuchtung, bevor sie wieder in die Finsternis abtauchten. Manchmal kamen sie an einem Cottage oder einer Farm vorbei, hinter deren Fenstern Menschen zu Tisch saßen, Fernsehen schauten oder vielleicht sogar bei Kerzenschein ein Buch lasen. Diesmal hielt die vorbeiziehende Umgebung nur wenig Faszination für Beatrice bereit. Sie verspürte Angst. Sie war auf dem Weg zurück nach London. Dort hatte zwar nicht alles begonnen, wie sie mittlerweile wusste, aber in der Stadt würde vielleicht alles ein Ende finden.

Diejenigen, die Angela umgebracht hatten, waren noch auf der Suche. Wonach auch immer, sie würden nicht eher ruhen, bis sie in den Händen hielten, was sie begehrten. Beatrice hatte das ungute Gefühl, dass sie selbst den Schlüssel dazu besaß. Wenn das kein Grund war, Angst zu haben, was dann?

Sie schloss die Augen, um ein wenig zu schlafen. Sofort sah sie Angela vor sich liegen, durchbohrt mit der Kaminzange. Sie sah ihre Mutter, alt und grau, umgeben von einer Schar halb nackter Kinder, die einen Reim sangen, der ihr vertraut und doch so fremd war.

Sie öffnete die Augen und sah sich selbst in der Scheibe des Nachtbusses. Auch die anderen Reisenden spiegelten sich in dem Glas. Ein Großteil von ihnen war inzwischen eingedämmert. Sie fand erneut den Blick des Priesters. Er lächelte mit einem angedeuteten Nicken. Wenn nur der Rest der Welt so freundlich wäre.

Wiesen und Felder glitten an ihr vorbei. Irgendwo dort draußen lag ihre Vergangenheit. Irgendwo.

Samstag

Irgendwo standen sie, und es war dunkel. Die Welt lag verlassen. Zumindest glaubten sie, dass es die Welt war, auf der sie auch vorher gelebt hatten, auch wenn alles anders war, als sie es kannten. Auch war es anders als beim letzten Mal.

Die Feuer waren erloschen. Statt Hitze schlug ihnen Kälte entgegen. Vor ihren Füßen zeichnete sich Asche ab. Dann erkannten sie, dass es nicht die Rückstände von Holz waren, das die Flammen genährt hatte. Es war Schnee, durchsetzt mit Dreck und Staub und Matsch.

Niemand tanzte mehr, oder beschwor mit fremden Gesängen ein Wesen, dass durch die ewige Nacht schritt. Die Menschen waren nach Hause gegangen. Sofern man in dieser Welt noch von einem Haus reden konnte. Was immer hier geschehen war, es hatte alles dem Erdboden gleichgemacht. Das wenige Licht, das der Himmel herabschickte, ließ die geisterhaften Ruinen erkennen. Bleiche Steinkörper, zerfressen nicht nur von Brutalität und Gewalt, sondern auch vom bitteren Frost, der seine Zähne in die Gemäuer schlug. Hier und da glaubten sie Blut zu erkennen. Aber das mochte in dem kalten Zwielicht auch eine Täuschung sein.

Nein, hier würde niemand mehr leben wollen. Es existierte nur noch der Tod. Und selbst der schien weitergezogen zu sein. Dieser Ort war so kalt und leer, selbst der Leibhaftige hätte im Vergleich dazu noch warm und lebendig gewirkt. Sie erinnerten sich an die Gestalt, der sie beim letzten Mal gegenübergestanden hatten, dieses gewaltige Wesen in der Dunkelheit. Jetzt war es weg und hatte alles andere mitgenommen. Alles.

Erneut schritten sie über einen Friedhof. Ihre Augen fanden die Grabsteine, die wie faulig schwarze Zähne aus dem hart gefrorenen Erdboden ragten. *Eduordo Ritz* lasen sie, als der Wind den Schnee fortblies. Und *Lisa.* Auch wenn ihnen die Namen nicht immer etwas sagten, sie klangen vertraut. *Paul Griscom. Eleonore Berder.*

Sie mochten nicht mehr hinschauen, zu unangenehm war

die Entdeckung dieser Namen. Das eisige Nichts ließ ihre Glieder erstarren. Der Friedhof war kein guter Ort für einen Spaziergang alleine in der Finsternis.

Aber sie waren nicht alleine. Es gab immer noch sie beide. Sie und ihn. Sie wunderten sich nicht darüber, dass es den anderen neben ihnen gab. Sie akzeptierten es, wie man die Erlebnisse in einem Traum hinnimmt. So unglaublich er sein mag, man denkt nicht weiter drüber nach. Ein Traum folgt seiner eigenen Logik. Außerdem hatten sie sich schon einmal gesehen. Wie lange war das her? Sie konnten sich nicht erinnern, genauso wenig wie sie wussten, was sie hier zu suchen hatten. Sie wussten nur, etwas hatte sie beim letzten Mal entrissen.

»Bleib bei mir«, sagte sie.

»Ich bleibe bei dir«, antwortete er.

Sie spürte, wie seine Hand durch die Dunkelheit zu ihr fand. Sie war kalt, so kalt. Sie legte ihre zitternden Finger zwischen seine. Sanft erwiderte er die Berührung, eine warme, beruhigende Geste, obwohl er sich selbst so fürchtete, dass er glaubte, sein Herz würde jeden Augenblick stehen bleiben. Doch das wollte er nicht zugeben, nicht jetzt vor ihr. Sie ahnte, dass er Angst hatte, noch viel mehr als sie. Sie bewunderte ihn dafür, dass er es sich nicht anmerken ließ. Es war ein gutes Gefühl, nicht alleine zu sein.

Sie hoben den Blick. Auch das Leben außerhalb dieser Welt war zerstört. Am Himmel waren keine Sterne zu erkennen. Aber nicht, weil Wolken den Blick auf sie verbargen. Da waren keine Wolken. Und da waren keine Sterne. Nur der Wind, der in einem fort tobte und Schnee auf eine zerstörte Welt peitschte. Schnee aus einem wolkenlosen Himmel. Welch unvorstellbares Inferno musste hier gewütet haben?

Sie wollten weitergehen, weg von diesem Friedhof, obwohl sie nicht wussten, wohin sonst. War diese Welt nicht ein einziger Friedhof? Vielleicht war der Schnee sogar eine Gnade, indem er die Verwüstungen bald vollständig bedeckt haben würde. Sie setzten sich in Bewegung. Eine Böe traf sie, es war, als wolle sie sie zurückdrängen. Nein, sie trieb sie auseinander, plötzlich liefen sie in entgegengesetzte Richtungen.

»Geh nicht ...«, sagte er.

»... schon wieder«, sagte sie.

Ihre Füße bewegten sich nicht. Es zog sie voneinander weg. Der Sturm nahm zu. Er heulte und lachte, als würde er sie verspotten. Nur die verschlungenen Finger sorgten dafür, dass sie nicht wie Geschosse blindlings in die ferne Dunkelheit katapultiert wurden, weg von ihrem Gefährten. Sie klammerten sich aneinander, bis die Knöchel unter der Anstrengung zu schmerzen begannen.

Der Druck auf die Finger verstärkte sich. Sie würden sich nicht mehr lange halten können.

Sie schauten sich verzweifelt an und schauten durch sich hindurch. Es geschah schon wieder. Sie lösten sich auf. Sie zerfaserten wie ein Fernsehbild, nachdem man das Gerät ausgeschaltet hatte. Oder wie Schnee, der langsam zerschmolz.

Plötzlich war da nur noch Schwärze. Nichts.

Berlin

Es ist unglaublich. Karl Müller mochte es nicht glauben. Doch es stand schwarz auf weiß geschrieben, und zwar in jenem Buch, das vor ihm auf dem Schreibtisch lag. Er beugte sich hinab und las die Zeilen noch einmal. Nein, er hatte sich nicht verlesen. Annie Wilkes, dieses gottlose Weib, hatte dem armen Schriftsteller Paul Sheldon tatsächlich den Daumen abgesägt.

Es gruselte Karl Müller bei dem Gedanken an diese Brutalität. Vielleicht war ein Gruselroman doch keine ideale Lektüre für die Nachtschicht in der kleinen Pförtnerkabine.

Er blickte auf. Das Foyer lag schaurig dunkel vor ihm, selbst die Adventsbeleuchtung, die den Tannenbaum schmückte, war ausgeschaltet. Der Flur zum Seitentrakt mit Cafeteria und Blumenhandel drohte ihn mit einem finsteren Maul zu verschlucken. Die hektische Betriebsamkeit der Besucher war einer gespenstischen Stille gewichen, die nur gelegentlich von der Alarmsirene auf einer der Stationen durchbrochen wurde. Aber davon ließ er sich nicht stören, nicht wenn er in ein Buch versunken war.

Seit zwei Tagen fesselte ihn Stephen Kings *Sie,* und wenn ihn in dieser Nacht kein Einsatz der Ambulanz aus seiner Pförtnerstube zwang, würde er nicht mehr allzu lange bis zum Ende brauchen. *Grusel für die Zeit nach Mitternacht.* Es gab Stunden, da liebte Karl Müller seinen eintönigen Job als Nachtpförtner im Jüdischen Krankenhaus.

Er vertiefte sich wieder in das Buch, bis ihn ein Rascheln aufschreckte. Zuerst glaubte er, dass sein Unterbewusstsein ihm einen Streich gespielt und sich die Fiktion mit einem Geräusch draußen von der Straße verknüpft hatte. Dann sah er die alte Dame, die wie ein Gespenst die Dunkelheit im Foyer durchquerte. Sie war alt, mindestens siebzig, wenn nicht noch älter. Trotzdem hielt sie sich aufrecht, doch es schien sie sehr viel Kraft zu kosten. Sie trug braune Schnürstiefel zu ihrem Nachthemd, einen dicken roten Schal und einen langen Mantel, den sie gerade über ihrem gebrechlichen Körper zuknöpfte.

Manche Leute sind wirklich völlig verrückt. Unweigerlich musste Karl Müller an Annie Wilkes denken und schmunzeln. *Alte Frauen, unglaublich!* Er legte das Buch zur Seite und verließ die Glaskabine.

»Hallo Sie«, sagte er freundlich, aber bestimmt. »Wo wollen Sie hin?«

»Ich gehe!«, erwiderte sie leise, aber mit ebensolcher Entschlossenheit, als sei nichts Ungewöhnliches daran, dass eine Siebzigjährige in einer Nacht, für die erneut heftiger Schneefall erwartet wurde, in Nachthemd und dünnem Mantel versuchte, ein Krankenhaus zu verlassen.

Er stand jetzt vor ihr und revidierte seinen Eindruck: Sie war nicht nur alt, sie war *uralt.* Ihr bleiches Gesicht war eingefallen, voller Falten und Runzeln, ihr weißes Haar hing wirr vom Schädel.

»Sie können nicht einfach gehen«, meinte er. Wie in Gottes Namen hatte sie es an der Schwester vorbei und fast bis zum Haupteingang geschafft? Aber manchmal gelang es den Patienten. Kaum kehrte man ihnen den Rücken zu, schon waren sie verschwunden, fort über alle Berge, in ihr ehemaliges Haus oder zu den Kindern, die sie am nächsten Morgen wieder im Krankenhaus abliefern würden.

Die Greisin vor ihm machte den Eindruck, als würde sie es nicht einmal mehr bis zur S-Bahn-Station schaffen. *Sie schaut aus wie ein Gespenst.* Ja, das war es: Irgendetwas an ihr wirkte, als sei sie bereits tot. Er spornte sich zur Eile an, nicht nur weil er wissen wollte, wie die Geschichte von dem Schriftsteller und seiner durchgeknallten Retterin weiterging. Er wollte auf keinen Fall, dass die alte Dame hier vor seiner Pförtnerloge zusammenbrach.

»Sie dürfen nicht hinaus«, sagte er. »Kommen Sie schnell, Sie müssen zurück in Ihr Bett.« Er setzte sie auf einen der Besucherstühle im Foyer und räumte vorsichtshalber eine Vase mit Pflanzen beiseite. »Bleiben Sie, wo Sie sind. Ich rufe eine Schwester. Dann wird alles wieder gut.«

Die alte Frau saß auf dem Stuhl und sah ihn an. Sie hatte aufgehört, ihren Mantel zuzuknöpfen. Er bemerkte, dass sie Angst hatte. Nicht das fast angenehme Gruseln, welches man verspürte, wenn man des Nachts in aller Stille einen Horrorroman las und von einem Rascheln neben sich aufgeschreckt wurde. Es war nackte, kreatürliche Angst, so stark, dass auch ihm mulmig zumute wurde.

»Es ist so weit«, sagte die alte Frau.

»Was?«, fragte er, aber er wollte die Antwort gar nicht hören. Alten Menschen im Krankenhaus, die davon faselten, dass es so weit sei, war der Tod auf der Spur. Er hatte davon gelesen; es gab Leute, die mit überraschender Klarheit erkannten, dass ihr Augenblick gekommen war. Das mulmige Gefühl in seiner Magengegend verstärkte sich.

»Warten Sie«, sagte er und eilte in seine Kabine. »Ich rufe die Schwester.«

Er griff zum Telefon und wählte die Nummer, da hörte er ein Geräusch hinter sich. Er drehte sich um. Die alte Frau stand über ihm, die Augen vor Anstrengung zusammengekniffen, der Mund schlitzschmal. Sie hielt die Hände über dem Kopf, das lange graue Haar fiel ihr über die Schultern. Er schaute hoch, um zu sehen, was sie da hielt, eben noch rechtzeitig, um die schwere Glasvase zu erblicken, die auf ihn herabstürzte.

Der Flur in der sechsten Etage des Plattenbaus an der Frankfurter Allee war nur spärlich beleuchtet. Aber auch ohne Licht wusste Philip, an welcher Zweiraumwohnung er klingeln musste.

»Herrgott«, brüllte eine Stimme durch das Läuten, »habe ich nicht gerade gesagt, dass ich nichts kaufen ...« Die Tür ging auf, ein älterer Mann tauchte mit zornesroter Miene auf. Sein Wortschwall erstarb. »Du?«

Wie wenig sich die Menschen unterschieden, wenn man sie mit einem überraschenden Besuch behelligte.

Für Sekunden sprach keiner von beiden. Sie standen steif wie Schneemänner da und starrten sich an.

Sein Vater hatte sich kaum verändert. Ein paar graue Haare mehr vielleicht, aber selbst die Hausschuhe waren noch die gleichen wie vor sieben Jahren. *Ich bin dir keine Erklärung schuldig,* hatte sein Vater ihm damals ins Gesicht geschrien.

»Du wohnst also immer noch in der Platte«, sagte Philip.

»Ja«, gab sein Vater zurück.

»Bist nicht umgezogen?«

»Nein.« Er sagte es, als würde es ihn nicht interessieren. So wie es ihm gleichgültig war, dass er einen Sohn hatte.

Philip verspürte Wut in sich aufsteigen. »Wahrscheinlich hockst du immer noch am Fenster, Tag für Tag, bläst Trübsal und zählst die Autos auf der Straße. Schlechte Zeiten dafür, oder? Vor lauter Schnee nichts zu erkennen.«

Die Mundwinkel seines Vaters sanken herab. »Bist du gekommen, um mir das zu sagen?«

»Nein. Das bin ich nicht.«

»Weshalb dann?«

Philip ärgerte sich. Auf dem Weg hierhin war ihm alles so einfach erschienen. Er hatte sich trotz der vielen Wodka-Lemon und der wenigen Stunden, die er geruht hatte, ausgeschlafen und voller Tatendrang gefühlt. Nach dem Gespräch mit Ken war ihm, als müsste er eine schwere Last fortan nicht mehr alleine tragen. Er hatte sich vorgenommen, am Abend mit Chris zu reden.

In der S-Bahn nach Marzahn hatte er überlegt, wer wohl Beatrice war, der er erneut in seinem verstörenden Traum begegnet war. Ganz sicher war sie nicht einfach ein Produkt seiner Fantasie. Er hatte sich damit zufrieden gegeben, dass er mehr über sie herausfinden würde, früher oder später.

Wer solche Probleme in den Griff bekam, für den musste es doch eine Leichtigkeit sein, mit dem eigenen Vater zu sprechen. *Stell ihn zur Rede und fertig.* Das war sein Plan gewesen. Doch in Wahrheit war er sich nicht einmal im Klaren darüber, wie er den alten Mann anreden sollte. Papa? Wohl kaum. Vater? Ja, das war er, biologisch gesehen. Er entscheid sich für Michael.

»Es ist so weit, oder?«, fragte Michael leise.

Die Frage weckte Philips Aufmerksamkeit. »Was?«

»Du weißt, was ich meine«, wich Michael aus und kehrte ihm den Rücken zu. »Komm rein. Und mach die Tür hinter dir zu. Drück fester. Sie klemmt manchmal. Ich hab keine Lust zu frieren.«

»Ist ziemlich kalt draußen«, meinte Philip.

»Ja, ein beschissenes Wetter.«

Sie erreichten das Wohnzimmer. Philip erschrak. Es war über und über mit Devotionalien voll gestopft, wie ein Museum, nur ungleich beengender, einschüchternder, der vielfache Blick von Jesus, Maria, den Engeln.

»Mein Gott«, entfuhr es Philip.

Michael nickte. »Ja, du hast Recht. Das ist Gott.« Er räumte zwei Statuen von einem Sessel. »Setz dich.« Er selbst ließ sich auf einem Schemel nieder, eingekeilt zwischen einer hüfthohen Jungfrau Maria, von der die Farbe langsam abblätterte, und einem Jesus, blutig ans Kreuz genagelt. »Also, was willst du?«

Philip sortierte seine Gedanken. Er fand den Blick einer Mutter Gottes, die auf dem Boden kniete, die Hände vor der Brust inbrünstig zum Gebet gefaltet. Die Figur war so realistisch mit lebensechten Farben in Szene gesetzt, dass er erwartete, sie würde sich jeden Augenblick auf ihn werfen und ihn um Gnade für ihren Sohn bitten. »Was meintest du mit: ›Es ist so weit‹?«

Michael verzog keine Miene. »Das weißt du doch.«

»Sag du es mir!«, forderte er sanft. Er wollte keinen Konflikt. Nur Antworten.

»Einen Teufel werde ich tun. Ich möchte damit nichts zu tun haben.«

Philip ballte die Hände zu Fäusten. Da war er wieder, dieser Mann, der Antworten verweigerte, der keine Scheu davor hatte, einem 13-jährigen Jungen furchtbare Wahrheiten an den Kopf zu knallen – oder Lügen: *Du bist schuld am Tod deiner Mutter.* Der ihn hasste. Der ihn ins Heim abschob.

»Was ist mit meiner Mutter passiert?«

»Du kennst die Antwort.«

»Was weißt du von Ritz?«

»Ich weiß nicht mehr als du.«

»Warum hast du mir nie von Großmutter erzählt?«

»Warum, warum! Warum hast du mich nie nach ihr gefragt?«

Das war glatt gelogen. Am liebsten hätte Philip ihm ins Gesicht geschlagen. »Du weißt, dass das nicht wahr ist.«

»Ist es das?«

»Ich hab dich damals nach meinen Großeltern gefragt.«

»Ich kann mich nicht daran erinnern.«

»Aber ich. Mir sind deine Worte noch im Ohr. Mir ist, als hättest du erst gestern darüber gesprochen. Deine Antwort war: *Das Dreckspack ist tot.*«

»Wahrscheinlich«, sagte Michael.

»Wie bitte?«

»Ich habe gesagt: ›*Wahrscheinlich* sind sie gestorben.‹ Besser wäre das gewesen!«

Was sollte er diesem Mann glauben? Hatte es überhaupt einen Sinn, sich mit ihm zu unterhalten? Philip funkelte ihn an. »Und was ist mit dir?« Es fiel ihm schwer, sich zu beherrschen.

»Was soll mit mir sein?«

»Warum lügst du mich an? Warum warst du nie für mich da?«

»Weil es so besser ist.«

»Was soll das denn nun wieder heißen?« Philip kam ein Gedanke. »Besser für wen? Für mich? Oder nur für dich?«

Michael sah weg. Raus aus dem Fenster, wo der Himmel grau in grau mit der Frankfurter Allee verschmolz. Normalerweise wälzten sich endlose Blechlawinen über die verkehrsreichste Ausfallstraße Berlins. In diesen Tagen aber war alles anders. Michael wirkte nicht wie sein Vater, eher wie ein weit entfernter Bekannter, der ihm nach vielen Jahren mal wieder über den Weg lief. Man kannte sich, aber wusste nichts übereinander. Oder nur wenig.

»Hab ich's mir gedacht«, grollte Philip. »Besser für dich.«

»Was weißt du schon!«

»Dann erkläre es mir.«

»Es gibt nichts, was ich erklären kann.«

»Erklär es mir!« Philips Stimme gewann an Schärfe. »Verdammt, es geht nicht immer nur um dich. Ausnahmsweise geht es heute mal um mich.«

Michael drückte den Oberkörper durch. Zu viel der Anstrengung. Er sackte wieder in sich zusammen und sagte ohne Regung: »Es geht um dich, mein Junge. Von Anfang an. Nur um dich.«

»Du bist unfair«, sagte Philip mit bebender Stimme.

Michael zuckte die Achseln. »Das Leben ist unfair.«

»Immerhin, wir leben. Meine Mutter nicht.«

Michael sah ihn mit eigenartigem Blick an, in dem Philip so etwas wie Liebe zu entdecken glaubte, vermischt mit Hass. Die Welt, die er sich geschaffen hatte – ein Kokon aus Gleichgültigkeit, umgeben von abgestorbenen Gefühlen und den Resten eines schwierigen Lebens –, brach zusammen. Er schüttelte den Kopf, den Blick immer noch auf Philip gerichtet. Dann schaute er weg, hinüber zum Fenster, durch das fahles Winterlicht ins Zimmer schien.

Philip glaubte Tränen in Michaels Augen zu sehen, als er sagte: »Ja, deine Mutter ist tot.«

»So wie ich das sehe, ist sie gestorben, weil *ich* sterben sollte.«

»Findest du *das* gerecht?« Michael sah ihn trotzig an.

Philip verspürte Verständnis für seinen Vater, nur ein bisschen, aber das Gefühl überraschte ihn. Ja, in der Tat, er, Philip, war schuld am Tod seiner Mutter. Denn eigentlich hätte er an ihrer Stelle sterben sollen. Doch alles kam anders. *Immer* kommt alles anders. So viel wusste er, seit er Ritz getroffen hatte. Und dessen Mutter.

»Natürlich ist es nicht fair«, sagte er. »Aber es ist genauso wenig fair, dass du mich dafür verantwortlich machst. Ich kann doch nichts dafür. Ich war noch ein Kind ...«

»Es geht immer nur um die Kinder«, warf sein Vater bitter ein. Philip ging darüber hinweg.

»... ich habe davon doch gar nichts mitbekommen.«

»Hast du nicht?«

»Was soll das heißen?« Sein Vater sprach in Rätseln.

Michael sah weg. »Nichts«, sagte er, suchte Trost im Anblick seiner Statuen. »Ich möchte nicht mehr darüber reden. Ich möchte nichts mehr damit zu tun haben. Und du tätest gut daran, wenn du auch die Vergangenheit ruhen lässt. Vergiss das, was geschehen ist. Lebe dein Leben.«

»Dazu ist es zu spät«, sagte Philip. »Wie du schon sagtest: Es ist so weit.«

Sein Vater nickte resigniert. »Ja, da hast du wohl Recht. Es ist so weit. Deshalb ist es besser, wenn du gehst. Jetzt sofort.«

Konsterniert blickte Philip ihn an. Was wusste sein Vater über die Dinge, die geschahen? Die Toten, die zurück ins Reich der Lebenden kamen? Die Visionen? Die infernalischen Albträume? Inwieweit war sein Vater eingeweiht? Und warum sträubte er sich, darüber zu reden? Mehr denn je hatte Philip das Gefühl, dass ihm noch Dinge bevorstanden, gewaltiger als sie ihm bisher widerfahren waren.

Er stand auf. »Wenn du mir dabei nicht helfen willst, bitte schön, ich kann dich nicht dazu zwingen. Aber ich schwöre dir, ich werde herausfinden, was damals mit mir passiert ist. Ich werde herausbekommen, was jetzt mit mir geschieht.

Und ich werde erfahren, weshalb es geschieht.« Er funkelte seinen Vater an. »Und ich schwöre dir, wenn ich herausfinde, dass du daran beteiligt bist, dass du Schuld daran hast – ich werde dich zur Verantwortung ziehen.«

Michaels Blick löste sich von seinen Statuen. »Ach ja? Willst du mich vor Gericht stellen?«

»Wenn es sein muss«, sagte er, weil ihm nichts Besseres einfiel. Er wandte sich zur Tür, da kam ihm ein anderer Gedanke. »Wer ist Beatrice?«

Auf einmal war sein Vater leichenblass. »Niemand«, stammelte er. Nicht sehr überzeugend. Die Panik in seiner Stimme war unverkennbar.

Philip schritt langsam zurück in das Zimmer, schenkte den bizarren Skulpturen und Figuren keine Beachtung. Er baute sich vor seinem Vater auf. »Was weißt du von ihr?«

»Was weißt *du* von ihr?«, wiederholte sein Vater.

»Nichts«, meinte Philip. Das war die Wahrheit.

»Dann weißt du nicht weniger als ich«, sagte der Mann, der sein Vater war. Doch das war eine Lüge. Sie stand deutlicher als alle anderen zuvor in sein Gesicht geschrieben. Ebenso unverkennbar war die Furcht. Furcht wovor?

London

Beatrice war überrascht, das Hotel *North Side* verschlossen vorzufinden. Da es aber nicht ihr eigentliches Ziel war, sondern Pauls Haus in der Willow Road, schenkte sie dem keine weitere Beachtung. Wenige Minuten später stand sie vor der Stufe zur Haustür.

Erste Schneeflocken fielen in geschmeidigen Kringeln vom Himmel. Die aufgedunsenen Wolken ließen erahnen, dass auch über London bald ein Sturm niedergehen würde.

Aus ihrem Rucksack holte sie den Wohnungsschlüssel. Für einen kurzen Moment zog sie in Erwägung, sich durch ein Klingeln anzukündigen. Dann verwarf sie den Gedanken. Wozu? Es war schließlich auch ihr Zuhause – *gewesen*, ergänzte sie. Es war ihr gutes Recht, es zu betreten. *Und zu verlassen.*

Sie holte einmal tief Luft und entriegelte die Tür. Buck stürmte in die Wohnung und entdeckte Bart, der gerade in der Diele stand.

»Beatrice?«, fragte er ungläubig und wehrte den Bobtail ab, der ihn neugierig beschnupperte.

»Ja«, sagte sie.

»Was ...?« Pauls Bruder zögerte.

»Ist Paul nicht da?« Etwas in seiner Haltung ließ sie auf der Stufe draußen verharren.

»Beatrice«, brachte Bart statt einer Antwort über die Lippen.

»Wer ist denn da?«, rief es aus dem Wohnzimmer. Es war nicht Pauls Stimme.

»Es ist Beatrice«, entgegnete Bart.

»Was will sie hier?«, antwortete es, und Beatrice fuhr zusammen. Die Schärfe in der Stimme war nicht zu überhören. Selbst Buck zuckte unter seinem Fell.

Sie war von Anfang an unsicher gewesen, ob es eine gute Idee war, in die Willow Road zurückzukehren. Ihre Befürchtungen schienen sich zu bestätigen.

»Was willst du hier?«, gab Bart die Frage an sie weiter. Er trug einen schwarzen Anzug und wirkte so gar nicht wie der besonnene Bär, als den sie ihn kennen gelernt hatte, nachdem

Leonard sie zurück ins Hotel geführt hatte. Sie fühlte sich schuldig, dass sie nicht mehr an den Landstreicher gedacht hatte. Große Schneeflocken tanzten jetzt durch die Luft, und auf dem Bürgersteig flocht sich ein weißer Teppich. Ob Leonard immer noch alleine durch die Straßen der Stadt zog und sich von den Hamburgerresten ernährte, die ihm sein Freund bei McDonald's überließ?

»Ich will ...« Beatrice räusperte sich. »Darf ich nicht reinkommen? Es schneit, und mir ist kalt.«

»Ähm, ja, natürlich«, sagte Bart zögerlich. Seine Augen flackerten.

Beatrice trat in die Diele, und Buck hockte sich an ihre Seite.

»Also?«, fragte Bart.

»Ich wollte Paul darum bitten, dass er auf Buck Acht gibt.«

»Wie?«, machte Bart und ließ die Arme hängen. Er sah aus, als würde er jeden Augenblick in Tränen ausbrechen. Ein beängstigender Moment, diesen großen, starken Mann so verwirrt und verletzlich zu sehen.

»Buck, das ist mein Hund. Ich muss etwas in der Stadt erledigen ...«, erklärte sie und machte eine Pause. Nach der Ankunft des Reisebusses in London hatte sie in Erfahrung gebracht, dass die Royal Bank of Scotland ein gutes Dutzend Filialen besaß, die über die ganze Stadt verstreut lagen. »... und ich möchte ihn nicht in das stinkende, lärmende Zentrum mitnehmen.« Zumindest so lange nicht, bis sie die Bank ausfindig gemacht hatte, in der sich ihr Schließfach befand.

»Das geht nicht«, meinte Bart.

»Nur für wenige Stunden.«

Eine weibliche Stimme rief aus dem Wohnzimmer: »Wir möchten, dass sie endlich geht. Sie hat hier nichts mehr verloren.«

Bart fuchtelte beschwichtigend mit den Händen. Gedämpft sagte er: »Du musst sie verstehen.«

»Wen?«

»Meine Eltern.«

»Wieso?«

»Es ist wegen Paul.«

»Was ist mit ihm? Wo ist er?«

Bart schniefte. Eine Träne löste sich aus seinem Augenwinkel und rann die Wange hinab. »Er ist ...« Seine Stimme versagte. »Er ist tot.«

Ein kalter Schauer überkam Beatrice. »Was ist passiert?«

Bart schnäuzte in ein Taschentuch. »Er hat sich ... das Leben genommen.«

»Das ist ja schrecklich«, sagte sie und verspürte so etwas wie Erleichterung, für die sie sich noch im selben Augenblick schämte. *Aber warum?* Paul war, anders als ihre Tante, nicht brutal ermordet worden.

»Das ist es«, sagte ein Mann, der im Türrahmen auftauchte, Pauls Vater. »Und für dein Bedauern ist es jetzt zu spät. Hat dir Bart gesagt, was geschehen ist? Begreifst du, was du angerichtet hast?«

»Ich? Aber ich kann doch nichts ...«

»Schweig und mach es nicht noch schlimmer!« Er ächzte, hielt sich das Kreuz und kehrte gramerfüllt zurück ins Wohnzimmer. Die Tür knallte hinter ihm ins Schloss, ein Schlag wie eine Anklage. Der Bobtail knurrte.

»Das ist unfair!«

»Es tut mir Leid«, sagte Bart.

»Siehst du das auch so wie dein Vater?«

Er deutete ein Kopfschütteln an. »Du kannst nichts dafür, ich weiß. Aber meine Eltern geben dir die Schuld. Du hättest nicht fahren dürfen, sagen sie. Nicht nach allem, was sie für dich getan haben.«

Beatrice glotzte ihn an. Ihre Betroffenheit wich aufsteigender Verärgerung. »Was haben sie denn getan?« Ihre Stimme verlor den Halt. »Ich kann mich nicht daran erinnern. Ist das denn so schwer zu verstehen?«

»Du solltest besser gehen.«

Beatrice ließ die Schultern hängen. Zum zweiten Mal innerhalb von 24 Stunden forderte man sie dazu auf. Wohin sollte sie denn gehen? Sie besaß ja nicht einmal Geld, um sich irgendwo neue Kleidung zu kaufen. Noch immer trug sie das

Regencape und die Gummistiefel ihrer Tante. »Darf ich vorher meine Sachen holen?«

»Natürlich«, sagte Bart. Er öffnete die Tür zum Wohnzimmer und ließ Beatrice und Buck im Flur zurück. Sie rannte beinahe die Treppe hinauf, Buck folgte ihr auf dem Fuße. Im Schlafzimmer zog Beatrice sich neue, winterfeste Kleidung an, packte eine Reisetasche mit den wichtigsten Habseligkeiten, entdeckte in einer Börse im Schlafzimmerschrank ein Bündel Geldscheine, packte sie in die Jackentasche und verließ danach zusammen mit Buck ohne ein weiteres Wort das Haus, in dem sie einmal gewohnt hatte. Aber dieser Schritt fiel nicht schwer, denn ihr Zuhause war dieser Ort schon lange nicht mehr.

Rasch lief sie die Willow Road zurück zur S-Bahn-Station. Der Schnee fiel mittlerweile in dichten, beinahe undurchdringlichen Schwaden herab und raubte der Welt die Farben. Starke Windstöße trieben sie vorwärts, als könnten sie nicht erwarten, dass sie endlich aus der Stadt verschwand. Sie pfiffen über den Asphalt und spien ihren Namen aus: »Beatrice!«, krächzten sie.

Ein Strauch in einem Vorgarten wedelte mit steifen Armen zum Lebewohl. Er kam näher und entpuppte sich als ältere Dame. *Miss Barkley,* dachte Beatrice mit überraschender Klarheit. Jetzt wusste sie, woher sie den Namen kannte. Doch rechte Freude über diesen Moment der Erinnerung stellte sich nicht ein.

»Miss Barkley«, sagte sie. Bei dem Anblick der redseligen Seniorin, deren steife Hüfte ihr das Gehen erschwerte, musste sie an Lindesfarne denken.

»Mein liebes Kind«, begrüßte Miss Barkley sie und wischte sich die Schneeflocken von der Nase. »Sie sind wieder daheim.« Ihre Lippen schienen zu einem Lächeln zu gefrieren. »Und was für ein süßer Hund.« Sie entdeckte die Reisetasche und neigte den Kopf: »Verlassen Sie uns etwa schon wieder?«

»Ich fürchte ja.«

Miss Barkleys Mundwinkel sanken herab. »Das ist aber schade.« Sie zog den Kopf zwischen die Schulter. »Es ist schrecklich, was passiert ist, nicht wahr?« Sie warf einen flüchtigen Blick zu dem Reihenhaus, das Beatrice gerade erst verlassen hatte.

»Das ist es«, erwiderte sie.

»Nein ...«, meinte Miss Barkley und setzte einen Verschwörerblick auf.

»Was meinen Sie?«, entgegnete Beatrice irritiert.

»Nein, nein«, machte die alte Dame. Sie beugte sich über die Hecke, soweit es ihre kranke Hüfte zuließ. Schnee rieselte vom oberen Rand herab und wurde eins mit dem weißen Flor auf dem Gehsteig. Im Flüsterton sagte sie: »Wie ich schon der Polizei erklärt habe, der arme Paul hat sich nicht umgebracht. Aber ...«

»Wie kommen Sie darauf?«

»... mir glaubt ja keiner. Wer glaubt schon einer alten Schachtel wie mir?«

»Miss Barkley, was wollen Sie damit sagen?«

Die Rentnerin rückte noch näher. Es fehlte nicht mehr viel und sie wäre durch die Hecke getreten. »Wissen Sie, ich schlafe nicht mehr gut, seit mein Mann von mir gegangen ist. Der arme Arthur, einfach eingeschlafen ist er. Der liebe Gott habe ihn selig, ja, das hoffe ich für ihn. Arthur war ein guter Mann.«

»Miss Barkley, bitte.«

»Ja, ja, mein Kleines, Sie haben Recht. Also gestern Morgen, als ich am Fenster saß und meinen Tee trank... Meine Nieren sind nicht mehr die besten, müssen sie wissen. Den Tee hat mir mein Arzt empfohlen, Sie kennen ihn ja, Dr. Ridgefeld. Wie ich also sagte, das mache ich gerne, meinen Tee trinken und zuschauen, wie die Welt draußen erwacht.« Sie senkte ihre Stimme noch einmal und war jetzt kaum noch zu verstehen. »Und dabei habe ich diesen Mann gesehen.«

»Einen Mann?«

»Einen Priester.«

»Sind Sie sich sicher?«

»Aber bitte«, rief Miss Barkley empört aus. »Reicht es nicht, dass Scotland Yard meinen Worten nicht glaubt?«

»Und was war mit dem Priester?«

»Er schlich sich in Pauls Wohnung.«

»Er schlich?«

»Na ja.« Sie wackelte mit dem Kopf, und die Schneeflocken links und rechts von ihrem grauen Haar tanzten dazu. »Geschlichen ist er vielleicht nicht. Aber er hat zumindest viel Wert darauf gelegt, dass niemand seine Anwesenheit bemerkt.« Sie strahlte über beide Backen. »Aber er konnte ja nicht ahnen, dass ich meinen Tee trinke, meinen Blasen- und Nierentee, der mir ...«

»Und was hat der Priester gemacht?«

Miss Barkley trat einen Schritt zurück. Ihre Augen wurden riesig. »Aber das weiß ich doch nicht. Ich bin ja nicht dabei gewesen. Irgendwann ist er wieder abgefahren. Ein paar Stunden später habe ich erfahren, dass Paul tot ist.«

Mit einem Stöhnen richtete die alte Dame sich wieder auf. *Sehen Sie,* brachte ihre Miene zum Ausdruck, *was habe ich Ihnen gesagt?*

Beatrice erwiderte nichts. Ein Priester? Vielleicht hatte sich Miss Barkley in diesem Punkt getäuscht. Ihre alten Augen waren bestimmt nicht mehr die besten, vor allem bei diesem Wetter. Aber dass es diesen Mann tatsächlich gegeben hatte, bezweifelte Beatrice keinen Augenblick. Ein ungutes Gefühl sagte ihr sogar, dass es sich um die gleiche Person handeln mochte, die auch ihre Tante auf dem Gewissen hatte. Möglicherweise war es sogar Paul gewesen, der den Mörder auf ihre Spur gebracht hatte. Ein Grund mehr, nicht länger zu zaudern. Sie musste ohne Aufschub handeln, bevor man auch sie fand.

Sie wünschte Miss Barkley noch einen schönen Tag und machte sich davon. Für den Bruchteil einer Sekunde glaubte sie den Atem der Verfolger in ihrem Nacken zu spüren. *Das ist nur der eisige Wind.* Sie widerstand dem Drang, sich umzusehen.

»Sie schon wieder.«

Die Stimme der Krankenschwester mit dem polnischen Akzent klang durch den kleinen Lautsprecher unter der Klingel müde und alles andere als überrascht.

Es dauerte lange, doch schließlich ging der Summer, und Philip konnte die Sicherheitsschleuse zur Intensivstation des Jüdischen Krankenhauses betreten. Kurz darauf öffnete sich auch die Tür am anderen Ende. Ein grüner Kittel tauchte auf. Die Erschöpfung hatte sich während der Nachtschichten tief in das Gesicht der Pflegerin gegraben. Das Haar hing ihr immer noch in einem Zopf vom Kopf.

»Dachte ich's mir doch, dass Sie noch einmal wiederkommen«, sagte sie ohne eine Begrüßung.

»Ich wollte hören, wie es meiner Großmutter geht«, erwiderte Philip kleinlaut. Er wahrte einen sicheren Abstand zur Pflegerin.

»Ich sollte Sie aus der Klinik werfen lassen«, erklärte sie, während sie sich über den grünen Kittel strich. »Es war unverantwortlich, was Sie gemacht haben.«

»Ich weiß.«

»Nicht nur Ihrer Großmutter gegenüber. Sie hätten auch die anderen Patienten auf der Station in Lebensgefahr bringen können.« Sie klemmte sich eine Strähne, die sich widerborstig aus dem Haarknoten gelöst hatte, hinters Ohr. »Ganz abgesehen davon, dass sie ohnehin schon in Lebensgefahr schweben.«

»Es tut mir Leid«, sagte er. Ob er sie vor der Gefahr warnen sollte, in der sie selbst in noch ferner Zukunft schweben würde? Er fuhr fort: »Ich habe erst vor wenigen Tagen von meiner Großmutter erfahren. Ich hätte es mir nicht verzeihen können, wenn sie gestorben wäre und ich sie nicht wenigstens einmal gesprochen hätte.«

»Und? Haben Sie mit ihr gesprochen?«

Er unterließ es, ihr zu berichten, dass seine Oma tatsächlich kurz aus der Bewusstlosigkeit erwacht war.

»Sehen Sie!« Die Krankenschwester nickte zufrieden. »Welchen Nutzen hatte es also, dass Sie sie und all die anderen in Gefahr gebracht haben?« Philip bemühte sich, möglichst zerknirscht dreinzuschauen. Sie beäugte ihn skeptisch. »Was wollen Sie jetzt?«

Nein, entschied er, er konnte ihr nicht erzählen, was er gesehen hatte. Sie würde ihm nicht glauben. Und wenn doch, wie würde sie mit diesem Wissen noch weiterleben können? Allerdings: Wie konnte er mit diesem Wissen leben? Nun, er würde es müssen. Er sagte: »Ich wollte hören, wie es ihr geht. Ich hatte gehofft, sie vielleicht heute besuchen zu dürfen.«

Sie schwieg.

»Und?«, fragte er nach. »Kann ich sie sehen?«

Sie schüttelte den Kopf. Die Strähne löste sich von ihrem Ohr. »Selbst wenn ich wollte, es geht nicht.«

Verdammt, wieso musste sie so starrsinnig sein? Obwohl das Haarbüschel ihre Augen verdeckte, schien ihr sein Zorn nicht zu entgehen. Sie lächelte müde. »Ihre Großmutter ist nicht mehr da.«

Ein Schaudern kroch seinen Nacken hinauf. »Ist sie ...?«

»Tot? Wäre besser für sie gewesen.« Sie hustete. »Entschuldigen Sie, das war böse von mir. Es war nicht so gemeint.«

»Und wie dann?«

»Sie ist weg.«

»Was heißt weg?«

»Weggelaufen.«

»Weggelaufen?«

»Heute Morgen.«

»Wieso sollte sie weglaufen?«

»Alte Menschen haben Angst, so ist das nun mal. Angst vor Krankheiten, Angst vor dem Tod.« Sie sah ihn durchdringend an. »Für die meisten von ihnen ist die Intensivstation der letzte Halt auf ihrer Reise – und sie wissen das. Es passiert nicht oft, aber wenn es geschieht, dann laufen sie weg, weil sie hoffen, mit diesem Ort auch dem Tod entfliehen zu können.«

Philip dachte an die Frau, die er vor nicht mehr als 24 Stunden im Krankenbett hatte liegen sehen, alt, gebrechlich und wie leblos. Und doch hatte sie die Kraft aufgebracht, mit ihm zu sprechen.

»Wo kann sie hingegangen sein?«, sagte er mehr zu sich selbst. Ganz sicher war sie nicht in ihre Wohnung zurückgekehrt. Wohin dann? Er dachte an die unwirtlichen Verhältnisse, die auf den Straßen herrschten. Niemand würde lange überleben können, erst recht nicht eine kranke Frau. Bilder schoben sich vor sein geistiges Auge, ein blutiges Nachthemd ...

»Na, Sie sind doch ihr Enkel«, meinte die Pflegerin.

Er sparte sich den Hinweis, dass keine fünf Minuten vergangen waren, seit er erklärt hatte, seine Großmutter erst seit wenigen Tagen zu kennen.

»Vielleicht ist sie zu Freunden«, sagte die Krankenschwester.

»Zu Freunden«, wiederholte Philip versonnen. »Ja, damit könnten Sie Recht haben.«

Bloß welche Freunde? Den Worten des Pfaffen nach zu urteilen, hatte sie nicht viele Freunde. Philip würde ihn besuchen müssen.

Er wollte sich verabschieden. »Noch etwas«, sagte sie und schwieg für einen Moment. Als er bereits dachte, sie hätte es sich anders überlegt, fuhr sie fort: »Es war dreist und gefährlich, was Sie gestern getan haben. Und ich möchte es keinesfalls gutheißen. Aber es war auch mutig.« Sie sah ihn mit einem fast bewundernden Blick an. Was wollte sie ihm sagen? »Manchmal wäre es schön, wenn es mehr solche Verwandten wie Sie gäbe. Also nicht, dass sie ungefragt auf die Intensivstation stürmen und das Leben der Patienten gefährden sollen. Ich wünschte mir nur, es gäbe mehr Menschen mit einer Zuneigung wie die Ihre. Es war Ihre Liebe, die Sie gestern dazu angestiftet hat.«

Philip verstand, worauf sie hinauswollte. Für die meisten Menschen war die Familie eine Selbstverständlichkeit, so etwas wie Alltag und Gewohnheit, die sie kaum noch bewusst wahrnahmen. Man hatte sie – oder eben nicht. Verwandte kümmerten sich nicht mehr um ihre Angehörigen, erst recht nicht, wenn sie im Krankenhaus lagen und Bilder der eigenen Sterblichkeit heraufbeschworen. Er dagegen hatte sich immer eine Familie gewünscht.

Die Krankenschwester griff nach einem der unzähligen Haken, die von der Wand abstanden. Unter einem schweren Wintermantel kam Kens mintgrüne Bommelmütze zum Vorschein.

»Es ist kalt draußen«, sagte sie, während sie ihm die hässliche Strickware reichte.

Er nahm die Mütze mit einer schnellen Bewegung entgegen. Nichts geschah, Gott sei Dank.

»Hören Sie …« Philip fasste einen Entschluss.

»Ja?«

Er brauchte einige Sekunden. Dann sagte er: »Passen Sie auf sich auf!«

Ihre Augenbrauen senkten sich zweifelnd. »Wie bitte?«

»Auf den Straßen. Achten Sie in Zukunft auf den Verkehr. Bitte.« Ohne ihre Reaktion abzuwarten, drehte er sich um und verließ die Klinik. Er sehnte sich nach seiner Freundin, ihren blauen Augen, ihrer Schulter, ihrem warmen Körper. Chris war seine Familie gewesen.

Jakob Kahlscheuer sah die Jugendlichen zu spät. Plötzlich quollen sie wie Unrat aus einer Schneeböe und umringten ihn: vier, fünf oder sechs Halbwüchsige, so genau konnte er es in dem Durcheinander der Körper nicht erkennen, die ihn wie einen Ball im Kreis umherstießen. Jeder Schlag steigerte den Schmerz in seinen Gelenken, doch er wehrte sich nicht, vertraute ganz darauf, dass sie irgendwann das Interesse an ihm verloren.

Ein Schlag traf seinen Unterkiefer. Seine Zähne gruben sich in die Zunge, die er nicht mehr rechtzeitig zurückziehen konnte. Eine Faust traf seinen Arm. Das Zittern in seinen Fingern wurde übermächtig, die Tüte mit den Büchern aus der Bibliothek entglitt ihm. Jemand lachte.

Endlich gelang es ihm, einen der Angreifer beiseite zu stoßen. Er nutzte den plötzlichen Freiraum und lief los. Nur wenige Schritte weiter rutschte er auf einer gefrorenen Pfütze aus. Ein dumpfer Laut ertönte, als er auf den Asphalt stürzte. Aus den schnellen Schritten hinter ihm entnahm er, dass die Jugendlichen sich aus dem Staub machten.

Nur mühsam gelang es ihm, sich zu erheben. Seine Glieder protestierten gegen die Anstrengung. Bestürzt stellte er fest: Niemand war ihm zur Hilfe gekommen. Das war das Schlimmste von allem. Er dachte an das Gespräch mit Eleonore. Waren das die bösen Geister, von denen sie gesprochen hatte?

Hinkend sammelte er die Bücher ein, steckte sie in die Tüte und lief, so schnell es seine gequälten Glieder zuließen, zum Pfarramt. Er wünschte sich nichts sehnlicher, als in die warme Stube zu treten und zu vergessen, nicht nur das demütigende Erlebnis von vor wenigen Minuten. Nein, auch seine Schmerzen, die Zweifel, seine Ängste. Einfach alles.

Er war erstaunt, eine alte Frau in der Zufahrt stehen zu sehen, notdürftig in das weiße Nachthemd eines Krankenhauses und einen dünnen Mantel gehüllt. Vor ihm stand Eleonore Berder. »Was machen Sie denn hier?«, entfuhr es ihm und er vergaß seine klagenden Gelenke. »Sie bringen sich ja um. Sie müssen zurück ins Krankenhaus.«

»Nein, ich gehe nicht zurück!«

Er trat einen Schritt nach vorne und entriegelte die Tür zum Pfarrhaus.

»Ich muss mit Ihnen reden, es ist wichtig ...«, sagte sie, während sie in den Hausflur traten. Abrupt blieb sie stehen. In der Diele stand ein Mann, groß gewachsen, in einem sündhaft teuren Anzug, sein Gesicht von einem Narbenmosaik entstellt.

»Wer sind Sie?«, fragte Kahlscheuer überrascht. »Wer hat Sie hereingelassen?«

Der Mann antwortete nicht. Er schenkte ihm nicht einmal Beachtung. »Guten Tag Frau Berder«, sagte er nur.

Die Greisin wich zurück bis auf den Bürgersteig. Ihre Augen waren aufgerissen und ihre Hände zitterten. »Lacie, Sie!«

»Tun Sie nicht so, als wären Sie überrascht.«

»Was wollen Sie?«

»Sie wissen ganz genau, was ich will.«

»Sie werden *ihn* nicht bekommen. Sie werden nichts bekommen.«

Lacie trat auf sie zu. Sie wich einen weiteren Schritt zurück. »Erinnern Sie sich noch an den Ku'damm?«, lächelte er. »Da haben Sie ihn verraten. Wir wussten, Sie würden ihn nicht ewig vor uns beschützen können.«

»Und trotzdem werden Sie ihn nicht kriegen!«

»Oh doch.« Lacie lächelte versonnen, als plauderte er mit einer guten Freundin über vergangene bessere Zeiten. »Wir haben *Ihren* Mann gekriegt, erinnern Sie sich noch?« Ihre Schultern sackten herab. Sie erinnerte sich. »Und auch Philip wird uns ins Netz gehen. Es ist nur eine Frage der Zeit.«

»Pah«, stieß sie verächtlich hervor. Es klang wie ein asthmatisches Husten. »Der Junge wird seinen Weg gehen, auch ohne mich.«

»Um was geht es hier?«, rief Kahlscheuer, der kein Wort verstand. Niemand nahm Notiz von ihm. Er beschloss zu handeln. Er trat auf die alte Frau zu, wollte sie zurück ins Pfarramt führen, doch sie sträubte sich dagegen. Als er sie berührte, fuhr er wie unter einem Stromstoß zusammen. Sie taumelte ebenfalls. Ihr Gesichtsausdruck veränderte sich, und sie stieß ihn von sich.

»Was haben Sie?«

»Sie ... Sie sind ...« Kahlscheuer hatte niemals zuvor einen Ausdruck so grenzenloser Angst gesehen. Ihre Mundwinkel verzogen sich nach unten, Kinn und Lippen bibberten und dann schlotterte sie am ganzen Leib, ein eigenartiges krampfhaftes Zittern, fast wie in Ekstase. Tränen liefen ihr über die Wangen.

»Sie werden Philip ...« Sie würgte vor Abscheu.

»Was werde ich?«

»Ich habe mich geirrt«, krächzte sie. »Ich habe mich geirrt, ich habe mich geirrt ...«

»Bitte, Sie müssen ...«, setzte Kahlscheuer an.

Eine Hand legte sich ihm auf die Schulter. Lacie hielt ihn zurück. »Lassen Sie sie.«

»Sie werden ihn nicht kriegen«, heulte sie auf. »Nur über meine Leiche.«

»Endlich ein vernünftiger Vorschlag«, spottete Lacie. Er schubste den Priester rüde beiseite und machte einen Schritt nach vorne.

»Was, zum Teufel, soll das?« Kahlscheuer schrie und schämte sich nicht für seine Worte. Starr vor Entsetzen verfolgte er, wie der narbengesichtige Mann mit einem Satz neben der alten Frau stand.

Lacie riss sie an sich. Sie glitt auf dem schneeglatten Pflastersteinen aus. Er fing sie in seinen Armen auf, eine beinahe zärtliche Bewegung. Es sah aus, als würden sie gemeinsam einige Ballettschritte proben. Sie wehrte sich gegen seine Umarmung, doch Lacie gab sie nicht frei. Ihre Füße schlitterten, während sie sich gegen seine starken Arme stemmte.

Plötzlich ließ Lacie sie los. Wie ein nasser Sack stürzte sie nach hinten. Ihr Schädel knallte mit voller Wucht auf den vereisten Asphalt. Regungslos blieb sie liegen

»Was haben Sie getan?«, stammelte Kahlscheuer und konnte den Blick nicht von der leblosen Frau wenden. Der Schnee fiel ihr auf die offenen Augen. Der Himmel sah schweigend zu, wie immer.

»Nichts habe ich getan«, antwortet Lacie und beugte sich zu ihr herab. »Sie ist ausgerutscht, Sie haben es doch mit eigenen Augen gesehen. Sie ist böse gestürzt und hat sich dabei das Genick gebrochen.«

»Das ist nicht wahr! *Sie* haben ihr das Genick gebrochen! Sie haben Sie ermordet!«

Lacie drehte sich zu Kahlscheuer um. »Ich habe versucht, sie vor dem Sturz zu bewahren.« Sein diabolisches Grinsen strafte ihn Lügen. »Und Sie, mein Lieber, täten gut daran, nichts anderes zu behaupten.«

Der Pfarrer erwachte aus seiner Lähmung und trat einen Schritt zurück. Die Hauswand versperrte ihm den Weg. Sein Blick irrte umher. Der narbengesichtigte Mörder kam näher, stand jetzt vor ihm. Der böse Geist wollte sein blutiges Werk vollenden, das war ihm anzusehen. Die Mordlust quoll ihm förmlich aus den wulstigen Schrammen im Gesicht. Kahlscheuer senkte die Lider und erwartete den tödlichen Hieb.

Das Grinsen Lacies löste sich auf. »Heute ist Ihr Glückstag.«

Kahlscheuer öffnete die Augen. Er war sich nicht sicher, ob das Weiterleben eine so große Gnade war. »Was bedeutet das alles? Warum haben Sie sie umgebracht? Wer sind Sie?«

Lacie wandte sich ab. »So viele Fragen …«

»Was hat sie Ihnen getan?«

»Sagen wir einfach, Gott hatte ein Interesse daran, dass diese arme, alte Seele ihre Ruhe findet.«

»Gott?« Kahlscheuer starrte ihn an. »Sie morden und reden dabei von Gott?«

»Ja, Sie haben richtig gehört«, hielt Lacie trocken entgegen. »Gott. Oder sollte ich sagen: sein Stellvertreter auf Erden? Der Vatikan? Nun, ich komme ins Plaudern. Sie jedenfalls täten gut daran, ganz schnell zu vergessen, was Sie gesehen und gehört haben.«

Würde der Vatikan einen Mörder in seinen Reihen dulden? Kahlscheuer hatte davon gehört, dass es Organisationen gab, die damit beauftragt waren, die Interessen des Vatikans mit drastischen Mitteln zu vertreten. Aber hier in Neukölln? Er schaute auf Eleonores Leiche herab. Sie war nur eine Greisin. »Was soll ich der Polizei sagen?«

Lacie war bereits einige Meter entfernt. Er drehte sich noch einmal um: »Sagen Sie einfach, was Sie gesehen haben: eine alte Frau, verwirrt, umnachtet, verfolgt von den Geistern der Vergangenheit, gehetzt vom Tod. Der Schnee und das Eis waren ihr Schicksal. Niemand wird die Worte eines Priesters anzweifeln.«

Dann war er im Schneetreiben verschwunden.

Philip fuhr mit der U-Bahn von Wedding zur Karl-Marx-Straße, Ecke Kottbusser Damm, von dort zur katholischen Kirchengemeinde St. Clara in Neukölln. Die Heizungen in den Waggons waren scheinbar bis zum Anschlag aufgedreht; man hätte annehmen können, es wäre Sommer. Nur die verschnupften Menschen, eingepackt in ihre Stiefel, Wintermäntel, Schals und Handschuhe, offenbarten die Jahreszeit.

Während sie durch den Untergrund von Neukölln jagten, blätterte er im *Kurier,* den er an einem Kiosk erstanden hatte. Auf den Panoramaseiten fand er tatsächlich einen kleinen Bericht: *Fotograf noch immer auf der Flucht!* Im Text selbst war kein Hinweis zu finden, dass er einmal als Volontär bei dem Boulevardblatt gearbeitet hatte. Anscheinend war die Redaktion der Ansicht, es würde in der Öffentlichkeit keinen guten Eindruck machen, wenn sie zugaben, einmal einen Mörder beschäftigt zu haben. Der Bericht war mit keinem Bild illustriert.

Beruhigt legte er die Zeitung beiseite und rieb sich die Hände. Es war bitterkalt geworden. Die Bahn raste vorwärts, irgendwie viel zu schnell. Eigentlich hätten sie längst in einen Bahnhof einfahren müssen. Dann stellte er fest, dass der Waggon bis auf ihn vollkommen leer war. Die Situation war seltsam unwirklich. Fehlte nur noch, dass die Beleuchtung ausging. Und wieder an. Schwarz und gelb.

Das Licht blieb an. Sie saß am Ende des Waggons. Sie schaute auf ihre Hände, und ihre Haare verdeckten das Gesicht. Ihre Arme hingen schlaff an den Seiten ihres nackten Körpers herab. Auf den Boden zu ihren Füßen tropfte Blut.

Er stand auf und ging zu ihr. Er hatte keine Ahnung, wo er sich befand und welcher U-Bahnhof der nächste war. Vielleicht würden sie für lange Zeit an keiner Station mehr halten. Die Erfahrung sagte ihm, dass nicht nur Träume, sondern auch Visionen nach eigenen Regeln funktionieren. Reisen durch die Zeit erst recht.

Kurz bevor er sie erreichte, hob sie den Kopf. Er sah die Verzweiflung in ihren Augen.

Der Zug passierte eine Weiche, die sich kreuzenden Gleise schüttelten die Waggons durch. Philip rang um Gleichgewicht. Indem er nach einem Haltegurt griff, fing er seinen Sturz ab.

Als er seinen Blick wieder dem Mädchen zuwenden wollte, prallte der Wärmeschwall der Heizungen wie eine Faust gegen seine Schläfen. Er hatte den Geschmack von Dreck, Rauch und Alkohol im Mund.

»Geht's dir gut?«, fragte eine junge Frau, die mit zwei prall gefüllten großen Plastiktüten dort saß, wo er eben noch das Mädchen gesehen hatte. Es war verschwunden und mit ihm das Blut auf dem Boden.

Ein Geschäftsmann im Anzug, den Hörer eines weißem iPod im Ohr, stand an der Waggontür und klammerte sich an seine Aktentasche. Er blickte durch Philip hindurch. Eine türkische Mutter hielt ihre Tochter im Arm; beide hatten ihr Haar unter einem Kopftuch verborgen. Ein Penner mit zottigem Bart hatte sich schnarchend auf dem Zugboden niedergelassen. Dass der Matsch seinen Hose völlig durchnässte, ließ ihn in seinem Rausch kalt.

Philip wollte der jungen Frau gerade antworten, *danke, alles bestens,* als er aus dem Augenwinkel bemerkte: Das andere Ende des Waggons war menschenleer. Bis auf das kleine Mädchen, dieselbe Haltung, die gleiche Verzweiflung in ihrem Blick. Sie streckte die Hand nach ihm aus.

Philip registrierte, dass die junge Frau gemeinsam mit den anderen Fahrgästen wieder verschwunden war, während er durch den Wagen auf das Mädchen zuging. Er beeilte sich, ahnte, dass ihm wiederum nicht viel Zeit bleiben würde. Diesmal wollte er rechtzeitig bei ihr sein.

Sie regte sich nicht, sah nur zu ihm hoch. *Endlich bist du still.* Er roch das Blut auf dem Boden. *Es ist doch gar nicht so schlimm.* Er spürte, wie sich sein Magen zusammenkrampfte. Dennoch ging er einen Schritt weiter, noch einen, dann noch einen, und dann glitt sein Fuß auf etwas Feuchtem aus.

»Lisa?«, flüsterte er, und seine Stimme erstarb. Nur der Fahrtwind im U-Bahn-Tunnel und das Rattern der Räder auf den Gleisen war zu hören.

Noch immer war sie nackt. Die fauligen Ödeme auf der Haut platzten auf, die Flüssigkeit sickerte den kleinen Körper hinab. Das war kein Blut, das war der Tod, der aus ihr floss.

»Wie kann ich dir helfen?«, flüsterte er. »Sag mir, wie!«, drängte er.

Die Bremsen kreischten und der Wagen ruckelte, als der Zug in den Bahnhof einfuhr. Kunstlicht flutete den Waggon. Die Kälte wich mit einem Schlag. Philip keuchte. Der Fäulnisgeruch hing noch in der Luft, so wie die Tränen an seinen Wangen hafteten. Aber die kleine Lisa war fort.

Sein Schädel dröhnte. Er wurde das Gefühl nicht los, dass ihm die Zeit davonrannte. Aber er wusste zu wenig über das kleine Mädchen. Er wusste gar nichts. Außer dass sie sterben würde. Oder dass es schon zu spät war. Warum war die Vision diesmal nicht so klar wie beim ersten Mal?

Nachdenklich kehrte er zurück zu seinem Platz. Zu den Kopfschmerzen gesellte sich ein heftiges Schwindelgefühl. Schnell setzte er sich hin. Die junge Frau sah ihn besorgt an. Er verdrängte den Gedanken daran, wie er auf die Leute wirken musste. Wie einer von denen, über die Ken immer seine Witze machte. *Die Gestörten von Berlin.*

Der Geschäftsmann mit der Aktentasche drehte sich zur Tür. Die türkische Mutter drückte ihr Kind noch fester an sich und vermied es, ihn anzusehen. *Natürlich, bloß nicht hinschauen.* Der Betrunkene war erwacht. »Hast du 'nen Euro?«, nuschelte er.

Philip grub seine Finger in die Hosentasche. Er fand zwei Münzen. Beide trugen die Jahreszahl 2018. Er überlegte nicht lange, nahm eine und warf sie dem Penner in die Hand.

»Das kann ich nicht gestatten!«, sagte der vornehme Schalterbeamte in vornehmen Englisch und befreite seinen vornehmen Anzug von nicht vorhandenen Falten. Er war schmächtig und bleich, vielleicht 19 oder 20 Jahre alt, hatte vor kurzem erst die Banklehre absolviert und wirkte in dieser Minute hoffnungslos überfordert. Da halfen auch seine affektierte Sprache und der teure Anzug nichts.

Beatrice starrte ihn wütend an. Er errötete und schrumpfte in seinem Zweireiher merklich zusammen. Ihr Blick suchte ein unverfänglicheres Ziel und fand einen kleinen Weihnachtsbaum, der, behangen mit einer roten und einer blauen Christbaumkugel und zwei Streifen Lametta, am Rand der Kundentheke aufgestellt war. *Niedlich, wirklich niedlich,* beruhigte sie ihr erhitztes Gemüt. *Freuet euch, es weihnachtet.*

Bereits als der Nachtbus am frühen Morgen die Randbezirke Londons erreicht hatte, war ihr der Adventsschmuck in den Geschäften und Häusern aufgefallen. Sie konnte sich nicht daran erinnern, die blinkenden Sterne und den bunten Schmuck bei ihrer Abreise vor drei Tagen gesehen zu haben. Aber damals war sie mit ihren Gedanken auch woanders gewesen.

Schade eigentlich, denn während der Bus an den glitzernden Fenstern vorbeigeglitten war, hatte sich ein Gefühl der Nähe und Wärme eingestellt, das die Ankunft in London zumindest teilweise erträglich hatte werden lassen. Doch jetzt hätte sie den kleinen Tannenbaum am liebsten gepackt und ihn dem sturen Bankbeamten mit der Spitze zuerst in den ... *Nein,* unterbrach sie den neuerlichen Ansturm. *Das führt zu nichts.*

»Hören Sie«, sagte sie betont ruhig, »der Hund gehört zu mir.«

»Das habe ich verstanden«, erwiderte der Junge, nach wie vor um Höflichkeit bemüht.

»Genauso wie das Schließfach zu mir gehört.« Vor ihm lagen ihr Ausweis und der Schlüssel zu dem Schließfach.

Mit einem Blick darauf meinte er: »Auch das ist mir nicht entgangen.« Seine Stimme schwankte keinen Deut. Höflichkeit schien ihm in der Ausbildung bei der Royal Bank of Scotland im Übermaß eingeflößt worden zu sein. Nicht beigebracht hatte man ihm jedoch, wie man eine Kundin abfertigte, deren Wunsch man nicht erfüllen konnte, die aber trotzdem nicht gehen wollte. Sein Blick irrte nervös durch den großen Schalterraum. Die Schlange hinter Beatrice reichte inzwischen bis draußen auf die Straße, wo es schneite und stürmte.

Beatrice hatte gute Gründe für ihre Hartnäckigkeit. Es hatte sie den halben Tag gekostet herauszufinden, in welcher der zwölf Filialen der Royal Bank of Scotland sich ihr Schließfach befand. Jetzt, da sie es wusste, wollte sie auf keinen Fall unverrichteter Dinge abziehen. Sie durfte keine Zeit mehr verlieren, nicht nach allem, was vorgefallen war.

Sie wagte einen neuerlichen Anlauf. »Also gehe ich jetzt zu meinem Schließfach, gemeinsam mit meinem Hund, ganz egal, was ihre Vorschriften dazu sagen.«

Sie wollte Buck nicht alleine auf der Straße zurücklassen, nicht inmitten der röhrenden Busse und Autos, der stickigen Abgase, der gestressten Menschen und anderer Gefahren, die er nicht kannte.

Der junge Mann in seinem Anzug räusperte sich. »Das kann ich nicht gestatten.«

»Das habe ich verstanden. Aber es ist wichtig. Es ist verdammt noch mal wichtig.« Ihre Stimme gewann an Schärfe – und an Lautstärke. Sie zügelte sich. Sie verspürte wenig Lust, Aufmerksamkeit zu erregen. Weiß der Teufel, wer sie alles beobachtete. *Hör auf,* sagte sie sich, *werd jetzt nicht paranoid.*

Trotzdem wollte sie nicht noch mehr Blicke auf sich ziehen, als sie es ohnehin schon tat. Der junge Mann auf der anderen Seite des Banktresens teilte ihren Wunsch offenbar. Er grübelte, rückte dabei seine Krawatte zurecht und meinte schließlich: »Warten Sie!«

Er tauchte ein in das Gewirr aus Beratungskabinen, die sich tief in das Bankgebäude erstreckten. Kurz darauf kehrte er in Begleitung eines älteren Herrn zurück. Dessen rot umrandete getönte Nickelbrille waren das einzig Auffallende an ihm. Mit seiner Halbglatze, dem winterbleichen Gesicht und dem grauen Anzug war er so unscheinbar wie einer von abertausenden Grashalmen auf einer Wiese.

»Kommen Sie bitte mit«, sagte er mit leiser, fast unhörbarer Stimme. Beatrice nahm den Koffer an sich und folgte seiner Aufforderung nur zu gerne. *Na also!* Buck blieb treu an ihrer Seite. Den Azubi würdigten sie keines Blickes mehr.

Doch statt in die Tresorräume führte der Mann sie in eine der Beratungskabinen. Ein kleines Namenskärtchen auf dem Schreibtisch stellte ihn als *Mister R. Anorchsky – Ihr Geld ist unsere Verpflichtung!* vor.

Mister Anorchsky bot ihr keinen Platz an, verlor aber auch nicht viele Worte. Er sagte: »Wir können Sie von den Sicherheitsbeamten aus dem Gebäude ...«, er zögerte, »... führen lassen.« Er hüstelte, als habe er etwas Unflätiges von sich gegeben.

»Warum haben Sie es noch nicht getan?«

Seine Nickelbrille rutschte ihm auf die Nasenspitze, eine Geste der Hilflosigkeit, und Beatrice war nicht überrascht, dass selbst seine Pupillen von unscheinbarem Grau waren. »Weil die Bank voller Menschen ist. Weil Adventszeit ist. Weil ich in diesen Tagen einen Aufruhr vermeiden möchte.«

»Sie meinen, es würde einen Aufruhr geben?«

Er warf einen missbilligenden Blick auf den Bobtail. »Bestehen Sie auf Ihrer Forderung?«

»Ja.«

»Und Sie haben niemanden, dem Sie den Hund anvertrauen können?«

»Nein.«

»Nun«, entschied Mister Anorchsky, »dann müssen wir den Aufruhr vermeiden.« Mit der Art, wie er seine Brille zurechtrückte, brachte er seinen Unbill zum Ausdruck. Seine Lippen umspielte ein Lächeln, unmerklich wie seine ganze Erscheinung, und er gab jemandem, der hinter Beatrice stand, ein Zeichen. »Meine Herren, führen Sie die Dame doch durch den Hinterausgang nach draußen.« Zwei muskelbepackte Männer in Security-Uniformen tauchten im Türrahmen auf.

Buck knurrte, doch Beatrice beruhigte ihn. Ihren eigenen Zorn kämpfte sie nicht nieder, die Wut auf sich selbst. Hatte sie tatsächlich angenommen, ein kleiner grauer Prinzipienreiter würde über seinen Schatten springen?

»Mister Anorchsky«, bat sie. Die beiden Sicherheitsleute rückten näher. »Nur dieses eine Mal.«

»Es tut mir Leid«, wehrte der Beamte ab und begab sich hinter seinen Schreibtisch. »Vorschriften sind nun mal Vorschriften. Haustiere sind im Tresorraum der Royal Bank of Scotland nicht erlaubt.«

Die beiden Sicherheitsbeamten bauten sich wie Kleiderschränke rechts und links von ihr auf und bugsierten sie behutsam, aber entschlossen zur Tür hinaus. Der Bobtail sah Beatrice an. Nur ein Zeichen, und er würde den beiden Muskelmännern kräftig in den Allerwertesten beißen. Doch abgesehen davon, dass sie Buck mit ihren Pranken innerhalb von Sekunden zu Brei zermalmt hätten, es würde die Situation nur noch aussichtsloser für sie machen.

»Warten Sie«, rief Beatrice. Sie hatte eine Idee. »Warten Sie.«

»Was denn noch?« Mister Anorchsky klang genervt.

»Und was ist, wenn ...«, sie wies auf einen der beiden Kleiderschränke, die durchaus in der Lage waren, mehr als einen kleinen Hund zu zermalmen, »... einer der beiden freundlichen Herren vor dem Tresorraum auf meinen Hund aufpasst, während ich an mein Schließfach gehe?«

Mister Anorchsky, dessen Verpflichtung ihr Geld war, kniff den Mund zusammen. »Es ist nicht üblich, dass ...«

»Nur dieses eine Mal.« Sie schöpfte Hoffnung. »Und ich verspreche Ihnen, ich leere das Schließfach, und Sie sehen mich nie wieder.«

Anorchsky wechselte einen Blick mit den Security-Leuten. Diese zuckten die Achseln.

»Also gut«, räumte er ein. »Nur dieses eine Mal.« Er

seufzte. »Und Sie versprechen mir: Sie lösen das Schließfach auf?«

»Ja.« Und das war ihr voller Ernst. Was immer in dem Schließfach lag, sie wollte es an sich nehmen und anschließend aus der Stadt verschwinden. Wohin? Keine Ahnung. Möglicherweise hielt der Inhalt des Schließfaches eine Antwort bereit. *Dort ist alles hinterlegt, was du wissen musst,* hatte ihre Tante gesagt. *Angela.* Ihr Herz begann aufgeregt zu pochen.

Aus dem Pochen wurde ein Donnern, das bis hinter ihre Schläfen reichte, als sie fünf Minuten später alleine den Tresorraum betrat. Draußen vor der Tür wartete einer der Sicherheitsbeamten mit Buck.

Sie setzte die Reisetasche und den Rucksack ab und sah sich in dem Raum um. Er war in Rot gehalten, roter Teppich, rote Wände, dazu ein weißer Tisch und weiße Stühle. Jetzt verstand sie, weshalb Mister Anorchsky auf seinen Vorschriften bestand. Das gedämpfte Licht erzeugte das Flair einer edlen Cocktail-Lounge. Nichts erweckte den Eindruck eines unbezwingbaren, feuersicheren Tresorraums, nichts bis auf die kleine Tür, die mit einer Nummerntastatur auf halber Höhe in die Wand eingelassen war. Ohne Umschweife tippte sie die Ziffern ein, die auf dem Schlüssel eingraviert waren. Als sie fertig war, setzte irgendwo im Inneren der Wand ein mechanisches Surren ein. Das Geräusch wurde lauter, mit einem verhaltenen Klack sprang die Tür auf – und zum Vorschein kam eine weitere Tür. Ein Safe, nicht sonderlich groß, einen halben Meter im Quadrat vielleicht.

Sie wartete einen Augenblick, bevor sie den Schlüssel in das Schloss schob, die Klappe öffnete und eine kleine, schlichte Schatulle aus Metall vorfand. Ihre Seitenwände waren glatt, die spitzen Ecken abgeschliffen. Keine Gravur. Nichts. Sie war enttäuscht. Was immer sie erwartet hatte, ganz sicher keine ausgeblichene Kiste. Doch irgendetwas musste an der Schachtel dran sein, oder darin, denn Angela war dafür gestorben. Und Paul auch.

Als sie die Schatulle aus dem Safe nehmen wollte, konnte

sie ihre Hände nicht mehr ruhig halten. Behutsam ergriff sie den Behälter und hob ihn an. Er war leicht. Was immer sich in der Kiste befand, es war nicht viel schwerer als das Metall, das es umgab.

Sie stellte die Box auf den Tisch in der Mitte des Tresorraumes. Sie ließ eine Minute verstreichen, in der sie die Schatulle nur anschaute. Nichts Auffälliges war zu erkennen. Sie holte tief Luft und öffnete den Deckel der Schatulle. Ganz langsam, als wäre sie die Hauptdarstellerin in einem Spielfilm und hätte die Regieanweisung bekommen, die Spannung noch weiter zu steigern. Als sie die Abdeckung beiseite legte, staunte sie. Nur eine Frage ging ihr durch den Kopf: *Das soll mir die Antwort auf all meine Fragen geben?*

»Sie haben sie verfehlt«, sagte der Mann, der sich ihm bei ihrer ersten Begegnung als Jakob Kahlscheuer vorgestellt hatte.

»Wo ist sie hin?«, fragte Philip. Er stand vor der Tür zum Pfarrhaus, einem verwitterten Gebäude neben den kleinen, gedrungenen Kirchenschiff, das inmitten der Sozialbauten Neuköllns kaum Beachtung fand.

Seine Mütze und Daunenjacke waren über und über mit Schnee bedeckt, die Cordhose durchweicht. Er kam sich vor wie ein Schneemann. Seit dem Erlebnis in der U-Bahn wollten die Kopfschmerzen nicht mehr weichen; zusammen mit der Eiseskälte fühlte sich sein Schädel an wie über ein grobes Reibeisen gezogen.

»Man hat sie weggebracht.« Kahlscheuers Stimme war ganz heiser. Falls er sich wunderte, warum Philip im dichten Schneetreiben vor der Pforte des Pfarrhauses St. Clara stand und nicht in der kargen Zelle im Gefängnis saß, so ließ er es sich nicht anmerken. »Gerade eben erst«, sagte er. »Es tut mir Leid.« Etwas schwang in seinen Worten mit, das über die routinierte Anteilnahme eines Priesters hinausging.

Seit ihrer Begegnung im Gefängnis waren noch mehr Äderchen unter seiner Haut aufgeplatzt, die Wangen von einem blutigen Spinnennetz überzogen. Das weiße Haar stand wirr vom Kopf ab. So sah ein Mensch aus, der gerade Zeuge geworden war, wie die Stoßstange eines PKWs den Schädel eines guten Freundes zermalmt hatte.

Kahlscheuer bat ihn in das Pfarrhaus. »Kommen Sie rein, es ist so kalt da draußen«, sagte er. »Man könnte meinen, das Ende aller Tage sei angebrochen.«

Philip zuckte unmerklich zusammen unter den Worten. »Ziemlich kalt, ja«, meinte er nur. Er wischte den Schnee von seiner Jacke, nahm die Mütze ab und schüttelte sie aus. Dann folgte er dem Priester in das verwahrloste Pfarrhaus.

Er war sich unschlüssig über das, was er von dem Gottesmann erwartete. Seine Großmutter war nicht mehr hier. Man hatte sie weggebracht, zurück ins Krankenhaus, vermutete er. Trotzdem folgte er dem Geistlichen durch einen kühlen, düsteren Gang, vorbei an einem für diesen Ort erstaunlich kunstfertig gearbeiteten Fresko, das Maria darstellte, die den Heiland im Arm hielt. Das Bild erinnerte ihn an die unzähligen Skulpturen, die sein Vater angesammelt hatte.

Der Priester führte ihn in ein holzverkleidetes Kämmerlein, in dem die Heizung dem Winter, der wie ein Vampir an den Fenstern Einlass begehrte, kaum etwas entgegenzusetzen vermochte. Der muffige Geruch, der in den Möbeln hing, verstärkte den Druck auf Philips Kopf. Sie setzen sich an einen massiven Landhaustisch, der an diesem Ort fehl am Platze wirkte.

»Sie sagten mir, Sie kennen meine Großmutter schon lange?«

Kahlscheuer bestätigte das. »Sie besuchte regelmäßig unsere Gottesdienste.«

»Was wissen Sie über sie?«

Der Priester überlegte. »Nicht sehr viel. Und das meiste davon habe ich mir selbst zusammengereimt.«

»Was können Sie mir sagen?«

»Ich glaube, Ihre Großmutter war ein sehr einsamer Mensch. Etwas beschäftigte sie; es hat sie schwer belastet. Sie war verzweifelt.«

»Sprechen Sie mit ihr darüber?«

»Nein. Wir haben über vieles gesprochen. Wie man so schön sagt: über Gott und die Welt.« Er lächelte versonnen. Dann verschwand das Lächeln so schnell, wie es gekommen war. »Aber über sie selbst haben wir nie geredet.«

»Sie reden in der Vergangenheit über sie«, argwöhnte Philip.

»Es tut mir Leid«, bedauerte Kahlscheuer.

»Ist sie tot?«

»Sie ist ...« Kahlscheuer rang mit den Worten.

»... gestorben«, sprang ihm Philip bei. Nur ein Wort, nüchtern und so schnell ausgesprochen.

»Sie ist ...« Kahlscheuer zögerte. »... ist ausgerutscht und unglücklich gefallen.«

Es dauerte einen Moment, bis die Nachricht zu Philip durchsickerte. »Wie bitte?«

»Sie stand vor meiner Tür, wollte sich nicht beruhigen. Dann ...«, seine Stimme war brüchig, »dann ist sie auf dem glatten Weg ausgerutscht und gestürzt. Sie hat ... dabei ... ihre kranken Glieder ...« Er brach mit einem Flüstern ab. »Ihr Genick.« Als wäre damit alles gesagt.

Philip zitterte. Gleichzeitig kam er nicht gegen das Gefühl an, dass der Priester ihm etwas verschwieg. Er forschte in dessen Gesicht, doch da war kein Hinweis auf eine Lüge. Nur das Alter und der Alkohol, die ihre Spuren hinterlassen hatten.

Welche Spuren hatte seine Großmutter ihm hinterlassen? Ein Wissen über ... ja, was? Über etwas, dessen Zeit gekommen war. Sie hatten nie Gelegenheit erhalten, darüber zu reden. Das war es, was ihren Tod unerträglich machte.

Der Priester fuhr sich mit der Hand durchs weiße Haar. Philip fiel auf, dass die Knöchel des Priesters knotig und die Fingergelenke rot und geschwollen waren, als litte er an Arthrose. Vermutlich verursachte ihm jede Bewegung heftige Schmerzen. Kahlscheuer sagte: »Diese arme verwirrte Seele.«

Die Bemerkung löste etwas in Philip aus. Eine Frage brannte ihm auf der Zunge. Doch war der Gottesmann der richtige Ansprechpartner? Vielleicht gerade ein Priester. »Glauben Sie an ein Leben nach dem Tod?«

Verwundert sah ihn der Geistliche an. »Sie sind nicht der Erste, der mich darauf anspricht.«

»Nein?«

»Ihre Großmutter hat mir kürzlich diese Frage gestellt.«

Aus irgendeinem Grund überraschte das Philip nicht. »Und?«, fragte er. »Was haben Sie ihr geantwortet?«

»Natürlich glaube ich an ein Leben nach dem Tod.«

Eine andere Antwort hatte Philip nicht erwartet. »Glauben Sie auch an Geister?«

»Was wollen Sie von mir hören?«

»Ich möchte wissen, ob Sie an Geister glauben.«

»Sie meinen den Heiligen Geist, der uns alle beseelt?«

»Ich meine richtige Geister.«

»Richtige Geister?« Der Priester räusperte sich. »Oder meinen Sie die Seelen? Wenn es das ist, was Sie meinen ... Ja, dann glaube ich an Geister. Aber sie sind nicht unter uns, sie sind an einem besseren Ort.«

»Das haben Sie aus der Bibel.«

»Das ist richtig.«

»Und was ist mit dem, was nicht in der Bibel steht?«

»Was soll das heißen?«

»Was ist mit denen, die nicht dort ankommen, an diesem besseren Ort?«

»Sie meinen die verlorenen Seelen?«

Philip nickte.

Mit seinen gichtigen Händen rieb er sich die roten Wangen. »Nein, ich halte das für einen Irrglauben.« Es klang unsicher. »Gott ruft alle Menschen zu sich.«

»Und was ist mit den Gespenstern? Den echten Geistern? Den Untoten ...?«

Kahlscheuer hob die Hand. Philip hielt inne. Der Priester fragte: »Was ist mit Ihnen? Glauben Sie daran?«

»Ja«, antwortete Philip. Es kam so schnell über seine Lippen, dass er selbst erschrak.

»An Geister?«

»Ja.«

»Untote?«

»Ja.«

»Sind Sie religiös?«

Im Anflug eines Déjà-vu-Erlebnisses fühlte er sich in das Heim versetzt, in dem er seine Kindheit hatte verbringen müssen. *Junge, das war doch nur ein Scherz.* Das war nicht witzig. *Sind sie nicht lieb, unsere Schäfchen?* Er wollte sich nicht von der unangenehmen Erinnerung überwältigen lassen. Er konzentrierte sich, dem Hämmern in seinem Kopf zum Trotz: »Nein. Ich bin nicht gläubig, nicht im christlichen Sinne. Nicht katholisch, nicht evangelisch oder was es sonst noch für Formen und Ausprägungen gibt. Damit habe ich nichts am Hut. Aber was, wenn es etwas gibt, das über das irdische Dasein hinausreicht?« Er blickte den Priester fest in die Augen. »Verstehen Sie, was ich sagen möchte?«

»Nein.« Auch diese Antwort kam viel zu schnell.

Philip suchte nach Worten, um sich klarer auszudrücken. Er dachte an die Ereignisse der zurückliegenden Tage, doch sie verschwammen hinter dem Schmerz in seinem Kopf. Die klirrende Kälte, die durch den Raum zog, machte das Nachdenken nicht einfacher.

»Vielleicht lebt ein Teil von uns nach dem Tod weiter. Unser Geist, unser Bewusstsein, unsere Psyche. Sie würden es wahrscheinlich Seele nennen. Was es auch ist, vielleicht existiert es weiter. Und vielleicht kann es zu uns zurückkehren, ins Diesseits zu den Lebenden. Und dann sieht es aus wie früher. Oder ganz anders ...«

»Eine interessante These ...«

»Nur eine These?«

»Einwandfrei.«

»Sind Sie sich sicher?«

»Aber natürlich. Es gibt einfach keinen Grund, warum die Toten aus dem Jenseits zurückkehren sollten.«

Philip war sich da nicht so sicher. Jetzt wollte er nur noch raus aus dem Pfarramt. Kälter als hier drinnen konnte es auch draußen nicht sein, zumindest würde er endlich den muffigen Geruch aus der Nase bekommen. Und vielleicht ließ der Schmerz dann endlich nach.

Er sprang auf. »Ich würde gerne meine Oma noch einmal sehen. Wo hat man sie hingebracht?«

»Na, wohin wohl?«, erwiderte Kahlscheuer ungehalten.

»Wohin?«

»In das Institut für Rechtsmedizin der Charité.«

Ihr zweiter Gedanke war: *eine Rose.*

Zumindest erinnerte der eigenartige Gegenstand an eine Rose. Aber es war keine Pflanze. Welche Pflanze war grün und rot und blau zugleich? Es hatte nur die Form einer Rose. Es war nicht natürlicher Herkunft, aber auch nicht künstlich geschaffen. Seine Herkunft zu bestimmen war Beatrice unmöglich. So etwas hatte sie noch nie gesehen, auch nicht *vor* ihrer Amnesie, das wusste sie mit unverrückbarer Gewissheit.

Ein schwaches irisierendes Glimmen umgab die Rose wie eine zweite Haut, ein winziger Lichtimpuls nur, den sie nicht wahrgenommen hätte, wenn die Beleuchtung in dem Bankraum nicht gedämpft gewesen wäre. Das Glühen war unwirklich, so als sei es nur ein Abglanz eines viel helleren Lichtes einer anderen Welt. Wie eine Glühbirne, die auf der Netzhaut noch einige Sekunden nachbrannte, nachdem man sie ausgeschaltet hatte.

Was ist das?

Sie wusste keine Antwort. Ihr war nicht wohl bei dem Gedanken es zu berühren, aber sie würde sich überwinden müssen, wenn sie es mitnehmen wollte.

Sie bewegte ihre Hand nach vorne. Ihre Finger streiften die Rose, die keine war. Sie spürte die warme Oberfläche unter den Fingerkuppen. Es fühlte sich an wie ... nichts von dieser Welt. Sie umfasste es mit einem beherzteren Griff. Der Boden vibrierte. Es war wie das dumpfe Pulsieren eines gigantischen Herzens im Erdinneren. Für einen kurzen Augenblick verlor sie den Halt unter den Füßen. Mehr als je zuvor fühlte sie sich wie in einem Traum gefangen.

Etwas strich dicht an ihr vorbei, berührte sie am Hinterkopf. Sie spürte es so deutlich, als bewege sich plötzlich etwas Großes und Machtvolles, etwas, das jenseits der Wirklichkeit existierte, sie aber durch sein bloßes Erwachen schon zum Erzittern brachte. Ihr hämmerndes Herz suchte einen Ausweg aus dem Gefängnis ihrer Rippen. Sie stand einfach da, gebannt gleichermaßen von Schrecken und Faszination.

Was immer es war, es umkreiste sie neugierig, als prüfe es sie. Sie spürte, wie es sich einen Weg durch ihre Kleidung suchte. Es strich wie mit zarten Fingern über ihre Haut. Sie zuckte zusammen, doch die streichelnden Hände waren sofort wieder bei ihr.

Sie streiften ihre Brust, berührten ihren Bauch, schlangen sich wie ein Netz um sie, becircten sie und drangen durch die Haut in ihren Körper ein, sanft und unaufhaltsam. Sie berührten sie auf einer Ebene, die lange Zeit verschüttet lag, und befreiten sie aus den Fesseln ihres Verstandes. Die Erinnerung floss in sie zurück.

Ihr Leben lag ausgebreitet vor ihr. Auch ihr Sterben. Angela hatte nicht übertrieben. Die Wahrheit war um so vieles schlimmer, sie war berauschend, gewaltig, monströs, Angst einflößend. Ihr schossen die Tränen in die Augen. Ihr Körper bebte. Ihr Mund öffnete sich zu einem Schrei, der sich nicht lösen wollte und in einem lautlosen Ausatmen versiegte.

Eine Stimme erscholl: »Hallo?«

Sie ließ das Achat zurück in die Metallschachtel fallen, und augenblicklich kehrte sie zurück in den Tresorraum. Sie konnte sich wieder bewegen, aber sie brauchte eine Weile, um einen klaren Kopf zu bekommen. Zu viel auf einmal hatte sie erfahren, viel mehr, als ein normaler Mensch ertragen konnte. Aber von Normalität war sie weit entfernt.

»Hallo?«, rief die Stimme erneut.

Der Sicherheitsbeamte klopfte gegen die Tür zum Tresorraum. Buck bellte. Sie stülpte den Deckel auf die kleine Schachtel und packte sie in den Rucksack. Sie griff nach der Tasche und schritt ohne einen Blick zurück zum Ausgang. Was hinter ihr lag, war belanglos. Endlich wusste Beatrice, wer sie war und, auch wenn sie sich davor fürchtete, was sie zu tun hatte.

Berlin

Die Luft, die Philip auf seinem Weg zum Institut für Rechtsmedizin der Charité in seine Lungen einsog, brachte nicht die erhoffte Linderung seiner Kopfschmerzen mit sich. Dazu war sie viel zu kalt. Verdammt, die Temperaturen waren in den letzten Stunden abermals gesunken. Inzwischen musste es mindestens minus 20 Grad sein. Oder noch kälter. Seine Lippen spürte er nicht mehr. Wann immer er Luft holte, schmeckte er Eis auf seiner Zunge. Seine Nase lief, aber sie kam nicht weit. Das Wasser gefror, noch bevor es zu Boden tropfen konnte, an der Nasenspitze zu einem funkelnden Zapfen. Glücklicherweise hatte er die Strickmütze, die seine Glatze schützte.

Warum nahm er das alles überhaupt auf sich? Warum legte er sich nicht einfach bei Ken unter die Decke, nicht weit entfernt von der Heizung, wo es warm war, und wartete darauf, dass irgendwann der Frühling kam? Er kannte die Antwort: weil es keinen Frühling mehr geben würde, wenn er jetzt resignierte.

Nur wenige Menschen waren auf den Straßen und Gehsteigen unterwegs. Sie bewegten sich langsam, als würde der bloße Versuch, vorwärts zu gelangen, zum sofortigen Erfrieren führen.

Philip kämpfte sich voran. Zu den Schmerzen hinter seinen Schläfen gesellte sich jetzt ein Wimmern und Wispern, als würde jede Schneeflocke eine geisterhafte Stimme auf ihren Schwingen tragen. Oder als hätten die zur Obduktion versammelten Verblichenen beschlossen, mit ihm in Kontakt zu treten, aber nicht einer nach dem anderen, sondern alle zur gleichen Zeit.

Durch dieses vielstimmige Flüstern bekam er nur am Rande mit, wie ein Mediziner in grünem Kittel sich als Professor Dr. Wittpfuhl oder Fitwuhl vorstellte – so genau verstand Philip seinen Namen nicht – und ihm die Hand schütteln wollte. Philip reagierte nicht schnell genug und begnügte sich damit zu sagen: »Ich möchte zu meiner Oma.«

»Ihr Name?«, gab der Rechtsmediziner frostig zurück.

»Philip Hader.«

»Nein, nicht Ihrer«, meinte Wittpfuhl und grinste jetzt. »Den Ihrer Großmutter.«

»Eleonore Berder. Sie wurde in der letzten Stunde ... *eingeliefert.*«

»Können Sie sich ausweisen?«

»Nein, tut mir Leid. Ich habe meinen Ausweis zu Hause vergessen. Ich bin sofort los, als ich von ihrem Tod erfahren habe.« Wie leicht ihm die Lügen inzwischen über die Lippen kamen.

Fitwuhl musterte ihn.

»Hören Sie«, sagte Philip. »Warum sollte ich mir eine Tote ansehen wollen, die ich nicht kenne?«

Der Mediziner setzte einen durchdringenden Blick auf. »Wenn Sie wüssten, was für durchgeknallte Leute hier in Berlin rumlaufen.« Philip verzog den Mund. *Ken lässt grüßen.* Wittpfuhl murmelte derweil etwas in seinen Bart und wollte von Philip wissen: »Sind Sie wirklich sicher?«

Natürlich war er sich sicher. Seine Antwort musste den Arzt überzeugt haben, denn er sagte: »Wie Sie wollen.«

Sie schritten einen langen weißen Flur entlang. Das Institut wirkte wie ein ganz gewöhnliches Krankenhaus, weiße Fliesen am Boden, septisch reine Kacheln an den Wänden, gedämpftes Neonlicht an der Decke. Die vorletzte Station, an der Patienten auf ihrem diesseitigen Weg Halt machten, war würdelos und unpersönlich. Wen wunderte es, dass sie dagegen Protest erhoben?

Trotz der Kopfschmerzen musste Philip lächeln. Er strengte eine Unterhaltung an. »Haben Sie viel zu tun?«

Der Professor warf einen Blick über die Schulter, während er in einen weiteren Gang bog. Er kannte sich blindlings aus. »Oh ja, wir haben viel zu tun in dieser faszinierenden Stadt.« Sein Gesicht war tiefbraun dank einer künstlichen Sonne, die auch im Herbst und Winter strahlte. Niemand würde ihn mit den Verstorbenen verwechseln.

»Wird so viel getötet?«

»Nein, wo denken Sie hin«, entrüstete sich der Mediziner. »Berlin ist eine Großstadt, die größte Deutschlands. Dementsprechend hoch ist die Sterberate. Aber wurden deshalb alle, die tot sind, umgebracht? In dieser riesigen Stadt gibt es ein unglaubliches Potential an immer neuen pathologischen Fragestellungen. Tatsächlich sind viele unserer Fälle so skurril, dass sie vermutlich keiner glauben würde. Die besten Geschichten schreibt eben doch das Leben – oder der Tod.«

Philip glaubte es ihm aufs Wort. Noch viel mehr konnte er sich allerdings vorstellen, dass sein Kumpel Ken helle Freude an einer Unterhaltung mit dem Mediziner haben würde. Wenn das hier alles vorüber war, würde er die beiden einander vielleicht vorstellen.

»Hier sind wir«, unterbrach Professor Wittpfuhl oder Fitwuhl seine Gedanken.

Vor ihnen erstreckte sich eine weitläufige Halle, beinahe so groß wie ein Basketballfeld. Mit ihren weißen Kacheln hätte sie andererseits auch den Duschraum in einem Sportcenter abgeben können. Tatsächlich war sie aber das Wartezimmer zur Obduktion, von einer unsichtbaren Klimaanlage in die erforderliche Temperatur versetzt. Trotzdem war es hier drinnen wärmer als draußen.

Ein Dutzend Liegen stand in zwei Reihen. Über jeder Bahre lag ein Tuch ausgebreitet. Die Köpfe und Körper der Leichen waren verdeckt, nur die nackten Füße ragten heraus. Um die Zehen hingen kleine Bindfäden mit je einem Etikett.

Eine Tür führte in den Nebenraum, den eigentlichen Obduktionssaal. Der Raum war leer, doch Philip erkannte den Tisch mit den Abflussrinnen, die Messer und Scheren. Er war sich unschlüssig, was beklemmender war: der Anblick der Maschinen, mit denen der Professor in den toten Körpern herumfuhrwerkte, wenn er nicht gerade Angehörige durchs Gebäude führte, oder die toten Körper unter den Tüchern selbst.

»Es tut mir Leid«, sagte Wittpfuhl, als er Philips verstörten Blick bemerkte. Er eilte zu der Tür und drückte sie ins Schloss. »Aber ich habe Sie gewarnt.«

Bruchstückhaft sickerten Worte ihrer Unterredung durch das Schädelbrummen. *Sie können ihrer Großmutter auch morgen beim Bestatter die letzte Aufwartung machen.*

Doch natürlich ging es nicht nur um die Aufwartung. Es ging vor allem darum, sich zu überzeugen, dass ... Fitwuhl baute sich hinter einer der Bahren in der Leichenhalle auf. Philip konnte nicht erkennen, wer die Person unter dem Leichentuch war.

»Bitte«, sagte Philip.

Der Professor hob mit einstudierter Eleganz das Laken an. Zum Vorschein kam eine unglaublich alte Frau. Sie hielt die Augen geschlossen, aber ihr eingefallenes Gesicht war dennoch eine Maske voller Schrecken – ihren letzten Atemzug hatte sie in heller Panik getan. *So sieht ein Mensch aus, der gerade Zeuge geworden ist, wie die Stoßstange eines PKWs den Schädel eines guten Freundes zermalmte.*

Mit einem Mal waren Philips Kopfschmerzen fortgeblasen. Er starrte auf den toten Körper hinab, der gar nicht wie seine Großmutter aussah.

Wittpfuhl fühlte sich in die Pflicht gerufen. »Ich werde Sie einen Augenblick mit ihr alleine lassen.«

Nachdem der Pathologe den Raum verlassen hatte, betrachtete Philip die Frau auf der Bahre: die gichtgelben Hände, kranke Finger, ihre schmalen Wangen. Natürlich war sie seine Großmutter, daran ließ auch ihr Kopf keinen Zweifel, der in einem unnatürlichen Winkel vom Körper abstand. Es war wie in seiner Vision. Er hatte es vorausgesehen.

Der Tod hatte sie erreicht. Aber was hatte sie gesehen, dass der Schrecken sich so tief in ihr Gesicht gegraben hatte?

Es ist viel schlimmer.

Die Antwort auf diese Frage hatte mit ihm zu tun. War er für ihren Tod verantwortlich? Vorsichtig streckte er die Hand aus und berührte behutsam ihre Finger. Ihre Nägel waren dreckig, gezeichnet von einem Leben in Entbehrung und Einsamkeit. Und Verzweiflung. Wo war der Stolz geblieben, den sie auf dem Foto zur Schau getragen hatte?

Ihm wurde warm ums Herz. In diesem Moment fühlte er

sich mit ihr verbunden. *Sie ist meine Familie.* Er schwor sich, dieses Gefühl in seiner Erinnerung zu bewahren. Noch immer hielt er ihre Hand zwischen seinen Fingern.

Ein Blitz zuckte durch seinen Körper und schleuderte ihn einen halben Meter zurück, direkt gegen eine der anderen Bahren. In seiner Hüfte flammte der Schmerz siedend heiß auf. Hinter seiner Stirn gackerten tausendfach Stimmen. Sein Schädel drohte zu zerplatzen.

Benommen presste er die eine Hand gegen die Schläfe, als könnte er die Stimmen auf diesem Weg beruhigen. Mit der anderen stützte er seine Hüfte, die sich von dem Aufprall noch nicht erholt hatte. Was war gerade passiert? Nein, die Frage war: *Was passiert jetzt?*

Tücher in der Leichenhalle raschelten. Unsichtbare Körper bewegten sich. Eine Hand kroch seine Leiste hinauf zur Schulter – es war keine Hand, es war die reine Angst. Die Haare richteten sich ihm auf, die wenigen, die er noch am Leib trug, im Nacken und auf den Armen.

Eine Decke glitt zu Boden. Auf einer Bahre setzte sich ein Mädchen auf, dem der Arm ungelenk vom Körper abstand. Aber das schien ihm nichts auszumachen, es war jenseits physischer Schmerzen. Nackte Füße schleppten ihren kleinen Körper heran, übersät mit blutigen Flecken an Po und Genitalien.

Philip japste nach Luft. Das kleine Mädchen lächelte. Mit verkrampftem Gesicht fragte er: »Wie kann ich dir helfen?«

Sie hob ihre Hand. Finger, von denen die Haut in Fetzen fiel. Sie streifte seine Wange, der Hauch einer Berührung, aber ein Universum an Empfindungen. Sie tauchte in ihn hinein und durch ihn hindurch. Sie berührte ihn, und mehr noch, sie wurde ein Teil von ihm. Er war ihr nahe, so verdammt nahe. Es traf ihn mit solcher Wucht, dass er zu Boden stürzte. Er war ihr so nahe wie noch nie einem Menschen zuvor. Er spürte ihr Leben, lebte ihr Leiden. Er war Lisa, und Lisa war er.

Das war zu viel für ihn. Er wälzte sich auf dem gefliesten Boden. Er sah alles. Ihre Geburt. Ihr Leben. Die Freundlichkeit, die keine war. *Lisa, weine nicht.* Die Schmerzen schleuderten seinen Leib umher. *Lisa, es ist doch gar nicht so schlimm.* Die Kamera lief. Das lustvolle Stöhnen. Die gnadenlose Penetration. Die Schmerzen. Der Ekel. *Halt doch still.* Irgendwann hielt sie still.

»Aber der Tod«, sagte sie mit einer Gewissheit, die ihrem irdischen Alter Hohn sprach, »der Tod bringt kein Erbarmen.«

»Ich ertrage das nicht«, antwortete er wimmernd.

»Paperlapapp«, sagte eine Stimme.

Die Erkenntnis kam wie Blitz und Donner in einem. Sie fegte seinen Verstand hinweg. Die Welt um ihn herum wurde schwarz.

Manchmal bedeutet Dunkelheit Gnade.

Seit er Pater Silvano vor vierzig Jahren zum Dienst in den Vatikan bestellt hatte, hatte Bischof Ricardo de Gussa den Geistlichen aus der kleinen Gemeinde in der Provinz Belluno nur selten zu Gesicht bekommen. Er konnte ihre Begegnungen an zwei Händen abzählen, ihr erstes Treffen vor 19 Jahren mitgezählt. Das war nun wirklich nicht viel. Doch es berührte de Gussa nicht sonderlich, denn er wusste, Silvano würde das Vertrauen, das er ihn setzte, nicht enttäuschen.

Aber zuletzt, seit Silvano ihm am Montag die unglaubliche Kunde überbracht hatte, war de Gussa beinahe täglich, manchmal sogar mehrmals am Tag zu ihm hinab in den Keller unterhalb des eigentlichen Kellergeschosses gestiegen, von dessen Existenz nur die wenigsten im Vatikan einen Schimmer hatten. Selbst der Heilige Vater war in Unkenntnis über die Grotte, aber das brauchte der Padre nicht zu wissen. Er würde auch nie danach fragen, dessen war sich de Gussa sicher, denn zu groß war Silvanos Angst, man würde ihm das Vertrauen entziehen. Deshalb schwieg er auch jetzt, als de Gussa über die spröden Stufen hinab in den Untergrund stieg, zum dritten Mal am heutigen Tag.

De Gussa bemühte sich zwar, den Eindruck eines entschlossenen Mannes zu wahren, doch als er sich nun über den Körper des Greises beugte, der am Ende des Raumes auf einer Liege ruhte, spürte er, wie Verzweiflung und Schmerz schwer auf ihm lasteten.

»Hat er noch einmal gesprochen?«, fragte de Gussa leise.

»Er redet ständig«, antwortete Silvano.

»Was sagt er?«

»Ich habe es nicht verstanden.« Er wies auf den Stuhl, der am anderen Ende des finsteren Raumes stand, auf dem er seit 19 Jahren gesessen und darauf gewartet hatte, dass etwas passierte. »Er war zu leise.«

»Wieso stellen Sie den Stuhl dann nicht näher heran?«

Silvano schrumpfte unter dem strafenden Blick. Wahrscheinlich fürchtete er sich, traute sich aber nicht, es zuzugeben. So viele Jahre hatte er auf dem Stuhl gesessen, Stunde um Stunde Wache gehalten, ohne dass etwas passierte. Als es endlich geschah, hatte es ihn aus der Bahn geworfen.

De Gussa nahm die Taschenlampe und leuchtete dem regungslosen Greis ins Gesicht. Wieder zuckte nur das Augenlid. Doch halt, auch die Lippen bewegten sich, zwar nur unmerklich, aber sie bewegten sich. Ein weiteres Zeichen dafür, dass die Stunde näher rückte. *Diese Narren des Offiziums!* Bei dem Gedanken an die zerstrittenen Herrschaften in der Piazza Nivona seufzte der Bischof. Am Ende drohte alles von ihm abzuhängen, seiner Weitsicht, seiner Entschlusskraft, auch seinem Willen.

Eine Stimme antwortete ihm. Er drehte sich zu dem Padre um, doch als er dessen weit aufgerissene Augen im Strahl der Taschenlampe ausmachte, wusste er, es war der alte Mann auf der Liege gewesen, der gesprochen hatte.

»Was haben Sie gesagt?«, fragte er ihn vorsichtig, weil er ihn nicht erschrecken wollte. Vielleicht konnte er den Greis für eine Weile bei Besinnung halten, bevor sein Verstand wieder abtauchte, wohin auch immer. Der Mund zuckte. Dann öffnete er die spröden Lippen.

De Gussa fuhr mit seinem Ohr ganz dicht heran. Er hörte, was der Mann sagte. Steif wie vom Schlag getroffen stand er da, doch er wusste, er durfte nicht zögern. Er musste reagieren. Wenn nicht jetzt, wann dann? »Silvano«, sagte er.

»Ja, Bischof?« Seine Stimme war ein ehrfurchtsvolles Flüstern.

De Gussa spürte, wie die Entschlossenheit zurück in seinen Körper strömte. »Ich möchte Sie um etwas bitten.«

»Wie Sie wünschen.«

De Gussa richtete sich auf und strebte zur Tür, hinter der die Stufen zurück an die Oberfläche führten. »Schnallen Sie den Mann fest!«

»Sie meinen ...« Silvano stotterte.

»Holen Sie Riemen. Oder Seile. Schnüre. Egal, was.«

»Ich soll ...«

»Binden Sie den Mann fest. Er darf nicht weg. Auf keinen Fall. Beeilen Sie sich.«

»Wie Sie wünschen.«

Doch da war der Bischof bereits über den Treppenabsatz verschwunden, und Silvano hörte nur noch die Schritte, die seine Schuhe auf dem nackten Stein erzeugten. Sie verhallten und ließen den Padre wieder allein zurück in der Grotte unter dem Vatikan, an der Seite eines alten Mannes, der nicht mehr länger im Koma lag.

Berlin

Philip erwachte. Er lag auf dem Rücken und blickte in das gedämpfte Licht einer Neonröhre. Ein Schatten schob sich davor. Ein Mann in einem weißen Kittel. Solariumsgebräunt.

»Junge, Junge, Sie machen mir Sachen«, staunte Dr. Wittpfuhl. Der Raum verlieh seiner Stimme einen hallenden Klang.

Philip spürte kaltes Metall an seinem Rücken. Er entdeckte steriles Weiß links und rechts von ihm an der Wand. Ein schrecklicher Verdacht keimte in ihm. »Wo bin ich?«, krächzte er. Seine eigene Stimme war ihm fremd.

»Nun, also ...« Wittpfuhl räusperte sich. »Es tut mir Leid, wirklich, aber es war keine einzige Bahre mehr frei.«

Ein eisiger Schauder ließ Philip erzittern. Er lag auf dem Obduktionstisch in der Pathologie, spürte die Abflussrinne, die unter seiner Wirbelsäule verlief. Neben ihm stand die Ablage voller Messer und anderem, undefinierbarem Besteck. Er war nicht erpicht darauf zu erfahren, wozu diese Geräte benutzt wurden.

Er wollte sich erheben, doch Wittpfuhl hielt ihn zurück. »Bleiben Sie liegen, Sie hatten einen Schwächeanfall.«

Nein, hatte ich nicht, wollte Philip entgegnen. *Und lassen Sie mich los.* Doch seine Stimme versagte.

»Hallo?«, rief jemand aus der Leichenhalle nebenan. Bei dem Gedanken an die Toten stellte sich Erleichterung ein. Lieber lag er lebend im Obduktionssaal.

»Ich komme«, sagte Wittpfuhl und bedeutete Philip zu warten. »Erholen Sie sich ein wenig. Bleiben Sie kurz liegen.«

Genau das gedachte er zu tun. *Kurz.* Er richtete sich auf. Vor seinen Augen begann sich der Raum zu drehen. Er atmete tief ein und aus. Nur allmählich kehrte die Kraft in seinen Körper zurück.

Die Visionen, die in immer kürzerer Abfolge auftraten, zehrten an seinen Kräften. Er wusste nicht, wie lange er dem noch standhalten konnte.

Aus dem Nebenraum hörte er Stimmen. Eine gehörte dem Doktor. Die zweite Stimme kam ihm ebenfalls bekannt vor. »Ist das ein Mistwetter«, sagte ihr Besitzer.

»Ja«, bestätigte Wittpfuhl.

Das Rascheln von Kleidung, als würde sich jemand den Schnee vom Leib klopfen. »Wenn die Räumungsfahrzeuge das nicht in den Griff bekommen, geht bald gar nichts mehr.«

»Es geht jetzt schon nichts mehr«, meinte der Arzt. »Nur zwei von fünf Kollegen haben es heute zum Dienst geschafft. Es fahren kaum noch Bahnen.«

»Mistwetter«, wiederholte der Mann. Dann wechselte er das Thema. »Wo liegt sie?«

Philip wusste die Stimme nicht einzuordnen, obwohl ein Teil von ihm beharrlich darauf bestand, dass es wichtig sei, sich daran zu erinnern. Noch immer wirbelte der Raum im Kreis. Er schloss die Augen, holte Luft. Er rechnete nicht damit, dass die Visionen irgendwann wieder von ihm weichen würden, selbst wenn er eine Erklärung für sie finden konnte. Er würde sich an sie gewöhnen müssen.

»Warten Sie«, sagte Wittpfuhl im Raum nebenan. Ein Leichentuch raschelte.

»Mein Gott!«, stöhnte der Besucher.

»Der hilft ihr auch nicht mehr«, meinte Wittpfuhl bitter.

Schweigen. Dann fragte der Mann: »Was ist eigentlich passiert? Hier sieht es aus wie ...«

»Nichts, nur ein kleiner Unfall.« Einige der Liegen wurden mit einem metallischen Geräusch zurechtgerückt.

Der Mann klang besorgt. »Ist Ihnen etwas passiert?«

»Nein, mir nicht.«

»Wer ist die alte Frau dort?«

»Eleonore Berder.«

»Wie ist sie gestorben? Sieht auch nicht schön aus.«

»Selbsttötung.« Wieder raschelte ein Tuch. Wahrscheinlich breitete Wittpfuhl das Laken über seine Großmutter aus. »Ihr Enkel ist hier«, sagte er.

»Ihr Enkel? Wo?«

»Er liegt nebenan.«

»Er liegt?«

Wittpfuhl seufzte. »Der Anblick war wohl zu viel für ihn.«

»Immer diese jungen Leute«, hüstelte der Mann nachsichtig. Jemand durchquerte die Leichenhalle. Philip war sich nicht sicher, ob er auf neugierige Besucher vorbereitet war. Am liebsten hätte er nach einem Leichentuch gegriffen und es über sich geworfen. Aber es lag keines in der Nähe.

Der Mann betrat den Raum. Philip drehte den Kopf von der Tür weg. Vielleicht würde der Mann dann wieder gehen. Er kam näher. »Meine Tochter ist da ähnlich, Sie meint auch, Sie hätte ...« Der Mann schwieg. »Sieh einer an«, ließ er dann plötzlich ganz nah an Philips Ohr vernehmen.

Erwischt! Inspektor Columbo beugte sich über ihn. Berger, Kommissar Berger. Verknitterter Anzug, Schnurrbart mit Wirbel. Irgendwie hatte er im Durcheinander der letzten Stunden vollkommen vergessen, dass er auf der Flucht war.

»Wie kommen Sie hierher?«, fragte Philip. Es war nur ein dürres Hauchen.

»Das Gleiche könnte ich dich auch fragen.«

Philip schwieg zähneknirschend. War es Zufall, dass der Kommissar ausgerechnet jetzt hier auftauchte?

Berger schien den gleichen Gedanken zu haben: »Manchmal gibt es erstaunliche Zufälle, nicht wahr?« Er lächelte gezwungen. »Also? Was machst du hier? Für einen jungen Mann, der behauptet, unschuldig zu sein, wirst du für meine Begriffe verdächtig oft in der Nähe von Leichen aufgegriffen.«

Vielleicht war es mehr als ein Zufall. Möglicherweise war es eine Chance. Kam ihm das Schicksal zu Hilfe, wie so oft in den vergangenen Tagen? Philip setzte sich auf und sagte mit aller Kraft, die er noch aufbringen konnte. »Ich bin unschuldig. Sie müssen mir glauben.«

»Warum sollte ich das tun?«

»Weil es so ist.«

»Jemand, der nichts zu verbergen hat, flüchtet nicht.«

»Ich habe nichts zu verbergen«, keuchte Philip. *Zumindest nichts, was für einen Polizisten von Interesse wäre.* Er überlegte kurz. Dann setzte er alles auf eine Karte: »Ich kann Ihnen helfen!«

»Sie?«

»Sie suchen ein Mädchen, oder?«

Berger zwirbelte nachdenklich seinen Bart. »Ich wüsste nicht, was Sie das angeht.«

»Sie heißt Lisa?«

Zum ersten Mal gewann Philip den Eindruck, dass Berger kurz davor stand, die Fassung zu verlieren. »Was wissen Sie über sie?«

»Nicht viel.«

»Verdammt, reden Sie!« Seine Stimme stieg einige Oktaven.

»Was ist mit ihr?«, fragte Philip stattdessen »Wo ist sie?«

Bergers Augen funkelten böse. »Sie ist tot«, presste er hervor.

Das kann nicht sein. Das durfte nicht sein. Er hatte doch diese Fähigkeit. Warum hatte er ihr nicht helfen können? Warum funktionierte es diesmal nicht?

»Was wissen Sie über sie?«, wiederholte Berger.

»Was ist mit ihr passiert?«

»Das kann ich Ihnen sagen.« Der Kommissar packte Philip am Jackenärmel.

»Nein!«, schrie Philip auf. Seine Augen weiteten sich. Doch es passierte nichts. Keine Schreckensvision. Berger schien ein friedlicher Tod im Bett zu erwarten. Er zerrte ihn von der Bahre herab und in die Leichenhalle. Der Doktor stand an einem Waschbecken und reinigte Besteck. Die Liegen standen wieder in Reih und Glied, nichts deutete auf Philips Anfall hin.

»Hier«, sagte Berger. Sie standen vor einer Bahre. Sie war wie alle anderen mit einem weißen Laken bezogen. Die Umrisse des Körpers darunter waren zu erkennen. Ein kleiner Körper.

Irgendetwas lief nicht so, wie Philip es erwartet hatte. »Ist das ...?«

Wortlos riss Berger das Laken herab.

Lisa hatte die Augen geschlossen, als schliefe sie. Doch der

Rest ihres Mädchenkörpers erweckte nicht den Eindruck von Schlaf. Philip erkannte sie wieder. Sie sah aus, wie sie ihm erschienen war. Übersät mit blutigen Wunden und unübersehbaren Anzeichen von Verwesung.

Diesmal hielt er sich nicht zurück. Er stürmte quer durch die Halle und übergab sich in das Waschbecken. Der Mediziner verzog keine Miene.

Mit der Kotze brach die Erkenntnis endgültig aus ihm heraus. *Natürlich.* Ihr Tod lag schon einige Tage zurück, um das zu erkennen, brauchte man keine Obduktion. Erst jetzt hatte man ihre halb verweste Leiche gefunden. Ihre kleine unschuldige Seele irrte dagegen verstört umher.

Nichts lief schief. Er würde ihr helfen können. Sie hatte ihn nicht darum gebeten ihr Leben zu retten, sondern ihre Seele. Und vielleicht waren da noch mehr Kinder, die auf seine Hilfe warteten. Er entsann sich an einen Zeitungsausschnitt, den er in der Wohnung seiner Großmutter gelesen hatte: *Zwei Jungs aus Zehlendorf werden vermisst.* Wenn das seine Aufgabe war, dann wollte er verdammt sein, wenn er sie nicht erfüllte.

»Verdammt, ich rede mit Ihnen!«, schnauzte der Kommissar. Er wies auf die sterblichen Überreste, die der Pathologe eben wieder mit dem Leichentuch bedeckte. Philip nickte ihm dankbar zu. »Ich habe Sie gefragt: Haben Sie damit auch zu tun?«

In gewisser Weise schon. Aber bestimmt nicht so, wie der Kommissar annahm.

»Nein, das habe ich nicht«, gab Philip empört zurück. Er wischte sich die letzten Reste des bitteren Erbrochenen von den Lippen. Er zwang sich, ruhig zu bleiben. Schließlich wollte er den Kommissar auf seine Seite ziehen. »Sie ist nicht das einzige Opfer, oder?«

»Nein«, versetzte Berger knapp.

»Die Kinder sind ...« Es fiel ihm schwer, es auszusprechen, vor allem mit dem Gedanken daran, was er selbst in der Nacht zu Mittwoch getan hatte. Für einen Augenblick sah er Chris vor sich stehen. »Sie sind vergewaltigt worden.«

»Das, was man ihnen angetan hat, ist noch viel schlimmer.«

»Haben Sie den Täter?«

Berger antwortete nicht.

Philip nickte. »Sie haben ihn nicht.«

Noch immer kein Ton.

»Sie haben nicht einmal einen Hinweis, richtig?«

Berger presste die Lippen aufeinander. Dann knurrte er: »Also, entweder Sie erzählen mir, was Sie wissen, oder ...«

Jetzt war der Moment gekommen. »Unter einer Bedingung!«, sagte Philip. Er fühlte sich elendig dabei, den Tod dieser armen Seelen für seine eigenen Zwecke zu missbrauchen, aber welche Wahl blieb ihm?

Berger blähte die Wangen auf, die Bartspitzen berührten fast die Ohren. »Habe ich das richtig verstanden? Sie stellen mir Bedingungen?«

»Hören Sie mich wenigstens an!« Philip kreuzte die Arme vor der Brust. Ken hatte ihm mal erzählt, dass diese Geste Distanz signalisierte, aber auch Entschlossenheit. Er hoffte, dass es stimmte.

Berger nickte. »Okay, ich höre! Welche Bedingung?«

»Sie lassen mich gehen.«

»Was glauben Sie eigentlich ...«

»Bitte, Sie wollten mir zuhören«, unterbrach ihn Philip. »Ich liefere Ihnen diese Scheißkerle ans Messer. Okay? Und Sie geben mir Zeit. Nur ein bisschen Zeit.«

»Wozu?«

Um dem großen Plan auf die Spur zu kommen. Er sagte: »Damit ich Ihnen zeigen kann, dass ich unschuldig bin.« Er hatte keine Ahnung, wie er diesen Beweis liefern wollte. Er war noch so weit von einer Antwort entfernt, von *allen* Antworten.

»Und das soll ich Ihnen glauben?«

»Ich schwöre Ihnen ... beim Leben meiner Großmutter ...«

»Dazu ist es zu spät!«, versetzte der Kommissar.

»Piss die Wand an, ich verspreche es Ihnen! Alles, was ich brauche, ist ein wenig Zeit. Ich melde mich bei Ihnen. Versprochen!«

Berger schien tatsächlich über seinen Vorschlag nachzudenken. »Es gab einen Vorfall, gestern ...«

Philip hob die Augenbrauen.

»Zwei Beamte, die am Hermannplatz einen Taschendieb verhaftet haben. Später stellte sich heraus: Er hatte einen Mord auf dem Kerbholz.«

»Und?«

»Die beiden Beamten haben Sie wiedererkannt, als ich ihnen ein Foto von Ihnen zeigte.«

Philip antwortete nicht. Berger blickte verkniffen drein. »Was sie mir erzählten, nun, gut möglich, dass Sie Schlimmeres verhindert haben.« Seine Miene löste sich, und er sagte: »Ich muss meinen Verstand verloren haben. Fragen Sie mich nicht, warum, aber Sie bekommen Ihre Zeit.«

Philip lockerte die Arme. Alle Anspannung wich von ihm. Zum ersten Mal seit langem fühlte er sich befreit. Plötzlich verspürte er sogar Hunger. Der Kommissar sah ihn an: »Jetzt sind Sie dran. Was haben Sie mir zu sagen?«

»Carlos.«

»Dieser Gauner, der in Ihrer Zelle saß? Ein kleiner, schmieriger Ganove, ein Zuhälter vielleicht. Aber Kinderschänder? Nein, das glaube ich nicht.«

»Ich auch nicht. Aber fragen Sie einen der Polizisten auf Ihrem Revier nach Lisa.«

»Welchen?«

Klein, gedrungen, dicklich. Ein Schwanz, der die Holzdielen berührt. »Ich weiß nicht wie er heißt. Ich weiß nur, er hat rote Haare. Er hatte Dienst, als sie mich vernommen haben.«

Berger brauchte eine Weile, bis er im Geist die Kartei mit seinen Kollegen durchsucht hatte. Er nickte: »Was ist mit ihm?«

»Wo wohnt er?«

Berger dachte nach. Dann sagte er: »In Neukölln.«

Alles fügte sich zu einem Bild. Der abgedunkelte Raum. Die Scheinwerfer. Die Kamera. Lisa. Neukölln, durch das Philip vor nicht wenigen Stunden mit der U-Bahn gefahren war. Wo auch seine Großmutter gelebt hatte. *Du hast mir geholfen,* dachte er und spürte die Tränen, die sich in seinen

Augen sammelten. *Jetzt helfe ich dir.* »Fahren Sie zu ihm«, sagte er erstickt.

»Sie wollen mir sagen, er weiß ...«

Philip nickte. »Carlos hat ihn erpresst. Carlos wusste etwas.«

»Was?«

Papperlapapp!

»Etwas, was einem Polizeibeamten das Risiko wert ist, einen schmierigen Ganoven und einen Mordverdächtigen aus der Gewahrsamszelle zu befreien.«

Die Simon-Dach-Straße lag im Ostteil von Berlin und war ein Phänomen. Auf 500 Metern folgte eine Kneipe der anderen. Das alleine war, zugegeben, nichts Außergewöhnliches und bot inzwischen jede mittlere Kleinstadt, die etwas auf sich hielt. Das Erstaunliche an der In-Meile von Berlin aber war das ungezwungene Multikulti der einzelnen Lokalitäten. Nahezu jede Szene – vom Punk und Rocker über den Britpopper und Grunger bis hin zum HipHopper und Technofreak – fand mindestens eine, meist zwei oder drei Bars für sich und ihr musikalisches Faible. Selbst Senioren konnten in der *Dachkammer* oder *Bei Else* einen gemütlichen Abend bei Wein und Kerzenschein verbringen. Kurzum, die Simon-Dach-Straße bot einen Querschnitt durch die Berliner, ja, im Grunde sogar durch die deutsche Bevölkerung.

Als Philip an diesem Freitagabend zum *Habana* stapfte, hielt ihn der Anblick der in rote und blaue Neonlichter getauchten Cocktailbar wie ein rettender Anker der Normalität fest. Ein trügerisches Gefühl, wie sich herausstellte, als er die Kneipe betrat. Nur wenige Gäste waren im Inneren versammelt und hockten durchnässt vor ihren Drinks, in der Hoffnung, dass der Alkohol die Kälte aus ihren Gliedern vertrieb.

»So ein Mistwetter«, begrüßte ihn Ken, der in einer Sitznische am Fenster wartete. »Da geht normalerweise keine Sau vor die Tür.«

Philip streifte sich die Jacke ab. Das Tauwasser tropfte in Pfützen auf die Holzdielen. Er ließ sich auf der Bank seinem Kumpel gegenüber nieder. »Tut mir Leid«, sagte er, »aber ich wollte mit dir reden – und ich wollte endlich was Gescheites in den Magen bekommen.«

Unter der Fensterbank gluckerte die Heizung und ließ das weiße Gestöber draußen mit einem Mal fast unwirklich wirken. Die Kellnerin kam an ihren Tisch. Sie sah mächtig gelangweilt aus.

»Nichts los heute, oder?«, fragte Ken.

»Nee«, grummelte sie und fuhr sich durch ihr struppiges Haar. »Und das an einem Samstag.«

»So schlimm?«

»Noch viel schlimmer«, schimpfte sie.

»Dabei fängt der Winter gerade erst an.«

Philip bestellte einen Caesars-Chicken-Salat und einen Hemingway Sour. »Salat können wir noch machen«, meinte das Mädchen. »Aber kein Hühnchen dazu. Die Lieferungen stecken im Stau auf der Autobahn.«

»Ist egal«, sagte Philip. »Dann Caesars-Chicken-Salat eben ohne Chicken.«

Als die Kellnerin verschwunden war, sagte Ken: »Du hast am Telefon gesagt, die Sache mit der Polizei sei geklärt. Was ist passiert?«

»Erzähl du mir lieber, was du heute gemacht hast. Erzähl mir vom normalen Leben in Berlin.«

Ken lachte auf. »Ich und normales Leben?« Er besann sich. »Nein, du hast Recht. Im Vergleich zu dir ist mein Leben stinknormal. Ich schwöre ...« Mit den Fingern machte er ein V-Zeichen. »Ich werde nie mehr über die Verrückten von Berlin klagen.«

Das Mädchen brachte den Salat: Gurken, Tomaten, Eier, Käse und ein Toastbrot. Auch ohne Chicken machte er einen appetitlichen Eindruck. Augenblicklich fiel Philip über den Salat her. »Kann ich das schriftlich haben?«, fragte er.

»Man spricht nicht mit vollem Mund.«

»Man macht auch keine Versprechen, die man nicht halten kann.«

»Piss doch die Wand an.«

Sie lachten. Solange sie die eisigen Böen draußen vor dem Fenster ausblendeten und auch über das fehlende Chicken im Salat hinwegsahen, war es fast wie in alten Tagen. Philip sehnte sich so sehr danach, mit seinem Kumpel zu albern, zu quatschen, zu lästern, zu lachen. Ganz normale Dinge eben.

»Ich hab einen Job«, teilte Ken mit.

»Glückwunsch. Und wo?«

Ken strahlte. »Bei einem Bad-Chinesen.«

Philip hielt in der Bewegung inne. »Einem was?«

»Na, einem Badezimmer-Chinesen.«

Philip rollte mit den Augen. »Was ist das denn jetzt wieder?«

»Ist dir das noch nie aufgefallen?«

Philip war seinem Freund dankbar dafür, dass er das Gefühl der Normalität aufrechthielt. Genau das brauchte er jetzt. Auch wenn es nur für den Moment war. Später konnte er sich über alles andere einen Kopf machen. Er sagte: »Ich war schon ewig nicht mehr in einem China-Restaurant, und das Einzige, was mir dort beim letzten Mal aufgefallen ist: Die Reisportionen sind so gewaltig, dass man sie nie und nimmer alleine aufessen kann.«

»Nein, nicht so was. Warte, ich erklär's dir.«

»Ich bin gespannt.«

»Wenn du beim nächsten Mal in die Provinz fährst, wirf einen Blick in die China-Restaurants: Sie überbieten sich mit chinesischen Schnörkeln, meist in Rot, Drachen, Pagoden und anderem pseudoasiatischen Firlefanz. Und ein Chinese in Berlin?«

Philip riet ins Blaue hinein: »Ein Bad-Chinese.«

»Genau, genau, genau«, rief Ken.

»Und was soll das sein?«

»Weiße Fliesen auf dem Boden, weiße Fliesen an der Wand, weiße Fliesen an der Theke – wie in einem Badezimmer. Dazu ein Wok, groß wie eine Kloschüssel, in dem schnell gekocht wird. Und zack, landet die Brühe auch schon auf deinem Teller.«

Philip lachte schallend. Er wusste, dass ihn Kens Albernheiten an einem anderen Tag wahrscheinlich ziemlich genervt hätten, aber heute waren sie Balsam für seine aufgekratzte Seele.

»Ken«, sagte er. Jetzt war der richtige Augenblick, das eigentliche Thema anzuschneiden. »Ich würde gerne mit Chris reden. Meinst du, sie würde ...« Etwas an Kens Miene ließ ihn abrupt verstummen.

Ken presste die Lippen aufeinander. Normalerweise

herrschte im *Habana* ein vielstimmiges Gemurmel. Heute drängte sich ihnen nur die Musik aus den Lautsprecherboxen auf. Es verging eine Weile, bis Ken sprach: »Darüber wollte ich auch noch mit dir reden.«

»Worüber?« Es klang schärfer als beabsichtigt.

Wieder zog der Sekundenzeiger einige Kreise, bis Ken weitersprach. »Über meine Schwester.«

»Wieso?« Philips Appetit verschwand. »Was ist mit ihr?«

»Keine Panik«, beschwichtigte sein Freund. »Sie hat mich gebeten, dir zu sagen, du sollst sie anrufen.«

War das ein gutes oder ein schlechtes Omen? Plötzlich rumorte es in Philips Magen. Aber nicht mehr vor Hunger. Er schob den Salatteller von sich. Vorsichtig fragte er: »Was will sie?«

»Was weiß ich«, antwortete Ken achselzuckend. »Das hat sie mir nicht verraten. Sie sagte nur: ›Richte Philip aus, ich möchte mit ihm reden.‹« Er machte eine Pause. Und dann hat sie noch hinzugefügt: »Dringend!«

»Scheiße, Mann, und das sagst du mir erst jetzt?«

Ken zog den Kopf zwischen die Schultern. Er kramte in seiner Jackentasche und brachte ein Handy zum Vorschein. »Hier. Ruf sie an.«

Die Nacht brach an. In der Gasse bekam man nicht viel davon mit, hier herrschte rund um die Uhr Dunkelheit. Die hohen fensterlosen Backsteinmauern zu beiden Seiten raubten der Straße das Tageslicht, aber sie schützten auch vor Frost und Schnee. Nur das ununterbrochene Rauschen des Feierabendverkehrs drängte in die Gasse, und von Zeit zu Zeit ertönte das Tosen einer U-Bahn aus dem Entlüftungsschacht.

Der Mann in den zerlumpten Kleidern hockte zwischen einem Haufen Pappkartons. Er beschäftigte sich mit einer knisternden Plastiktüte, aus der er kleine undefinierbare Häppchen zutage und schnurstracks in seinen Mund beförderte. Zufrieden schmatzte er, ohne sich daran zu stören, dass ein Großteil seines Abendmahls in seinen speckigen Bart bröckelte.

Er hörte sie nicht nahen. Erst als sie vor ihm stehen blieb, schaute er auf. Sofort glitt ein aufrichtiges Lächeln über seine Lippen. »Du bist wieder da«, freute er sich, auch wenn er für Sekunden nicht wusste, wie er sich verhalten sollte. Denn neben ihr stand ein Hund, der ihm seine Schnauze argwöhnisch schnüffelnd entgegenstreckte. Aber dann warf der Mann alle Zweifel über Bord und erhob sich hustend. »Beatrice«, krächzte es aus seinem Bart, und er umarmte sie mit fetttriefenden Fingern. Doch das machte ihr nichts. Kleidung konnte man waschen, und sie blieb trotzdem die gleiche; Gefühle, die man verletzte, waren nicht zu ersetzen.

Auch Buck hatte nun beschlossen, dass von Elmi keinerlei Gefahr ausging und tapste schwanzwedelnd um ihn herum. »Feiner Hund«, befand Elmi, als er von Beatrice abließ.

»Das ist er«, pflichtete Beatrice bei.

Elmi wies auf die Matratze seiner Pappbehausung. »Magst du dich setzen? Ich weiß, ist nicht das *North Side.*«

»Aber ich fühle mich wohl hier«, entgegnete sie. Nicht weit von ihm stand sein Einkaufswagen mit dem löchrigen Mantel und den Zeitungen, die ihm bei der Altpapiersammlung ein paar Cents einbrachten.

Obwohl die Zeit drängte, setzte sie die Reisetasche ab und ließ sich neben ihm nieder. Den Rucksack behielt sie auf dem Rücken. Er schaute sie nur lächelnd an, und sie gönnte ihm für einen Augenblick die stillschweigende Freude der Nähe eines Menschen. Dann sagte sie: »Ich möchte dich um etwas bitten.«

Er wandte ihr sein fleckiges Gesicht zu. Trotz der Dunkelheit entdeckte sie die Falten darin, die das Leben auf der Straße hinterlassen hatte. *Was hast du erwartet? Dass sein Leben besser geworden ist?*

Sie sagte: »Ich muss wegfahren, und ich würde mich freuen, wenn du auf Buck aufpassen würdest.«

Er blickte auf Buck herab. Der Bobtail hatte es sich auf dem Abluftgitter bequem gemacht, und die warme Luft, die entströmte, ließ ihn in seinem dicken Fell hecheln. Es sah aus, als würde er grinsen. Elmi grinste zurück. »Brauchst dir keine Sorgen machen«, erklärte er im Brustton der Überzeugung. »Passe auf ihn auf. Wird mein bester Freund.«

Beatrice senkte den Kopf. »Aber da ist noch etwas.«

»Hm?«, machte Elmi.

Sie kramte in ihrer Jackentasche und brachte etwas zum Vorschein. Sie drückte es ihm in die Hand. Als er sah, dass es sich um ein Bündel Geldscheine handelte, wehrte er sich dagegen, doch sie bestand darauf, dass er das Geld an sich nahm.

»Leonard«, erklärte sie ihm und wählte bewusst seinen vollständigen Namen. Er sollte merken, wie wichtig ihr die Angelegenheit war. »Nimm dieses Geld und kaufe dir ein Busticket. Fahre mit Buck ans Meer, nach Lindisfarne. Gehe dort zu Eadfrith. Man kennt ihn, man wird dir den Weg zu ihm beschreiben. Sage ihm, ich hätte dich geschickt. Er wird verstehen. Er wird dir das Haus meiner Tante überlassen. Dort kannst du leben.«

»Das ist ...«, er rieb sich den Bart, »... das ...«

Sie berührte seine Schulter und streichelte über die fleckige Jacke. »Du hast mich gerettet. Es ist das Mindeste, was ich für dich tun kann.«

Elmi rang nach Worten. Es war so lange her, dass ihm etwas Gutes widerfahren war, dass er verlernt hatte, damit umzugehen. Daher fragte er sie nur: »Wirst du nachkommen?«

Mit der Fußspitze schob sie ihm die Reisetasche rüber. »Nimm sie bitte mit. Da ist alles drin, was mir wichtig ist. Ich brauche es nicht. Erst wenn ich wiederkehre. *Falls* ich wiederkehre.« Sie fuhr dem Bobtail ein letztes Mal durchs Fell. »Mein lieber Buck.« Der Rüde sah sie mit treuherzigen Augen an, aber er schien zu verstehen. »Pass mir auf Buck auf.« Ihre Stimme klang belegt, als sie Elmi ansah. »Und versprich mir, reise noch heute ab.«

»Das mache ich. Natürlich passe ich auf. Und diesmal mache ich keinen Fehler.«

Sie lächelte dankbar. Buck war bei ihm in guten Händen. Sie schenkte ihm einen letzten Blick und lief in Richtung Hauptstraße davon. Sie schaute nicht zurück. Es hätte den Abschied nur schwerer gemacht.

Vielleicht würde sie die beiden wiedersehen. *Wenn es so sein soll, ja. Und wenn nicht, dann nicht.* Sie überquerte die Straße und winkte einem Taxi. Da fiel ihr ein, dass sie Elmi noch eine Nachricht für Eadfrith hatte mitgeben wollen.

»Bitte warten Sie«, bat sie den Taxifahrer und eilte noch einmal zurück in die Gasse. »Elmi«, rief sie, und ihre Stimme wurde von den hohen Backsteinwänden zurückgeworfen. Die Straße lag verlassen, bis auf einen Einkaufswagen und ein Haus aus Pappkartons. Vielleicht würde bald ein anderer Obdachloser hier einziehen. Elmi hatte sich gemeinsam mit Buck bereits auf den Weg zu seinem neuen Domizil gemacht.

Eine Hand berührte sie an der Schulter. »Elmi«, freute sie sich und wirbelte herum.

»Hallo Beatrice«, sagte der braun gebrannte Mann. Seine Stimme klang warm und angenehm. Beunruhigender war die Kleidung, die er trug. Die Soutane eines Priesters. *Miss Barkley hatte sich nicht geirrt!*

Der Geistliche fragte: »Fahren wir gemeinsam?«

Trotzig meinte sie: »Ich wüsste nicht, wohin.«

Er schenkte ihr sein freundliches Lächeln, so wie er es im

Bus auf der Rückfahrt von Lindisfarne nach London bereits getan hatte. »Natürlich wissen Sie das. Und Sie wissen auch, dass Sie keine andere Wahl haben.«

»Meinen Sie?«

Er deutete auf die Menschen, die weiter vorne, wo die Gasse auf die Hauptstraße traf, vorüberstrebten. Passanten, die nur als Schemen im Schneegestöber zu erkennen waren, vereint im Wunsch, die Kälte so schnell wie möglich hinter sich zu lassen. »Meinen Sie, es interessiert irgendjemanden, was wir hier machen?«

Sie ließ die Schultern hängen. »Sie haben meine Tante umgebracht!«

»Manchmal macht man Dinge, weil man glaubt, sie machen zu müssen.«

Dass er Angelas Worte benutzte, traf sie wie ein Fausthieb. »Und was haben Sie jetzt mit mir vor?«

»Ich werde Sie auf Ihrer Reise begleiten.«

»Welche Reise?«, wagte sie einen letzten Versuch.

Lächelnd kaute er auf einem Kaugummi. Er nahm sie in den Arm. Sie spürte einen Stich in ihrer Hüfte: »Ihre Reise nach Berlin. Zu Ihrem Bruder ...«

Dann verlor sie das Bewusstsein.

»Komm rein«, bat Chris und lief voran ins Wohnzimmer. Rabea lag ausgestreckt auf der Couch. Mit verschlafenen Augen blinzelte sie zu Philip auf und stieß einen unwilligen Mauzer aus: *Wag es ja nicht, mich zu vertreiben.*

Philip ließ sich auf dem schmalen Streifen nieder, den die Katze am Sofarand gnädig frei ließ, und streichelte sie versonnen. Unzählige Gedanken stoben durch seinen Kopf.

»Nicht am Telefon«, hatte Chris ihm gesagt, als er sie über das Handy ihres Bruders angerufen hatte. »Komm vorbei.«

Wollte sie sich von ihm trennen? Das bedeutete, sie waren noch ein Paar. Vielleicht bestand eine Chance. Er würde sie ergreifen. Er würde mit ihr reden. Über alles.

Seine Freundin saß auf dem Sessel gegenüber. Ihre blauen Augen musterten ihn. Das braune Haar fiel ihr in glatten Streifen auf die Schulter. Er verspürte den Wunsch, ihr Haar zu streicheln. Ihre Nähe spüren. Ihr Parfüm riechen. Doch stattdessen fuhren seine Finger durch Rabeas Fell.

»Ich hab jetzt ein Piercing«, sagte Chris. »Ein Brustwarzenpiercing.«

»Das freut mich«, meinte er und rang sich ein Lächeln ab. Ein Piercing war ganz bestimmt nicht der Grund, weswegen sie ihn hatte sprechen wollen.

»Du wolltest mit mir reden?«

Sie nickte und sah aus dem Fenster. Im Sommer hatten sie immer im Treptower Park gegrillt. Häufig trafen sich Jugendliche zum Fußball auf der großen Wiese. Jetzt war der Park menschenleer, die kahlen Bäume trugen ihr weißes Winterkleid.

Philip hielt seinen Blick auf Chris gerichtet. Gott, wie er sich nach ihr sehnte. Er brauchte sie. Alleine würde er auf Dauer nicht durchhalten können.

»Du weißt«, begann sie irgendwann, »das, was Dienstagnacht passiert ist ...« Sie brach ab, und er sah, wie eine Träne sich aus ihrem Augenwinkel löste.

»Es tut mir Leid«, unterbrach er sie, und die Worte

sprudelten nur so aus ihm raus. »Wirklich, ich weiß nicht, was in mich gefahren ist. Das alles, es ist zu viel für mich gewesen. Ich war damit überfordert.«

»Philip!«, rief sie. Rabeas kleiner Kopf ruckte erschrocken empor. Als sie sicher war, dass niemand sie vertreiben wollte, streckte sie sich und schlief wieder ein. Chris sagte leise: »Philip, bitte lass mich ausreden.«

Er schwieg.

Mit einem Tuch trocknete sie die Träne auf ihrer Wange. »Mit dem, was du getan hast, hast du mir sehr wehgetan.«

Er öffnete den Mund, um etwas zu sagen, dann schloss er ihn wieder. Er wollte ihr zuhören, sonst nichts.

»Und damit meine ich nicht die körperlichen Wunden. Die heilen wieder. Es geht um den Schmerz in mir. Ich weiß nicht, ob ich damit auf Dauer klarkomme.«

Ihre Worte lösten ein Rumoren in seinem Magen aus.

»Aber ich muss es. Denn für die Zukunft ist es wichtig, dass ich vergesse.«

Er wusste nicht, was er sagen sollte. Worauf wollte sie hinaus? Er wollte sie nicht verlieren.

»Wir beide müssen einen Weg finden, wie wir damit umgehen.«

»Ich möchte, dass alles wieder so wird, wie es mal war zwischen uns«, warf er ein.

Sein Magen krampfte sich zusammen, als sie sagte: »Das wäre schön, aber ich glaube nicht, dass das noch geht.«

»Chris«, flehte er, und seine Stimme verlor an Lautstärke. »Ich möchte mit dir reden. Ich möchte dir erzählen, was passiert ist. So vieles, was ich selbst nicht verstehe. Aber ich möchte, dass wir zwei ...«

»Philip«, unterbrach sie ihn erneut. Da war er wieder, dieser Blick in ihren Augen, den er nicht mochte.

Oh nein, dachte er, *so leicht gebe ich mich nicht geschlagen. Nicht nach all dem.* Laut sagte er: »Chris, ich möchte, dass du unserer Beziehung noch eine Chance gibst.«

»Du verstehst nicht«, meinte sie.

»Ich verstehe nicht?«, fragte er. »Was heißt das?«

»Es ist ...« Sie fand nicht die richtigen Worte.

Ein Zittern ging durch seinen Körper. Er flüsterte fast: »Ist da jemand anderes?«

Sie schüttelte den Kopf. »Nein, Philip«, hauchte sie.

»Was dann?«

»Philip«, sagte sie, und abermals flossen Tränen über ihre Wangen. »Ich bin schwanger.«

Band 3 der
INFERNO-Triologie:

Macht der Toten
ISBN: 978-3-86552-036-4

Gänsehaut für die Ohren
LPL records
NECROPHOBIA
DIE BESTEN HORRORGESCHICHTEN DER WELT
Necrophobia 1
2 CDs • Euro 19,95 [D]
ISBN 3-7857-1388-6
Storys von Brian Lumley, H. P. Lovecraft, Richard Laymon, Graham Masterton u.a.
Necrophobia 2
2 CDs • Euro 19,95 [D]
ISBN 3-7857-1483-1
Storys von W. H. Hodgson, Kim Newman, H. P. Lovecraft, S. P. Somtow u.a.
Necrophobia 3
2 CDs • Euro 19,95 [D]
ISBN 3-7857-3204-X
Sprecher: Joachim Kerzel, Nana Spier, David Nathan, Torsten Michaelis, Helmut Krauss, Marianne Groß, Lutz Riedel
LPL records
Weitere Informationen & kostenlose Hörproben:
www.LPL.de